南方周末 文丛

父亲的滋味

《南方周末》编

南方
周末

父亲的德行是儿子的最好遗产

——塞万提斯

21 二十一世纪出版社
21st Century Publishing House
全国百佳出版社

图书在版编目（CIP）数据

父亲的滋味 /《南方周末》编著. —— 南昌：二十一世纪出版社, 2012.5(2022.4重印)

（《南方周末》文丛）

ISBN 978-7-5391-7664-2

Ⅰ. ①父… Ⅱ. ①南… Ⅲ. ①散文集—中国—当代 Ⅳ. ①I267

中国版本图书馆CIP数据核字(2012)第075099号

父亲的滋味　　　　　　　　　　　　　　　　　《南方周末》/ 编著

策　划	张　明	
责任编辑	文　欢	
出版发行	二十一世纪出版社	
	（江西省南昌市子安路 75 号　330009）	
	www.21cccc.com　cc21@163.net	
出 版 人	张秋林	
经　销	新华书店	
印　刷	北京金康利印刷有限公司	
版　次	2012 年 12 月第 1 版　2022 年 4 月第 3 次印刷	
开　本	700mm×1000mm 1/16	
印　张	15.5	
字　数	160 千	
书　号	ISBN 978-7-5391-7664-2	
定　价	25.00 元	

赣版权登字—04—2012—205

如发现印装质量问题，请寄本社图书发行公司调换 0791-86524997

《南方周末》文丛编辑委员会

因父之名

杨继斌

父亲们在又一个新的春天悄然老去。我们祝福他们健康，祝愿雨露遍布他们经管的花园，祝愿蛇离开他们耕作的菜地。

因父之名。父是甲骨文里手持棍棒的子女教育者，是《易经》里所谓"子之天"者。

我们相信"父"意味着最原始的平等。套用夏洛蒂·勃朗特的名言，当这些衰老如一件旧衣裳的男子，穿过他们手头的锄头、扳手、手术刀、权柄、支票、豪华汽车的方向盘，来到"父"这个符号面前时，他们的灵魂是平等的。

因父之名。每一个父亲，都曾对同一个更美好的世界加持祝福。那时我们还在襁褓里，他们教我们与人为善，教我们平等公正，教我们宽容退让，他们带我们去看花儿而不是尸体，他们给我们玩具而不是涂毒的匕首。

因父之名。我们相信"父"意味着最朴素的圣洁。当他们暂离每一天的艰辛、阴谋、懦弱、蝇营狗苟、风湿疼痛、求告无门、日进斗金，来到子女面前时，这些年老的农民工、上访者、囚徒、官员、慈善家的眼眶里，都满载着同样的父亲所独有的圣洁光辉。是的，父亲温暖的眼眶，是我们每一个人最后的散兵坑，我们在这里躲避流弹，自舔伤口。父亲的眼眶是圣泉，他让每一个心力交瘁的战士瞬间回到

"满血满魔"的状态。

因父之名，是希腊神话里阿喀琉斯在每一次战斗前高呼父亲的名号；是禹完成鲧的治水事业。所以我们不理解衙内们会"因父之名"去牟取暴利，去欺压弱者。这不是"因父之名"，这是吸血蜱虫和宿主的关系。

这也就是我们为什么把开春的第一期报纸献给我们的父亲。因为他们是教化，是传承，是饥馑之年的种子，是最原始的平等以及最后的善。我们力图概括出每一位父亲的特点，他们或强悍，或无力，或江湖气，或坚韧……而这些词堆砌在一起，恰是人们对"父"这个符号的整体想象。

他们是那个滋养我们长大成年的核桃壳里的国王，他们在我们出生的第一天——那时他们还是壮年——便对一个更美好的世界怀有乡愁。

目　录

前　世

今 生

恩　典

前世

人们是五光十色的，没有整个是黑的，或者整个是白的，他们身上好的和坏的东西混合在一起——这是应该知道并记住的。

——高尔基

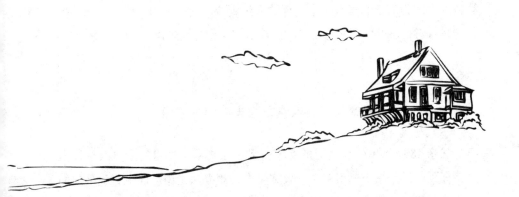

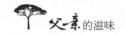

父亲叶剑英的重大抉择

■ 叶向真

很多朋友多次问到我：你对你的父亲到底是一种什么样的看法，什么样的评价？你从父亲身上看到了什么，学到什么？我想在我人生历程的不同阶段，对父亲的认识是不同的。从我出生到上大学，由于一直在父亲身边，受到他的呵护，过着一帆风顺、无忧无虑的生活，所以没感到父亲有什么特别，觉得他就是我的父亲而已，跟大家的父亲是一样的。后来，随着年龄的增长，社会阅历的增多，加上阅读了许多像《星火燎原》一类的优秀传记文学和回忆录，我对父亲的了解才逐渐全面而且理性起来。

我父亲一生中几次重大的抉择、人生道路的选择，都是非常正确的。我认为是因为父亲心里有一个正确的人生定位，就是"为人民"。他一生都把是否对自己的国家、对自己的民族最有利作为人生抉择的唯一考量。

投笔从戎讲武堂，立志追随孙中山

父亲 1897 年出生在贫穷的客家侨乡广东梅县，这里的人要么是被人卖猪仔到南洋（东南亚国家），要么是自己想办法走南洋谋生。我祖父的 4 个哥哥都去了马来西亚怡堡那个地方讨生活；祖父排行最小，就留在了家里。

父亲中学毕业后，祖父叶钻祥带着父亲远渡重洋到了马来西亚，父亲在连续找工作碰壁之后，终于谋得一个小学国文教员的职务。在马来西亚教书，可以过衣食无忧的生活，却不能满足父亲报国的志向。

这样的情况下，听说唐继尧（云南讲武堂的创始人之一）开的云南讲武堂招募学兵，父亲就毅然投笔从戎，于1917年去了讲武堂的炮科习武。

父亲在云南讲武堂毕业时是炮科少尉。校领导非常重视他，希望他再回南洋，帮助招考一些侨生到云南讲武堂来。但父亲却一心要跟着孙中山。为什么？因为孙中山提出反对军阀、反对帝制，提倡共和，要救国救民，要让中国人民站起来。这样一种呼吁和号召对于一个爱国的热血青年来说，是非常有吸引力的。父亲和一些爱国青年一样，不堪忍受祖国在封建统治者和外国殖民者双重压迫下贫穷、落后、任人宰割的凄惨境地。"立志报效祖国"对父亲来讲绝不是一个口号，而是要把自己一生交给祖国和人民的一个人生抉择。

当时父亲毅然谢绝了唐继尧先生希望他留在云南讲武堂的一片好意。他立下志愿：谁为人民，就拥护谁。所以父亲坚定地追随孙中山革命，要把中国从苦难中解脱出来。因而，父亲从云南到了广东，参加了支持孙中山革命的粤军，为推翻腐败的满清政府而奋斗。

中华民国政府成立之后，孙中山为临时大总统。1921年，父亲成了孙中山的随扈，被任命为海军陆战队营长。1922年6月16日，粤军陈炯明背叛孙中山，竟然炮轰广州总统府，想要消灭孙中山。父亲等护卫孙中山在广州珠江的白鹅潭登上"永丰舰"，摆脱了陈炯明的围攻，脱离险境。父亲本人也多次险些被军阀叛军暗杀。

孙中山屡受国内军阀势力的欺骗和打击，在关键时刻一些标榜支持孙中山革命、建立共和国的外国势力纷纷背叛，几次落难他乡失败的惨痛教训使他清醒地认识到：没有自己的革命武装，就无法取得革命的胜利。于是孙中山倡导"联俄联共"，决心在俄国和中国共产党的帮助下，建立自己的革命武装。

东征讨伐陈炯明，黄埔结缘蒋介石

1924年，孙中山在广州筹办黄埔军校，廖仲恺先生受孙中山先生委托，建立了20个人组成的筹备组，其中有蒋介石和我父亲。我父亲受命负责招生及选拔教员等工作。黄埔军校建校初期，我父亲任副教育长，负责制定了全校各科系课程。由于需要打击陈炯明反革命武装，黄埔军校开学前他带部队参加了"东征"。

父亲在黄埔军校跟蒋介石结下了非常好的友谊，成为蒋介石的嫡系和亲信。蒋介石非常信任父亲，他规定任何人不得佩剑或佩枪进入他的卧室，只有父亲可以例外。蒋介石非常欣赏和器重父亲，在蒋介石担任国民革命军第一军军长时，他任命我父亲做他的第二师师长。

那个时候父亲在国民革命军中已经是高官了。他跟我讲当时他任二师的师长，同时还兼着两广的盐务总管。广东广西收盐税的官位是一个肥差，挣钱不费吹灰之力，干一两年100万美金就有了，那时的100万美金相当于当今几个亿的收入。他行军的时候前头是一匹马，后头是一个轿子，还有一个班的士兵跟着。父亲不想骑马的时候就可以坐轿子。挑夫前面挑着丹麦的饼干、炼奶和咖啡，后头担着威士忌和白兰地洋酒。有时遇上没有水洗手，父亲就用白兰地酒倒出来消毒。当时很多人仰慕他的位置，希望能够有一天也像他一样风光。

人生贵有胸中竹，经得艰难考验时

孙中山逝世后，蒋介石背叛了革命，围剿共产党，在南京对共产党领导下的工农群众进行了"四一二"大屠杀。

人民的鲜血惊醒了父亲，他震惊地看到蒋介石为了自己统治中国的个人目的，不惜屠杀革命力量的暴行，他痛苦地思索了三天三夜，最终决定放弃高官厚禄，离开蒋介石，并通电反蒋。

父亲在中国革命最低潮的时候，在共产党最困难的时候，毅然决定脱掉皮鞋穿上草鞋，追随中国共产党走向井冈山，去完成解放全中国的革命大业。

毛泽东评价我父亲说："诸葛一生唯谨慎，吕端大事不糊涂。"父亲也在自己的一首《题画竹》诗中言道："人生贵有胸中竹，经得艰难考验时。"

今天的时代，人们生活富裕而安定。但是对于年轻人来说，仍然要面对人生的抉择，要选择人生的道路。然而，物质上的极大富裕并没有必然带来精神生活的充实。父亲当年放弃的高官厚禄，竟成了现在一些年轻人所追求的人生价值。

有人会说，时代已经不同了，父亲他们讲的那些战争年代的故事已经过时了。我却说，父辈们一心为公，奋不顾身，宁可牺牲自己的生命也要维护国家和民族利益的精神永远都不过时。

父亲经常挂在口头上的一句话是"人人为我，我为人人"。客观上是人人为我，所以主观上要我为人人，这个社会及国家才能凝聚、才能和谐，人们才能够真正安居乐业。

我如今也已步入老年，作为一个老人，我希望看到有志的年轻一辈在人生道路上能有一个正确的选择，走出自己光辉的一生！

（作者系叶剑英次女）

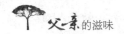

我们的父亲陈寅恪

■ 陈流求　陈小彭　陈美延

抗战胜利后，我们一家前途未卜

1945 秋至 1946 年春，父亲在伦敦经英国著名眼科专家 Sir Steward Duke-Elder 诊治并主刀，做了两次手术，视力略有改善，但未能复明。就医期间，父亲时常与 Duke-Elder 大夫交谈，相互十分投缘，后来主刀大夫主动提出不收手术费，令父亲非常感动。在英国治疗期间，邵循正、熊式一等多位友人常来探视并帮助写信、念报、读小说及做种种杂事。由于目疾未愈，父亲正式辞去牛津大学教职，候船归国。

1946 年春天，父亲搭乘 Priam 轮横越大西洋绕道美国，是因为当时对美国医师能否进一步治疗自己的眼疾，还抱有一丝希望。本年 1 月，在纽约的胡适曾建议父亲到纽约哥伦比亚眼科中心诊治，并要了 Duke-Elder 所写的父亲在英国治眼的最后意见书，征询哥大专家有无挽救之方。哥大眼科中心的 Mc.Nic 大夫与同院专家研究后答复说，Duke-Elder 尚且无法，我们如何能补救？4 月 16 日，船抵美国东海岸纽约，停泊在卜汝克临二十六号码头。胡适请全汉升带一信送到船上，告知这个坏消息，左眼复明的最后一线希望破灭，父亲很觉悲哀。故船抵纽约，便留在船舱休息，没有上岸。4 月 19 日，老朋友赵元任夫妇和周一良、杨联升听说父亲到了纽约，登舟相会。

父亲国外游学 10 余年，不只一次航行经过酷热的苏伊士运河，而乘海轮通过巴拿马运河——全球最长的水闸式运河，由大西洋到太平洋，平生唯有此次。由于两大洋水平面有差异，轮船在运河中需上升3个"台阶"，然后再降三级，才到彼洋。父亲在感受船身升降"台阶"的同时，听船上人描述过闸，饶有兴趣。父亲所乘的轮船经美国西海岸，横渡太平洋，于5月末抵达上海。而此时母亲及我们姊妹尚滞留四川，等待交通工具，未能出川。

同年6月，王锺翰老师与我们家四口人，一同乘敞篷卡车由成都到重庆。将要到达时，卡车与对面来车错车，一个急刹车，流求的头部被碰撞，短暂丧失意识。到重庆的医院急诊，诊断为脑震荡，医嘱卧床休息观察。王老师同路到重庆后，旋即回湖南老家探望母亲，不久赴美留学。母亲和我们暂住九姑原在重庆观音岩的家，等候江轮东下南京。复员人数众多，交通拥挤，船票难求。在等船票的过程中，小彭、美延接连出麻疹，母亲又是一番辛苦。此时俞家三舅婆心杏老人、九姑及表兄弟已先行去南京安顿新家，大维姑父因公务有时在渝。八叔登恪一家也从乐山武汉大学来到重庆，候船回武汉。大家好不容易才得到船票，高高兴兴地挤上一艘首次下水的新木轮，船刚起锚，可能由于严重超载，即倾斜进水，不能航行，乘客只得重回码头上岸。无奈之下，我们只好去中央研究院驻渝办事处开具证明，购买飞机票。母亲在渝每日频繁上下山坡，旧病发作。流求天天到售票处问讯，等候购买机票。排了许多天"号"，才买到8月6日、7日分两天飞的3张全票1张半票，流求送小彭、美延登机时和美延同乘一辆人力车，向珊瑚坝机场行进。下坡途中，突然被一辆同方向行驶的吉普车擦碰了一下，人力车向路边侧翻，拉车及乘车人都甩了出去，摔在长满乱草的泥地上，吓得不轻，幸而没有大碍。次日母亲、流求始飞抵南京。这是我们第一次坐飞机，心里有些紧张，生怕患有心脏病的母亲不能适应高空环境，因当时飞机舱内未提供氧气服务，也无空气调节设备，听说患心脏病及高血压者乘坐飞机有风险。复员途中的磕磕绊绊，是还乡人群常遇到的情况，多数人的心情比逃难时平和，但我们家因父亲疗治眼疾彻底失败，成为盲人的一家之长前途未卜，孩子们皆未成年，家中气氛并不轻松。

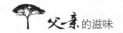

在清华校园，父亲是一名盲人教授

母亲及我们姐妹，在与父亲离别一年之后，又在南京萨家湾南祖师庵七号九姑寓所团聚了。此时我们的父辈陈家兄弟姐妹六人中，康晦姑随新午姑出川至宁不久，父亲寅恪刚由英伦返国，七叔方恪早在南京居住，远在庐山的五伯隆恪、武汉的八叔登恪也都赶来南京相会，这是抗战胜利后的一次大团圆。每天晚餐后，父亲总邀大家到自己暂住之室"煮粥"，即共话家常，这个房间比较僻静，也不干扰别人。六兄妹商议尽快将祖父灵榇南运，与祖母合葬杭州。谁也没有料到，这竟是他们最后一次聚会，此后我们的父辈又天各一方。

到南京后，父亲须要决定行止，是留在南京专任中央研究院历史语言研究所研究员，还是北上清华任教。最后决定接受清华大学的聘书，重回老朋友众多且熟悉的清华园。未在南京工作，是否与父亲一贯不愿生活在政治中心（首都）有些关系？

重返清华园，父亲已是一名盲人教授，1946 年 11 月又开始授课，讲堂设在家中最西边的狭长大房间内，校方搬来一块较大的木制黑板及若干张课桌椅，父亲坐在黑板旁一张藤椅上讲授。开课前，原"助理教学工作所聘徐高阮君"，因故未能按时到任，父亲写信给北京大学历史系主任郑天挺教授，请求支持，"暂请北京大学研究助教王永兴君代理至徐君就职时止"。不久，郑天挺主任又派北大教师汪篯君来帮助工作，清华再派陈庆华君来任助手。3 位助手分工大致为：王先生主要负责授课有关工作；汪先生重点在研究方面；陈先生则管涉及外语部分。早上王先生先到，离去后，陈先生来工作，由于工作结束已过食堂开饭时间，所以须在我家午膳后才回去。而汪先生的工作时间只能排在下午和傍晚了，下午汪先生常陪父亲散步，边散步边讨论业务，工作散步两不误。由于王、汪二位均非清华教员，不能在清华参加分配住房，后来学校替王先生租赁了离我家较近的校外居所，便于早上赶到（那时由城内到西郊清华的交通极不方便）；汪先生则住我家教室黑板后面用布帘隔开的小间里。父亲仍继续担任燕京大学研究生刘适的导师，刘先生隔两天下午来一次。另外，父亲还指导清华大学研究生王忠及 1947 年考入清华的研究生艾天秩。父亲仍如既往，要了解世界学术动态，除陈庆华先生要读西文杂志外，周一良教授也有时来家叙谈并译读日文杂志、论文。

父亲备课、上课发给学生的讲义主要是讲授时援引的史料原文，这些史料都是从常见史书中所摘取，至于如何考证史料真伪，如何层层剖析讲解这些材料，而不断章取义、歪曲武断，做到水到渠成地提出他的论点，则全装在自己脑中，未见他写过讲稿。若写，就是有"引文（数据、论据）"有"寅恪案（本人观点）"的论文。关于他的著述，石泉（原名刘适）、李涵（原名缪希相）教授在怀念文章中写道：陈师治学态度十分谨严，既有开拓性的学术眼光，又有深邃敏锐的洞察力。他善于从极普通的史料中，发现别人所未发现的问题，而不靠掌握珍稀罕见的材料取胜。考证极精，又绝非繁琐；所考问题小中见大，牵涉重大社会、文化、政治、经济方面。他厌烦繁复冗长、堆砌材料的文章。陈师虽掌握极丰富的材料，但绝不广征博引以自炫，只用最必要的材料，因此行文十分简练。

父亲对研究生的学业及论文撰写，一贯亲自指导、严格要求，目盲后仍然如此，不假借助手。父亲指导刘适在 1948 年夏完成了硕士论文《甲午战争前后之晚清政局》。论文 50 年后得以出版，刘适在自序中述及论文写作的过程：进行每一章之前，皆曾向先师说明自己的初步看法，经首肯，并大致确定范围后，始着笔。每完成一节、章，则读与先师听，详细讨论后定稿。先师对史料之掌握极为严格：必须先充分占有史料，凡当时闻悉并能见到者，不容有丝毫遗漏；而选用于论文时，力求精炼。尤注意史料之核实，同一史事，记载有出入者，须认真鉴定，确证为史实者，始得引以为据。在观点方面，持之尤慎，必以史实为立论之基础。论文中每有分析性之论点提出，先师必从反面加以质询，要求一一解答，至澄清各种可能的歧见，始同意此部分定稿。

这样，父亲双目失明后近两年，在同事、朋友协助下，依靠耳听（他人读资料）、口述（由他人记录）的方式，继续安排全日从事教学和研究工作。我们常听父亲说，虽然史学目前难以达到数理学科的精确度，他仍尽力提高历史学的科学性。抗战胜利后清华大学历史研究所研究生万绳楠教授，

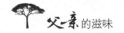

在他整理的《陈寅恪魏晋南北朝史讲演录》前言中也谈到：陈老师治学，能将文、史、哲、古今、中外结合起来研究，互相发明，因而能不断提出新问题、新见解、新发现。每一个新见解、新发现，都有众多史料作根据，科学性、说服力很强，不断把史学推向前进。

胡适帮助父亲卖书换美金买煤取暖

父亲年轻时就喜欢京剧和外国歌剧，失明后全靠耳听，家中没有能放唱片的留声机，但有一台电子管收音机，它成了父亲工作之余的宠儿。无奈收音机的收听效果不佳，于是请一位工学院的年轻老师来帮助调试，美延已忘记他的姓名，只记得他湖南口音重，将"铜"说成"teng"。他加装了一条天线，是用长铜线在室内沿壁环绕后再伸向室外，从此声音清晰许多，父亲从中得到不少乐趣。北平的鼠患不如成都猖狂，父亲一如既往地宠爱猫咪，成为猫的"保护伞"。每逢将近中午时，陈庆华先生正在念读外文资料时，猫饿了就吵闹，父亲必定唤家人赶快喂猫，因为父亲从来不准虐待家禽家畜，更不允许打猫，于是猫就养成习惯，一饿了就只对着父亲喵喵地叫。我们家有只纯白金银眼的猫也很"有名"，一次母亲到离家一里多路的杂货铺买东西，店里人竟对母亲说：你们家的猫刚才来过这里啦。

北平的冬天寒冷，室内需要生煤炉取暖，学校恢复后经费支绌，各家自行筹措解决取暖。时任北大校长的胡适得知我家经济困窘，而父亲又最畏寒，购煤款无从筹措，便想法帮助老友度此难关，于是商定，父亲将自己所有西文关于佛教和中亚古代语言方面极为珍贵的书籍，如《圣彼德堡梵德大词典》"巴利文藏经、蒙古文蒙古图志、突厥文字典"等"最好的东方语言学书籍，全数卖与北京大学东方语言学系，以买煤取暖"。胡适伯父要北大以美金支付书款，免得我们拿到法币，瞬间贬值。这笔钱除买煤外，还贴补了家用。母亲对我们讲过：父亲在国外省吃俭用购回的这批珍贵书籍，目盲后无法再阅读，而父亲以前的一位学生，当时已可以自立门户，就把有关内容的书籍交付给他了。北大复员后新成立东方语言学系，有研究东方语言的青年学者,能让这些书发挥作用,所以并不计较书款多少,售价是否抵值。

丙戌年除夕（1947 年 1 月 21 日）,让美延很开心的是除夕团年饭吃了一顿白米饭！在北平日常每顿都吃粗粮做的丝糕、小米粥、窝头,当然按现今营养观点,皆属佳品。这是抗战胜利后重返故园的第一个旧历年,对父母而言,心中忧多于喜,可是美延当时并不体会父母的心情。父亲曾用东坡韵记这年的上元节:

丁亥元夕用東坡韻

萬里烽煙慘澹天,照人明月為誰妍。
觀兵已抉城門目,求藥空回海國船。
階上魚龍迷戲舞,詞中梅柳泣華年。

光緒庚子元夕,先母授以姜白石詞"柳憐梅小未教知"之句。

舊京節物承平夢,未忍忽忽過上元。

1948 年的上元节（1948 年 2 月 24 日）,母亲特地买了几筒烟花在前院门口燃放,增加了不少传统节日气氛。还叫上邻近小朋友、美延同学一起来观看助兴,小孩子都很开心。父亲用东坡韵作诗纪念这个上元节:

戊子元夕放燄火呼鄰舍兒童聚觀用東坡韻作詩紀之

火樹銀花映碧天,可憐只博片時妍。
羣兒正賭長安社,舉國如乘下瀨船。
坡老詩篇懷舊俗,杜陵鼙鼓厭衰年。
新春不在人間世,夢覓殘梅作上元。

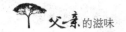

交通部长俞大维带口信要陈寅恪一家随机离开北平

1948 年 12 月，战火逼近北平。13 日星期一上午，清华大学及附属成志小学各年级的师生正在上课，流求、美延分别在自己教室里听课。10 点到 11 点钟时，隆隆炮声，由远而近，越来越清晰，老师宣布停课，叫小学生们回家去别乱跑。流求骑车回家，见母亲、美延正忙着收捡几件随身换洗内衣以及父亲的文稿箱等。父母告知，听说傅作义军队将要在清华驻防，这里难免有炮火，父亲是盲人，不像正常人行动灵便，我们得赶快进城，到大伯母家暂避。母亲找来一辆汽车，匆忙吃点东西，汪篯原住在我们家中未离开，父亲在他搀扶下上了车，并托他暂时照看几天这个家，待时局稳定，我们就马上回来，汪先生目送我们的车子开走。虽然父亲不久前有去南方的想法，但在这一天如此仓促地离开清华园，纯属临时决定。前一天 12 日是星期天，流求、美延都在家，全家没有说起也未作任何离开的准备，这次也只是打算去城里大伯母家暂住几天，所以每人只有身上穿的一套冬衣，其他衣物都没有带。车快到旧校门，遇上陈庆华，他正骑着自行车往我家来，于是告诉他，我们现在进城避几天炮火。此次，汪篯、陈庆华两位先生看见我们离开。当日在大伯母家过夜。

第二天，胡适伯父请邓广铭先生寻找我们。邓先生通过俞大缜表姑才问到大伯母家地址，找到我们，告知国民政府由南京派飞机来接胡适等，交通部长俞大维带口信要陈寅恪一家随此机离开战火中的北平。父母与新午姑、大维姑父向来关系至为密切，相知笃深，听闻邓先生此话，稍作考虑后便随邓先生往胡适寓所，愿与胡先生同机飞离。据说飞机已降落南苑军用机场，遂驱车至宣武门，守军不让出城，于是仍折回胡宅。胡伯母招待我们吃晚饭并住下，胡伯父则忙得不可开交，不是电话便是有人来找或是安排事情。这时，流求表示不愿离开北平，同学们都留校迎接解放，而且考上清华不容易，走了恐怕很难再回清华读书，非常可惜。母亲对她说：现在是烽烟四起的紧急时刻，父亲失明、母亲有心脏病，美延年龄还小又瘦弱，如果你不和我们在一起走，连个提文稿箱、搀扶父亲的人都没有，何况这次是大维姑父传话来接我们离开北平，也是亲人的一番好意。流求本来执意不走，后经母亲反复劝说，觉得母亲的话确实道出家中实际困难，很有道理，自己有责任替母亲分忧，九姑和姑父一贯待自己如同亲生，想到这些，决定和父母一起登机。这天夜里，父亲与郑天挺、邓广铭两位伯父彻夜长谈，几乎没有睡觉。

15日上午，胡伯父、伯母与我们再往南苑机场，上了一架机舱两侧各有一排座位的飞机，我们的行李很少，仅有仓促离开清华时带的那一点点。同机还有一些不相识的乘客，傍晚时分，飞机降落南京明故宫机场。父亲匆匆离平，自忖将与故都永诀，心绪万千，有诗记此次变故：

戊子陽曆十二月十五日於北平中南海公園勤政殿門前登車至南苑乘飛機途中作並寄親友

臨老三回值亂離，（北平蘆溝橋事變、香港太平洋戰爭及此次）

蔡威淚盡血猶垂。

眾生顛倒誠何説，殘命維持轉自疑。

去眼池臺成永訣，銷魂巷陌記當時。

北歸一夢原知短，如此忽忽更可悲。

最后二十年，父亲定居广州

1949年1月16日，父母带着小彭、美延登上招商局海轮秋瑾号出吴淞口，海上航行3天，19日先暂泊珠江口虎门附近，海中错落点缀着苍翠小岛，成群白色海鸥低飞鸣叫，开阔的江口与大海融为一体。秋瑾号最后驶入珠江口黄埔港靠岸。温暖如春的气候，令人忘却3天前离开上海时的严寒。岭南大学陈序经校长派办公室的卢华焕先生，坐学校的小轮船（那时广州话称"电船"）到海轮边来接，因卢先生曾见过父亲，故而相识。与卢先生同来的陈津师傅身材高大，年轻力壮，将父亲从秋瑾号背到电船上，溯江至岭南大学北门码头。一上岸，但见路旁浓绿枝叶衬托的大红花

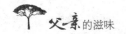

迎风怒放，使我们几个离别香港 7 年的北客惊诧不已。再往前行，头顶榕树密荫遮阳，景色犹如北方的夏天。走到校内西南区 52 号，即"九家村仰光屋"楼下，安顿下来。父亲有诗赋记此行，题为：《丙戌春旅居英倫療治目疾無效取海道東歸戊子冬復由上海乘輪至廣州感賦陽曆一月十六日由滬發十九日抵穗》。

1949 年 1 月 29 日，抵达广州 10 天后，于岭南过了第一个旧历新年，父亲无限感慨赋诗纪念：

己丑元旦作時居廣州康樂九家村

　　無端來作嶺南人，朱菊黃蕉鬭歲新。
　　食蛤那知今日事，買花追惜少年春。
　　一生心苦誰同喻，數卷書存任更貧。
　　獨臥荒村驚節物，可憐空負病殘身。

旧历年刚过，九姑夫妇从上海飞往广州，流求到机场迎接。在广州，父亲与姑父母经常见面、深谈。这是他们兄妹、表兄弟一生最后的聚会。姑父决定离开大陆，而父亲留在广州的心意已定，两人在穗也曾多次分析局势，详谈各人行止、今后考虑。那年春季姑父姑母到香港，与我们家偶尔还有联系。他们在美国待了一段时间，后往台湾，从此音讯阻隔。

父亲中年后目盲体衰，尤其在逃难期间贫病交加，遇到"大难"时，新午姑、大维姑父就会主动伸出援手，尽量帮助。这固然是因于亲情，更是出于他们夫妇对中华数千年历史文明的爱戴，认为父亲的学术研究对于传承发扬我国悠久文化起到非常重要的作用，应该给予支持。1969 年 10 月父亲在广州去世，消息传到台湾，1970 年 3 月，"中央研究院历史语言研究所"举行悼念活动，李济所长邀请姑父参加，会上他作了感人至深的发言。据小济相告，姑父在台上讲述时泣不成声，台下父亲的老友也泪流满面。我们姊妹感到，新午姑、大维姑父在大家庭同辈中，与父亲最为知心。新午姑 1981 年 10 月 9 日病逝，大维姑父 1993 年 7 月 8 日亦病逝于台北。我们的心愿是今生能去金门俞大维先生纪念馆拜祭，谨表一份感恩之情。

双亲寓居岭南二十载，这是他们生命的最后年月，父亲依旧教学、撰文，直至被迫停止讲课。父亲已经适应了目盲的生活和工作，不幸刚过古稀之后，又遭股骨颈骨折的厄运，目盲、体残后仍坚持著述，并在学术上继续有所贡献。在二老年事益高、身体愈衰的垂暮之岁，父亲能做到伤残老人难以达到的境界，母亲的功劳绝不可没，尤其在晚年更为突出。随着日月流逝，我们姐妹对母亲的作为，有了进一步认识和理解，对母亲更加崇敬。

——选自《也同欢乐也同愁——忆父亲陈寅恪母亲唐筼》，生活·读书·新知三联书店出版。限于版面，有部分删节。文章标题、小标题均为编者所加。应作者要求，文中凡涉及陈寅恪著作篇名及引文的部分均用繁体字。

我和我不太熟悉的父亲季羡林

■ 季 承

等于是没有父亲

我是 2008 年 11 月 7 日到 301 医院见到父亲的。

看着他坐在椅子上，面容清瘦，我不由自主地就跪下了。我们已经有 13 年没见了，我太激动了，13 年里，我一直想见他，我找过许多能够见到他的人帮忙，可就是进不去医院。

这次我们相见跟以前大不一样，过去我们是避谈感情、家庭这些敏感问题的，互相客客气气的，这次进去以后，什么事都可以谈。13 年了，我父亲写了一系列文章，你看他谈家庭的和谐，谈家庭的温馨，谈小不忍则乱大谋，一系列的文章，实际上都是总结他的经验教训。

回想这辈子，我和父亲在一起的时间太少了。

1935 年，我刚出生 3 个月，他就去了德国。等他回国到北大教书再次见面，已经是 1946 年，我 12 岁了。我当时特别高兴，经常一个人躲在无人的角落喊"爸爸、爸爸"，又怕别人听见，又担心自己叫得不够亲切。

我和姐姐成长时，大部分时间都是母亲陪我们。小时候跟伙伴们一起玩，脑子里没有父亲的概念，很多小孩问我，你爹是谁？叫什么名字？我回答不出来。等于是没有爹的孩子。他们总说我是野孩子。

在济南的时候全靠我家四合院的租金过活，有吃有穿，但生活简单。从小我就觉得母亲很苦，丈夫不在家，里外全靠她一个人，做饭、洗衣，照顾上面的叔叔、婶婶，还要管我和姐姐。

父亲从国外回来会送我们礼物，摸摸我们的头，也拍拍我们肩膀，但不像别的父亲那样，抱起来骑在肩膀上，从来都没有。我小时候很渴望他抱我一起玩，但他没那么做，我们也没失望，因为不知道父亲应该跟孩子怎么亲密法。

我来北京是 17 岁。1952 年，我考上了北京俄语专修学校，现在北京外国语大学的前身。那时候父亲已经在北大教了 6 年书了。两年后，我姐姐从天津大学毕业，分到北京核工业部第二设计院，从事建筑设计工作。我毕业以后分到中国科学院物理所，搞原子弹研究。

我们虽然都在北京工作，但一家人却没有住在一起。当时我住中关村的单身宿舍，我姐姐住在她的单身宿舍，我们和父亲的联系就是几个礼拜去北大看他一次。那时北大已经从沙滩搬到当时的燕京大学，去一趟很难。即使见面，我们也没有像别的父子那样的感觉，反而像亲戚、朋友一样。

小的时候听说父亲在国外念博士，读了大学才知道他是北大教授，毕业之后就更了解了：哦，他是北京大学东语系主任，后来又当了副校长。那时候父亲社会活动比较少，知名度也不大，对于我们来说也没有什么特别重要的。

我们见面的时候，从来不谈家里的事情，也不谈个人的感情喜好，就谈今天社会上发生了什么事，国际上发生了什么事，就像纯粹的朋友一样。现在想起来，父子、父女这样客客气气的家庭关系，太不正常。

等于是分居到死

1962 年，母亲和婶娘到了北京，和他一起住在北大朗润园，但他睡一个屋，妈妈睡另一个屋，他们的夫妻关系等于是分居到死。

我父亲的内心世界当然很丰富，但他对家庭却没有感情，一是因为他的婚姻，一是跟养他的叔父母，使得他对这个家像外人一样生疏。

他从小不是和自己的亲生父母在一起，而是从 6 岁起和叔父母在一起。

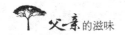

叔父母虽然供他上学，但对待他和对待亲生儿女肯定有区别。我父亲就对这个家庭有感情上的抵触，但为了要在济南活下去，他必须接受这个现实，不能闹。

叔父母让他娶了一个媳妇，他不高兴，但又不敢离婚，一直维持下来，造成他内心和家庭、社会有矛盾。但他一直在容忍，出于对这个家庭的义务。

但这样对孩子、对妻子都不好。我母亲嫁给他，等于守了大半辈子活寡。父亲回来时30多岁，我母亲那时也不大，两个人始终在分居，母亲开始不理解，后来慢慢地就接受了。

我们念中学的时候开始觉得不对，父母怎么是这样一种状况？我曾经给父亲写过一封信，希望家人团聚，特别是他们俩要团聚，我希望他把母亲接到北京来，我和姐姐也来，爷爷奶奶也来。我们没有"叔"的概念，他们就是我们的爷爷奶奶。但这和父亲脑子里的观念完全不一样，他们是隔阂的、生疏的。

我父亲过分节俭，我们帮助他整理家务，他不许我们用自来水拖地刷厕所，我们只好用楼前的湖水，姐姐干脆把大件衣物拿回自己家洗。父亲节电成癖，不同意我们买洗衣机、电冰箱、抽油烟机等家用电器，一家人在屋里聊天，他也会进去把灯和电视关掉。

父亲还有储藏东西的习惯，别人送的茶叶、点心，他总是拿到自己房间长期存着，偶尔拿出来分给大家吃，不是生了虫子就是变了质。他爱书如命，他的书我们从不敢借阅，偶尔翻阅也会遭到白眼。

我结婚的时候，他送了我200块钱，就什么事都不管了。办喜事时，我给他写了信，写了地址。我当时左等他不来，右等他也不来，后来我问他，他说找不到地方，就回北大了。

干嘛老孝敬你妈

我们父子交恶最核心的问题就是我母亲，倒不是因为他对家里抠门，是因为他对我母亲不满。父亲有时候能忍，有时候对婚姻的不满会怪罪到我们身上。他总觉得儿女在家里干的家务事不是给他干的，而是孝敬母亲的。他心里不平，说我们是夫妻，也没离婚，你们干事干嘛老孝敬你妈，不孝敬我。

这完全是他的错觉。我们孝敬母亲，孝敬了什么呢？给她买了东西吃，给她做了衣服，在家里我们帮着洗衣服、搞卫生、做饭……所有这些事情，我们同样也给他做了。

后来我们吵架，他就说你做的这些事情，都全是为了你的母亲。我对爸爸说，我母亲是你夫人呀，我即便是给她做，也是为您。吵架是动感情的，他说狠话我也说狠话，他当时说不指望我给他养老，早把我看透了。看透什么呢？那时候我母亲住在医院，我整天忙来忙去，他就找茬说，甭管你多辛苦，你做的事情是为你妈做的，你妈死了以后你不会孝敬我的，你现在走吧。

我对他说我太冤了。他也说上了年纪的人在气头上说的错话是可以原谅的。他做了检讨了，这件事情都写出来了，我也做了检讨，说让他放心，我会把他侍奉到老的。所以父子之间一定得沟通。

问题是意气平息下来以后还会再上来，有时候他琢磨琢磨，还是不行，这个儿子还是不能在身边，有一天他就让我离开他，不让我住在北大了。

那时候我母亲还没死呢，我每天就开车从公主坟到北大医院去，他就是不让我住那儿。

小保姆怎么就卑劣了

后来有人造谣说我和父亲绝交，因为两件事，一个是我母亲住院的钱的事，一个是我娶了年轻的保姆。

我母亲住院的时候，我在做总经理，完全有力量支付母亲一切的医护费用。有一天，我跟父亲在湖边上散步，我告诉他现在医院里的医药费已经花了多少万了。我就说了这么一句，也没说爸爸你出点钱吧。过了两天他给我几个存单，加起来大概有几千块钱吧，而且都还是没到期的。

我母亲死了以后，他问我丧葬费花了多少，我说了，他说自己出一半。

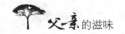

后来他跟别人说自己本来是全出的，但是最后决定只出一半。

父亲也是个凡人，他写那些论消费文章的时候说，"一个教授不如一个推头的"，"教授满街走，讲师是多如狗"。那时候教授待遇很低。我女儿在外企工作，一个月超过他好多倍，他心里很复杂，认为自己是大学问家、大教授，就只有这么点工资，现在儿子开汽车，连孙女都超过自己了，所以母亲的开销他只出一半。

后来父亲就跟人讲，说我逼着他要钱。事情传出去以后，别有用心的人说我们两个为钱闹起来了，实际上我们没有闹。

我现在的妻子当时在我家做保姆。因为母亲生病，我整天住在朗润园，日夜照顾她，我们两个当然是在一起打扫卫生、做病号饭，还有一个外甥媳妇也在那里。当时，我们感情是很好，不过没有说恋爱、结婚。

后来，我发现自己的妻子跟一个国家干部有染，而且长达 20 年时间，我很鄙视她，后来我们分居了。

当时我姐姐已经去世了，家里就我一个人，公司很忙，每天要给父亲做三顿饭，要打扫整个家的卫生，又要做病号饭，这个保姆很同情我。

我们的感情超过了父女。因为我比她大多了，我曾经劝过我的小夫人回去，我亲自把她送回家，她又回来了，最后我们就铁了心要一块过。有些人警告我说她别有用心，坑你几十万走了拉倒。我说我准备好了，她要是坑，就让她拿好了。

有的人对她说，你不要找他，他这么大年纪了，玩完了就把你给甩了。因为我前妻不跟我离婚，拖着我，从 1995 年一直拖到 2003 年才跟我办了离婚手续，我才跟现在的妻子结婚。好多年了，反正我们就在外一块住，一块生活。

我们的生活非常幸福，她是从农村来的姑娘，品质很好，当时父亲没有为这个事情表现出抵触。他这辈子婚姻不成功，家庭搞得疙里疙瘩的，我带着媳妇小孩去看父亲，父亲非常高兴，儿子有这样的选择，而且媳妇又没有什么坏表现，有什么不可以？这一点父亲完全谅解，绝对不是说像外界一样，因为我和小马结合丢了他脸。他没有说小保姆怎样就卑劣了，他本身是从农村出来的，不是高贵的血统，他不会有那个偏见。

我和父亲季羡林

■ 季 承

我们要把母亲接来北京和父亲一起生活

1951年、1952年姐姐和我高中毕业，分别考入天津大学土木工程系和北京俄语专修学校（北京外国语大学前身）。我是去北京参加高考的，就住在父亲翠花胡同宿舍的堂屋里。翠花胡同那一所大宅院，当时是北大文科研究所的所址，但在历史上它却是明朝特务机关东厂的所在地，正门在南面。深宅大院，几层几进，不知道有多少院落。那时，大门是开在翠花胡同路南一侧，其实是大院的后门，而父亲则住在从南面数第二个院落里，也就是从北面看是倒数第二个院落的西屋里。白天大院里有人工作，到了晚上，灯光微暗，阴森恐怖，只有一个人在临街的门房里值班，绝少有人敢深入大院。父亲就住在这样的环境里，使我感到非常惊讶。姐姐当时也到北京来了一趟，在那里住了几天。我们亲眼目睹了父亲的孤独生活。父亲带我和姐姐吃过东来顺的烤肉和馅饼，喝过北京的豆汁，也在沙滩北大红楼外面街边的地摊上吃过豆腐脑和烙饼。除豆汁外，沙滩附近一家小饭馆做的猪油葱花饼加小米绿豆粥给我留下了很深的印象。我记得，在父亲的住处，还有美国铁筒装的白砂糖，那恐怕是他在德国时的"战利品"，我很惊讶，他竟能保存到那个时候。有时，我就把砂糖夹在馒头里当饭吃。

我的学校位于宣武门内石驸马大街西头的一所王府里。父亲则远在海淀中关村的北京大学工作。两地虽有公共交通，但很不方便，因此很少见面。

他每个月都是通过邮局给我寄零用钱 15 元。因为当时学校免费供给伙食，所以作为零用钱，15 元这个数目也不算少了，在学校里我是"中农"，比上不足比下有余。大部分钱，我都用去买书，少部分零用，有时还接济实在困难的同学。每次父亲汇款，在邮寄汇款单的时候，总附有一个短信给我，上面一律写着："今寄去人民币 15 元，请查收。"仅此而已，再多的话是没有过的。我看了觉得很生分。在 3 年的时间里，我独自去中关村看过他若干次。他除了问我学校里都学些什么课程并认为科目太少之外，对我的学习、生活和今后的打算从不过问，我也不敢对他谈什么心里话。我感到，父亲对我一直是一个生疏、冷漠的人。

1955 年暑期，我和姐姐同时毕业。下半年，我和姐姐都被分配到北京工作。父亲为了我们姐弟俩参加工作，给我们每人买了一块手表。他亲自带我们两个去王府井，在亨得利钟表店里挑选。在当时每块大约一百几十元，是个不小的数目。后来我自己又花了 27 块钱在内联升鞋店买了一双皮鞋，在当时这已经是够奢侈的了。这是我平生穿的第一双皮鞋。

在北京，我和姐姐经常相约在星期天去看父亲。我所工作的科学院近代物理所是中关村的第一个研究所。我的宿舍离父亲住的北大中关园公寓，相距只有几百米远，在我们的办公大楼楼顶上就能看见他住处的灯光。可我从来没有一个人在平常的时间里去看过他。姐姐住在马神庙建筑设计院的宿舍里。我们和父亲仍然很生疏。去看他的时候，所谈的都是国家和天下大事，几乎没有谈过与家庭和个人有关的事情，大家就像是陌生的朋友。我和姐姐虽然感到很不舒服，也经常讨论如何才能改善这种状况，如何才能增进父子之间的感情，如何才能使父亲真正融入我们的家庭。我们特别担忧父亲和母亲的关系，觉得如果他们那种冷淡的关系长期继续下去，这个家恐怕就要瓦解了。当时我们看到，父亲一个人住在中关村北大的宿舍里，房间无人收拾，卧室由于朝北，窗户缝隙很大，吹进了很多灰尘，父亲就蜷曲着睡在床上，冬天更是寒冷。我和姐姐看了以后很不是滋味，又想到母亲和叔祖母两位也是孤苦伶仃地在济南生活，那么为什么他们不能住在一起，互相有个照顾呢？那时我和姐姐就是想让他们团聚。于是我们决定先由我们做起，尽量多与父亲接触，增进感情，然后再解决叔祖母和母亲与父亲增进感情的问题。可是，也许我们做得不够，也许是父亲不肯敞开他的感情之门，我们的努力收效甚微。

一般说来，我和姐姐去看父亲，事前我们两个都要商量一下，今天要和父亲谈什么，而把济南的两位亲人接到北京来则是最重要和最难开口的事。有一次，我和姐姐去看父亲，终于涉及家庭在北京团聚的事，父亲竟直截了当地对我们说："我和你妈没有感情。"实际上是告诉我们，家庭团聚的事免谈。我们失望至极，此后我们有很长时间就再没有涉及这个问题。

20世纪50年代的中国政治运动一个接着一个，哪里有时间谈论家庭的事。但是在"大跃进"、"人民公社"运动以后，便是三年困难时期。粮食不够吃，副食品极度匮乏，叔祖母和母亲在济南也是处于半饥饿状态，挣扎过活，这使我和姐姐不能忍心。我们吃不饱的时候，就想到她们也在挨饿。我们时时牵挂着她们。于是我和姐姐下决心旧话重提。这次我们的决心是一定要把叔祖母和母亲接来一起生活，如父亲不同意，就让她们和我住在一起。我们再也不能让叔祖母和母亲孤零零地在济南生活了，当然也不愿意再看着父亲过单身汉的生活。我们把这个想法对父亲说了，他未置可否。于是我便开始行动。我于1961年把叔祖母和母亲接到北京，就住在中关村我的宿舍里。我同时给北大校长陆平写了一封信，请求组织上批准将叔祖母和母亲的户口迁到北京让她们和父亲团聚。陆平校长非常重视，很快就写报告给北京市委，彭真书记也迅速地批准了北大的报告。这样，叔祖母和母亲就回去到济南搬家，不久她们就到北京来和父亲团聚了。我和姐姐的果断举动，实现了家庭的团聚，但究竟是好是坏，难以预测，只有以后走着瞧了。但从后来发生的事来看，父亲对我和姐姐虽有不满，但并没有造成太大的冲突。只不过这件事仍不免是我们家庭内部难以理顺的问题。

家庭从形式上来看是团聚了。叔祖母和母亲内心自然高兴，可是也并不踏实——她们能和父亲和睦相处吗？

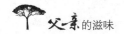

为了保护父亲，我们干了几桩蠢事

"文革"一开始，我和叔祖母就干了一些蠢事。我们想把父亲的许多旧信处理掉。于是我就在楼后面焚烧。正烧之间，恰巧有一队红卫兵走过，立即过来询问并把火浇灭，把尚未烧完的信件拿走。于是这便成了父亲的一大罪状。无独有偶，红卫兵在剩余的信件中发现了一张蒋介石的照片（这是父亲在德国留学时大使馆赠送的），这就成了父亲的一大罪状，为此吃了不少苦头。我和叔祖母为这件事感到非常内疚。不过蠢事却不断地发生。

北大抄家之风骤起，气氛极为恐怖。叔祖母害怕放在厨房里的菜刀容易为歹徒使用并且为了给自己壮胆，就将一把菜刀藏在自己枕头下面，这显然是一件幼稚而迷信的举动。红卫兵来抄家，发现了这把菜刀，他们硬说是父亲图谋杀害红卫兵用的，并且在批斗会上亮出了那把刀，真是铁证如山、有口难辩，父亲只好承受拳脚惩罚。这件蠢事又使叔祖母懊悔不已。

按照红卫兵的命令，父亲把自己住的四间屋子腾出两间，由原住楼下的田德望夫妇搬进来。父亲的许多家具无处搁置，只得堆在田家的一间屋里，占了很大的面积。时间久了，田夫人不满。叔祖母是个急性子，便和我商议要把一些家具卖掉。我随即便把一套高级沙发、一个七巧板式紫檀木组合方桌、两把紫檀木太师椅等几件家具送去西单旧货店卖掉了。一共卖了50块钱。第二天，家具店认为估价太少，又给添了5元。我们哪知道，那沙发没什么，可那套紫檀木家具却是宝物，那是清朝末年重臣赵尔巽家的珍贵陈设，是父亲在新中国成立前夕购买的。父亲那时在农村，回来后得知他心爱的家具被我们卖掉了，大为心痛。叔祖母和我又干了一件蠢事，又一次懊悔不已。

可是我们干这些事，的的确确都是为了父亲好，虽感到懊悔但于心却无愧。叔祖母和母亲来北京没有几年，就要和父亲共度艰难岁月，相依为命，真是令人难以接受。可是，叔祖母个性坚强，不畏艰难，不怕危险，无论看来有多么大风险临头，她总是咬紧牙关，坚韧面对，毫不顾及自己的安危。情况越险恶，她的意志越坚强。她是我们家的一个擎天柱。她说话不多，但临危不惧，处之泰然。我母亲则以她那与生俱来的慈厚，面对这场她根本无法理解的灾难。她们俩总是想方设法为父亲做点可口的饭菜，用无言的支持帮父亲度过一次次难关，注意父亲不要做出轻生的事。

父亲被关进了"牛棚"，我和姐姐也不敢回家，只有她们俩带着孙子过活。我有时冒着风险偷偷地回去看一看，送点钱，安慰一下，如此而已。有一次我回去，正好碰到父亲被放回家准备参加下午的批斗大会。所谓准备，就是要自制一块大牌子，上面写上自己的姓名和身份，如"资产阶级反动学术权威"、"反革命修正主义分子"等，再用红笔在自己的姓名上打上个大叉子。姓名要倒着写，表示反动并且已被打倒。他见我来，就把这个任务交给了我。我如法炮制，只是在挂的绳子上做了点小手脚，选了根稍粗一点的绳子，以免脖子吃亏。父亲一句话没有说，他表情严肃，正准备应对即将到来的灾难。他虽然念过许多书，走过许多地方，可谓见多识广，但对那场史无前例的疯狂政治运动，除了愤怒之外，也是茫然无知。

我和姐姐单位的"文革"运动也开展起来了。我们中止了在安徽的"四清"运动，被调回北京参加"文革"。我所在的原子能研究所，属中科院和核工业部双重领导，运动也是双重的。我当时担任原子能所中关村分部第一、第三、第四、第十一研究室党支部书记和赵忠尧副所长的秘书、党总支委员、共青团总支书记。官衔不少，级别只不过是副科级。我没赶上所谓"资产阶级反动路线"那一段时间，可是一到所里也是大字报迎接。我觉得我还算不上当权派，也有积极参加运动的愿望。可是革命群众总不买我们的账。我们这些所谓中层干部就整天关在屋子里无所事事。我觉得这样不行，就和大家讨论要主动参加到运动中去。大家，包括党总支书记、分部副主任在内的全体干部，都表示让我出头组织一个"中层干部革命造反小组"，以赢得革命群众的信任。二机部的运动比科学院的要落后一些，我们自觉有了底，造反有理，便去核工业部煽风点火，闹革命。就这样到了部里就和那里的造反派组织联合起来组成了一个"二机部革命造反总部"。我由于是中层干部的代表，又来自运动较为先进的科学院，竟然被选进了总部勤务组，成为一个勤务员，进而又被推选担任组长，俨然成了二机部"文革"的重要领导人。从1966年底到1967年2月，3个多月的时间里我经历了一系列重要事件，直至所谓"一月风暴"夺权后离开。

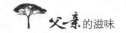

在 3 个多月的时间里我大开眼界，饱受考验。我作为共产党的基层干部，亲身体验了什么叫群众运动，也看到了共产党在执政仅十几年后在群众关系上存在的严重问题。在"文革"初期，造反派确确实实整了大批群众的材料，即所谓"黑材料"。当我看到那堆积如山的材料和部分内容时，我心中真的感到恐怖。

我老婆在国家科委工作，她是所谓的铁杆保守派，她保所有的领导干部，不管他们是好还是坏。她在保一位副主任 ×× 时特别坚定，甚至顽固。当时我们之间并没有发生争执，我并不知道她对我的态度。直到后来我挨整的时候，她才表示，如果我是"五一六分子"，她就和我离婚。

我姐姐在二机部设计院工作，"文革"中也参加了造反派组织，只是普通的一员。造反派里有许多人确实和我姐姐一样是较为正直的人。他们对我们党的一些做法有意见，特别是对整人的做法不满。他们有别于那些有个人野心、行为上胡作非为的人。我觉得对造反派也要有所分析，不能一棍子打死。姐夫则抱定他的人生哲学，谁也不得罪，对谁都没意见，什么派也不参加，平稳地度过了"文革"。"文革"是一场浩劫，但它却考验了每一个人，包括季家的每一个人。

——选自《我和父亲季美林》，新星出版社出版。因版面有限，所选章节略作删节，标题为编辑所加。

季羡林的最后六年

■ 南 周

季老与儿子季承的父子关系，始终成为人们注目的焦点……

病榻岁月

从 2003 年 2 月 21 日到 2009 年 7 月 11 日去世，季羡林在北京 301 医院的病房里度过了最后的 6 年。

病房是个套间，门口旁是一个卫生间，然后是卧室，中间有张书桌，后面是个书架，再往里是个小房间，由陪护的秘书李玉洁居住。不大的阳台上摆放着绿色植物外，还有几个大的塑料盒，里面装的是书籍和资料。

在 301 医院住院期间，季羡林的日常生活起居安排得非常规律。早上 6 点，起床开始读书写作，吃完早餐，简单锻炼会儿身体，接着是让助手读书念报，中午 12 点吃完午餐后，一直睡午觉到下午 3 点，随后是接朋见友的时间，吃完晚饭后，他从 7 点一直睡到次日早上 6 点。他的《病榻杂记》就是在医院里完成的。

老秘书李玉洁陪伴季羡林度过了最后 7 年的大部分时间。李玉洁的老领导、北大亚非所原办公室主任杨守学解释说，李玉洁原为季羡林的邻居，20 世纪 50 年代，丈夫在政治运动中被打为特务，时任北大东语系主任的季羡林在政治和生活上都给了李玉洁大力帮助。此后季羡林在北大组建南亚所，李玉洁从国家外文局调来，与季羡林一起工作长达近 20 年。20 世

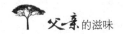

纪 90 年代中期后，因为父子决裂，季羡林无人照顾，李玉洁从此成为他十几年里的工作和生活助理。

从季羡林的文章来看，他对李玉洁的照顾充满了感激和满意。在这段日子里写的《我的家》和《九十述怀》中，分别说"有位老同事天天到我家'打工'——为我读信念报，操吃操穿，处理杂务，照顾我的生活，不似亲人，胜似亲人。"

唯一的烦恼是登门的访客过多。找季羡林的人里头，有他的弟子、同行、朋友，有来采访、约稿的报纸、杂志、出版社编辑，还有家乡和海外的亲朋好友们。这时候只能是李玉洁出来拦驾，"这往往会得罪那些不能进门的人"。

2006 年 8 月 8 日下午，为季羡林 95 岁大寿操劳过度，连忙了 3 天的李玉洁，因高血压昏迷摔倒在地，10 天后才苏醒过来，但她再也站不起来了，甚至不能回家，一直在 301 住院至今。

不久，北大派来了新的秘书杨锐，接替李玉洁照顾季羡林。针对曾经的"秘书虐待"说，季羡林的邻居和老朋友乐黛云认为，"我不觉得杨锐是一个坏人，她对季老也非常好，我们可以看得出来，我们吃饭的时候，她经常给季老擦嘴，或者身体不好的地方给他揉捏，对他非常亲切"。

与儿子和解

2009 年 7 月 19 日，儿子季承和北大校方代表一起从 301 医院接走了季羡林的遗体。在季羡林去世前后，季承与父亲的关系始终为媒体关注。

按照季承的说法，父亲和自己感情淡薄是因为对自己的婚姻不满。因为家庭贫困，在季羡林 6 岁的时候，父亲把他送到了济南讨生活的叔叔家里。等到他读高二时，按照叔叔、婶母的安排，他和后来的夫人彭德华结婚。

因为对婚姻不满，加上和妻子没有共同语言，季羡林在很长时间里不肯回家。"结婚不到一年，就上清华了，清华毕业就回济南，也没有住在家里。然后去德国，一去 11 年，回国以后到北大教书，又过了一年，才利用暑假回家探亲。"《季羡林传记》的作者卞毓方对南方周末记者说。

一家人在 20 世纪 50 年代于北大朗润园的房子里终于团聚之后，季羡林和妻子仍然保持分居。季承回忆，同事们给父亲买了一个双人床，季羡林坚决拒绝，要把它退掉，后来换了单人床，还是一个人一个屋子。这让儿子季承和女儿婉如很痛苦。在日常生活中，因为同情母亲，他们经常帮助母亲洗衣做饭，干家务活。天长日久，家庭的矛盾从那儿开始了。

"我父亲对这个家庭有一种感情上的抵触，为了要在济南活下去念书，他必须接受长辈安排的媳妇，他又没有勇气摆脱，只能一直维持这个关系，造成他内心和外部家庭、社会有一种矛盾的状态。"季承说。

1996 年，在奶奶和母亲接连去世后，父子之间的矛盾也突发呈现出来。《季羡林全集》编委会负责人柴剑虹在接受《南方周末》采访时说："一是因为儿子跟保姆好上了，另一个就是老伴走了，为了丧葬费的问题跟儿子发生争执。"

季承认为，真正让他们决裂的是因为儿女对母亲的好。"当时我母亲在医院里头，我整天忙来忙去，他觉得我们对母亲要比对他好。所以有次他说，'甭管你多辛苦，你做的事情是为你妈做的，你妈死了以后你不会孝敬我的，你现在走吧。'不让我住在北大了。"

直到去世前一年，季羡林季承终于父子和解。2008 年 11 月 13 日，季承带着妻子和儿子宏德到 301 医院看望父亲。此时，在场者心酸地看到，季老身边没有什么现金，从护工那里借了 3000 块钱当红包，发给了第一次见面的小孙子。

在你们了解同情之后，安静

外头流传的东西都是很正面的，大家看到的和内部的实情可能不完全一样。我就想讲讲我们家里的故事，把我知道的情况公开一下。

《我和父亲季羡林》还没正式发售时，出版方为作者季承先开了一个博客，把部分文章贴在了上面。

后果很严重——

"这哪像是和父亲谈心，这分明是出卖父亲的隐私换钱嘛！名人之家，果然只有名利没有亲情。真不如小门小户的人家，有实实在在的温情。老先生可怜！"

网友慧子留言，"大师已经远去，我们在心底默默地敬重和惦念不好吗？70多岁的人了，写这些东西，有什么意思？"

网友 Alina 规劝他，"我明白，在北京这个灯红酒绿纸醉金迷的城市里，金钱是很重要的。但是比金钱更重要的还有亲情。我从网上多多少少看到你们父子之间的纠纷。不管你父母是不是有真感情，不管你母亲走了以后你父亲对你如何，不管是不是你父亲因为你娶了家里的保姆与你决裂，但请这样想，如果你父亲不是季羡林，而是一个普普通通的老百姓，你的生活又是怎么样的呢？有多少父母间是存在轰轰烈烈的爱情呢？你是季老唯一的儿子，请放弃那些埋怨。把季老留给世人的精神财富发扬光大吧！"

还有人站出来正误，指出季羡林留德时爱慕的德国女子伊姆加德，并非季承文章里所写的那样，与季羡林心心相印，并且为了他终身不嫁。

FT 中文网专栏作家老愚说这不是本让人愉悦的书，而是一本"坦白之书"，"悖离了'子为父隐'的儒家传统，真实得近乎残忍"。"在这本书里季羡林先生可以说是一个人生的失败者，一个有国无家的浪人，一个孤独、寂寞、吝啬、无情的文人。早年的心结——寄居叔父家、无爱的婚姻、母亲早逝塑造了他压抑、封闭、孤傲的性格，他的意气用事毁了自己一家，又使他身陷一个人设计的阴谋泥沼而难以自拔。"

风暴眼中的季家安静寻常。这是季羡林先生生前北大所分的一处住房，基本没有任何装修，四白落地，瓷砖地面，客厅与饭厅之间由一道推拉门隔开。最醒目的是一幅大相框——季羡林先生身着红毛衣，扶杖立于一株怒放的红梅之前。春雨从一早就开始飘洒，采访到中午时，雨越下越密，楼前的玉兰树落了一地花瓣。

75 岁的季承始终神色平静、言语温和

他说博客不是他开的，但上面发布的内容都是他书里所写的。至于网友们的不解、议论，甚至鄙薄，他都表示"理解"。他更希望获得理解，"你们年轻人还体会不到，稍微上了年纪的人喜欢安静，不希望有过多的事情烦扰。我就是想尽量把真实的情况告诉大家，让大家了解、理解，然后产生同情，最后能安静地过日子。"

"悲剧"是这本书里频率最高的关键词。在他看来，父亲与母亲无爱的婚姻是造成几代人悲剧生活的根源。他甚至宁愿父亲当年离经叛道留在德国女友身边。"（我们家的人）生活得不那么痛快，每个人都隐忍着，虽然没有争吵，但很冷漠、很冷淡。外人看起来很融洽，你看季羡林他们家

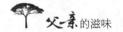

多和气呀，他们看到的是外表，外表一团和气。"

　　季承诚恳且沉痛地说，"作为大人物之后，我不觉得是一种什么幸福，或者满足。不是这种感觉，而是一种负担。就连我父亲这笔遗产，我也背着很大的包袱。它对我有多大益处，我现在也看不出来。"

　　这个声名显赫的家庭似乎陷入了某种亲情魔咒。季承一直觉得父亲跟自己和姐姐不亲。姐姐抱恨而去，他仅在父亲辞世前8个月感受过稍微亲密正常的父子情。而他的儿子同样与他不亲，对季家事务不闻不问。好在女儿与他往来密切，给了他安慰。

　　为他带来最大快乐的是小儿子福娃。这是他与照顾过自己母亲的马晓琴重组家庭所添的小宝贝。小家伙还不到两岁，活泼顽皮，我们聊天时，他一直守在客厅与饭厅的推拉门外，把整张小脸都贴在玻璃上，鼻子挤得扁扁的，笑出两个深深的酒窝。采访将近尾声，季承先生招手让他进来，他飞奔而至，迅速准确地将茶几上的水杯扫到地上。白发苍苍的父亲满眼慈爱地看着幼子，窗外春雨沙沙，那一刻，岁月静好。

揭开真相无损父亲的伟大

"有人说你和你媳妇要毒死他"

人物周刊：你朋友说你写这本书是一种心理治疗，写书时内心有过斗争吗？

季承：念头很早就有了。我就想讲一讲我们家里的故事，外头流传的东西都是很正面的，大家看到的和内部的实情可能不完全一样。4年以前我开始动笔，那时候我们父子还没和解，老人年纪很大了，说不定什么时候就不行了，我都没期望我们还能相见，还能和解。

人物周刊：你心中有委屈？

季承：我当然很不平。一是父亲对我的态度，让我委屈。我觉得我这个人是很孝顺的，对父母，对老一辈，对家庭都尽心尽力。为何父亲最后这样对待我？另一个就是，对有些旁人在我们家制造隔阂，我很不满意。这些人原来对我挺好的，后来一下子变了。我也在想他们为什么变了，就想把我知道的一些情况向社会公布一下，让读者们了解。

人物周刊：你和季先生后来和解了，为什么还要拿出书稿来？亲友什么意见？

季承：事先给一些亲属、朋友看过，他们都是很同意的，觉得我说的是真话，没有编造。不过他们也有顾虑，说你这样讲，读者不易接受，可能挨骂。我说这没关系，不怕暂时有些误解，时间稍微长一点大家就心平

气和了。而且我讲的东西不会影响大众对他的看法。我父亲好的一方面、受社会尊重的一方面，这个是不能改变的。

人物周刊：你写自己的父亲也没有遮拦。为什么你能毫无顾忌地道出真相和秘密？

季承：我觉得读者应该习惯，伟大人物有他的伟大之处，这没问题。但让读者知道一些别的真实情况，并不见得有损于什么，把这些都盖着，我觉得没什么道理。

人物周刊：你们父子13年不见面，这让很多人难以理解，亲人之间，何至于此？

季承：这是事实。有些读者说，13年你见不到你父亲，你太无能了。我们不能相见，最重要的问题就是有人阻隔。301医院是军队医院，有战士站岗的，不是说你混就能混进去的。当然我要是想想办法找找人，也不是进不去。但是我父亲在当时对我的态度还没变，不愿意见我，旁边的人都在说我的坏话，甚至说我和小马要毒死他，以至于他的饭菜一度都要别人先尝一下，他才能吃。我父亲当时不光对我持怀疑的态度，对所有的亲属都不信任了。他身边的人给他制造了一个印象，你的亲人都不喜欢你了，都不理你了，都不来看你了。因此，他对亲人、血缘关系都丧失信心了。

人物周刊：从书里看，你们父子之间始终不是特别亲密，这也是造成你们冷战13年的一大原因。

季承：对，两个人都是意气（用事）。在他住进医院之前，我其实还经常回学校去看他，但都不进门，站在门口跟秘书问问他的情况。秘书不告诉我父亲我去过了，她要是跟他说一声，"你儿子来了，就在门口，你是不是让他进来，你们俩谈谈？"我们不就可以聊聊了？没有，我和她谈完之后她不讲，甚至还讲一些其他的话，然后就造成更深的隔阂。

原来我跟那个秘书关系还可以的，我父亲病情严重要住院，她也同我商量，301医院还是我介绍去的。结果后来那样封锁我们。一直到我们和解，我进了医院，我父亲心里的疙瘩都没解开。还是我父亲的护工告诉我，"你父亲心里还有疙瘩，你去跟他说说吧。"我说什么疙瘩？她说，"有人说你和你媳妇要毒死他。"

"父亲在家庭生活中刚及格"

人物周刊：季先生去世之后，你看了很多他的日记和未发表的文章，对他的了解和感情发生变化了吗？

季承：是的。我最近看到一篇短文《最后的抚摸》，写我母亲住院时他去医院探望，我母亲睡着了，他摩挲老伴的手。这件事过去我就不知道，我的第一感觉是你还摸过妈妈的手？不可能！不过我估计这也是他唯一一次。那天有个朋友问我，他说你父亲1946年回来，跟你母亲就一直分居？我说是，那时候他们才三十几岁……后来我叔祖母和母亲从山东搬到北京来，他们也不住在一块。当时秘书给我父亲买了张双人床，我在场，很高兴。结果我父亲看了说，不要，退掉。重新换了两张单人床，他睡卧室，我妈妈就睡在客厅里。

他们交流很少，没什么可说。我父亲脑子里全是他那些学问，对家里的事情，他不太关心，就是到点吃饭。即便到了比较关键的时候，像"文化大革命"，别说两个老太太（季承的母亲和叔祖母），我父亲都不懂为什么受那么大冲击，为什么闹成那个样子。我奶奶我妈就是保护我爸爸，让他睡好吃好，少受点罪。就这种观念，朴素得很。这也可以叫做亲情了，是不是？

人物周刊：如果从季先生的角度看，他其实一直生活得很孤独。

季承：是啊，很孤独。我父亲遵循了旧道德，离开心爱的人回到祖国，既不背叛，又不培植爱，3个人都痛苦。他的感情从不外露，我跟我姐都怕他，每次去看他，他都很严肃，我和姐姐每次去之前都得商量商量：今天说点什么。我父亲这个人，侠气是对外的，对家里很小气。无论感情，还是物质，他对亲人都吝于给予。

人物周刊：如果不是作为儿子，只是作为一个男性，你会怎么评判他的感情世界？

季承：这个我想不外乎两个抉择。一个就是忍下来，再一个就是抛弃掉。我父亲那代许多知识分子都遇到如何处置旧婚姻的问题，各种各样都有。有人把老妻扔在家里头了，出来和很多女性结合。也有的人对原配夫人很

好啊，像梁实秋、胡适，对原配夫人非常好。也有像鲁迅那样的……我宁愿我父亲当初就有个了断。

人物周刊：你在书里分析季先生真情深藏、对人不信任跟小时候寄养在叔父家有关。你跟姐姐生长在父母不相爱的家庭，情感发育上是否也有影响？

季承：我想对我们姐弟两个心理上肯定会有影响的。我是不会叫"爸爸"的，直到现在叫"爸爸"都很别扭，我姐姐也一样。后来跟父亲和解了我都不喊他。那个护工说，"你都不叫你爸爸呀？"我说叫什么，来了就算了。

好在从小叔祖父叔祖母对我们很好，我们不叫叔祖父叔祖母，一直叫爷爷奶奶，非常亲。我母亲对我们也是非常疼爱的。

就是懂事后心里一直有个包袱，总觉得家里头不太融洽，老是想把它改变改变，努力很多，但收效比较少。1962 年，困难时期刚过，政治气氛啊各个方面稍微缓和些，我跟姐姐找我父亲谈，把我奶奶和母亲从济南接来了，一家人从形式上算是团圆了。那对我们家还是有很大作用的，"文化大革命"期间，要没有这两个老太太陪着我爸爸，我爸爸早就自杀了。

人物周刊：季先生在文章里也很感念她们。

季承：他是很感念她们的，写了很多文章。我后来看他一些短文和日记，他还是有触动的。但他这个人呢，就是长时间压抑自己的感情，所以甚至于在亲人离世这样的大事上他也不表露。我母亲死，我姐姐死，老祖（奶奶）死等，我给他讲了以后，有时他不吭声，有时刚要跟他讲，他说我都知道，你甭说了。人老了，亲情就多一些了，对家人的态度有一些变化，但还是不如正常的家庭那个水平。我们家里头对我父亲的散文有一个阶段就不是很接受，特别是一些写我们家庭的散文，大家觉得你写的和你平时的表现不太一致。我姐姐去世后，他也写了篇文章《哭婉如》，后来他知道姐姐对他有意见，就没有发表。

人物周刊：如果要给父亲打一个分，你给他打多少分？

季承：就看从哪个方面讲了，如果从事业来讲，他应该是得满分的，是吧？这是没问题的。但作为一个家庭成员，作为一个男子来讲，他有很多的缺陷，很难打，是及格不及格的问题……

人物周刊：能及格么？

季承：就 60 分吧。

人物周刊：你觉得他对名利看得透么？

季承：他好名，给他 100 个会长他都戴上。

人物周刊：那他干嘛辞掉国学大师的帽子？

季承：有人不是挖苦吗？说他是印度国学大师，怎么跑中国来了……他觉得有些吹捧过分了，想压一压过热的吹捧。这也能证明他好名但不被虚名所缚，并不以这个自居。对利他看得比较淡，但那只是对外，对家里头有些过分，我们济南话说是"抠唆"，北京话就是"抠门儿"。真的。

你不能宠着自己的孩子，让他完全站在你的肩膀上，但你要多少对家庭有些想法，对一家老小的生活有所安排。他没有。

"父亲的遗产也是包袱"

人物周刊：季先生去世后一年也发生不少事情，那些麻烦事都处理好了么？北大宿舍的盗窃案判了吗？

季承：没有，好多事情都没完，我估计还得有相当的过程。现在这个案子为什么拖着呢？犯罪嫌疑人偷的这部分东西怎么估价比较困难。最近公安局请海淀物价局牵头，请了 4 个方面的专家，文物、拍卖、图书方面的专家，合议定价，提出一个意见来交给公安局。

人物周刊：你有没有估算过季老留下来的东西能有多少钱？

季承：这个很难估算。

人物周刊：你害怕因为财产分割造成你和亲人之间新的矛盾吗？

季承：有这个顾虑，但总的来说能处理好。我外甥有他的继承权，这没问题，我从不否认。但这个继承权怎么体现？一本书、一张画，分给他，还是分给我，还是都变现再分？这个事情具体怎么办很讨厌。

人物周刊：你外甥跟你谈过么？

季承：谈过。关于继承的问题，很早我们就谈过，这个我们不忌讳。

他继承的其实是我姐姐应得的一份，我一点儿抵触情绪也没有，我姐姐对家庭的贡献也是很多的。但是具体哪些要捐献，哪些要拍卖，哪些要分配，现在我还拿不出一个办法来。

人物周刊：你的子女都是什么态度？

季承：我的孩子都比较超脱，我儿子根本不管，我女儿说你们随便。外人可能觉得这笔财富有很大吸引力，其实我父亲这笔遗产，我背着很大的包袱，是个累赘。有人说直接捐掉不就得了吗？但这不是我一个人的，另外我不能像我父亲那样，对家人不做任何安排，那也不正常。小孩的抚养、他们以后的生活总得考虑一下。走极端我想也没必要。

他就是一个科学家——儿子眼中的钱学森

■ 钱永刚

我父亲给我的印象就是忙,他的工作具有保密性,忙什么我们都不知道。一直到我参军提干后,才知道我爸爸真正是干什么的。

国防部五院成立的时候,调进来的所有干部政审非常严格,同时要求你本人嘴巴要绝对的紧。别说我们小孩子,就连我母亲也从不过问我父亲的工作。有一次我母亲接受央视采访,我听到她说,"学森从来没有对我谈过一次他的工作,我从来不知道他是在做什么事。他从外边回来,穿着大靴子、大皮袄。哦,我知道他是到西北去了……"

聂荣臻元帅为我父亲搭建了一个尽可能大的工作平台,平时我父亲就在北京,关键试验的时候去一下基地。他去基地都是专机。聂帅想得很细,如果钱学森要去基地,他会要求基地负责人,"钱什么时候到基地,北京会通知你。在钱到基地的时候,如果有比钱官儿大的,你要把他请走,如果请不动,你就说我让他走。"他要保证钱学森有职有权,是基地的最高权威。一切掣肘钱学森工作的因素,都把它排除干净。

确定发射的日子如果定下了,会向北京密码通报,这个报告后面需要钱学森和基地司令的签名。有一次发射,基地司令认为条件不具备,不同意发射,但我父亲经过调查,认为条件具备,可以发射。基地司令仍不肯签名,他就自己签名给北京发了通报。聂帅问明情况后,说:"发射时机的确定属于技术范畴,钱学森觉得合适,我就批准发射。"

我父亲有一次与一个同级别的负责人去向聂帅汇报工作。汇报开始,

那位负责人先讲开了，讲得很详细。我父亲汇报时讲得相对就少了。聂帅心非常细，汇报结束后，专门留下那位负责人，诚恳地说："以后汇报工作是不是让钱学森同志先讲，技术方面听听他的意见。不然的话，你先讲了，钱学森同志有什么意见，也不好讲了。"那位负责人愉快地接受了这个意见。

20世纪90年代的时候，他应《求是》杂志之邀写了篇文章，里面用了"政治文明"这个词。编辑部拿不准，说中央没有用过这个词儿，不敢发，要他改。他不肯，说署名是我，我负责。后来就发在《求是》的一本内参上了。全国媒体2004年才用这个词，现在已经成为一个共识了。

父亲逝世后，我跟记者们一再强调，"咱们还得实事求是，我们敬仰钱老，但是我们不能说那种过头话，钱老实实在在的东西要挖掘，说清楚。但是也不能乱扣高帽，扣得再多，名实不符，戴了也白戴，几十年以后都得摘了。他不是什么教育家、政治家、军事家……他就是一个'家'，著名科学家。"

我从这个家庭里受到的最大影响是对书的热爱。我们家的经济条件用不着我为谋生奔波，衣食无忧。我这点工资都足够，另外多少还沾点老头的光，我挺知足。我不抽烟不喝酒，就喜欢读书。我看了很多闲书，毫无功利目的地看书。这本书什么时候用得上，不知道，反正有意思我就买，就看。

我儿子钱磊今年30岁，少校参谋。我平常没少说他。但他十分讨厌别人说他是钱学森的孙子，不愿意走哪儿办什么事情都打着爷爷的旗号。这点我很喜欢，男孩子就得这样。

我当然希望他的人生之路走得顺心点。但谋事在人，成事在天。他做得比我好，我高兴；不如我，我也不会瞧不起他。至于后代中是否还能出一个像我父亲这样伟大的人物，我不做设想，也没法去设想，一切都是未知的。

人生没有如果

■ 南 周

> 没有人因为他父亲的地位和影响力给他什么特殊照顾，"如果我不是钱学森的儿子，可能得到的还多一点"。

> ——钱永刚

2009年11月6日下午，参加完钱学森的遗体告别仪式之后，中国航天科技集团公司总部、各院及相关直属单位工作人员又聚集在中国空间动力研究所礼堂，观看话剧《克里夫兰总统号》，用这种别样的方式缅怀悼念老人家。

1955年9月17日，钱学森带着妻子蒋英及儿子钱永刚、女儿钱永真登上了"克利夫兰总统号"邮轮启程回国。那年，钱永刚7岁，妹妹钱永真5岁。邮轮开动了，他俩在甲板上跑来跑去，异常兴奋。年幼的他们没有父母心中的家国之忧，钱永刚回忆说，他那时最着急的是一件事，"这船开了这么久，怎么还没离开海岸呢！"

他跟妹妹眺望了很久，最后都困了。一觉醒来，这才高兴了，"终于开进大海里啦！"多年之后，这艘邮轮一再被人提及，它被称为"改变钱学森命运和中国科技发展进程"的一艘大船。似乎很少有人在意钱学森一双儿女命运的改变。

参 军

1986 年，钱永刚来到父亲曾经求学亦曾执教的美国加州理工学院。38 岁的他是自费公派来这里攻读硕士学位的，而他父亲在这个年纪已经是该学院的教授和喷气推进中心主任了。

学院图书馆奠基于 1966 年，他站在奠基石前感慨良多。

"1966 年，我 18 岁，正是该上大学的年纪。"可那时国内哪里有学上，到处都在停课闹革命。

他在自己所读的高中耗了一阵子，实在看不到什么前途。恰好有个招兵的机会，就跟家里说了一声，参军入伍了。

他父亲钱学森那时候任第七机械工业部副部长，面对高中都没有念完、不得不投身行伍的儿子，他也提供不了更多更优的人生选择，只有一句话，"你如果真的想去，你就去吧！闯一闯，好好干！"

他没有让父亲给军方打招呼，"那时候不兴这个，我爸爸也不是这样的人。"他跟同年入伍的新兵一起坐闷罐子车南下，在江南某部服役。

没有人因为他父亲的地位和影响力给他什么特殊照顾，"如果我不是钱学森的儿子，可能得到的还多一点"。

极"左"思潮下，知识分子不受信任，被视为异己，即便是钱学森这样的国家重臣，也不会例外，他的家人时时可以感受到"歧视"。

"'文革'期间，我父亲是受到保护的，但下面仍然会有很多人猜忌，你在美国有那么好的条件不要，你说得好听，主动放弃了优厚的待遇，谁信啊？"洗澡、人人过关、清查海外关系、清剿潜伏特务……一轮轮政治运动下来，知识分子家庭的子女早就学会了隐忍低调。

钱永刚说，他通过在基层部队 9 年的磨砺，切切实实感受到工农大众与知识分子之间的隔膜，甚至是某种嫉妒，"极'左'思潮盛行一时，不是没有群众基础的。"

家庭背景拖累了他的进步，"我已经做到了可以评'五好'战士，可以入党、可以提干了，工农家庭出身的战士做到这样可以了，我还是不行，对我的考验还要再加码。我什么都慢。"

争取入党时他拿出一股狠劲，拼命表现，"但凡连队里要发展一个党员，那就得是我，我的表现绝对是排第一的。可连队横竖认为我不合格，一年也不发展党员。团长骂开了，'你们这个连怎么回事，入党积极分子都死光了，一个都找不出来吗！'"

连里想办法把他调到一个技师培训班，"我调走了，没两个礼拜，战友给我写信，说连里发展那个表现第二的人入党了"。

这些经历和遭遇他没有向父亲讲过，回家探亲时，他有时会跟母亲蒋英聊一聊。父亲是如何走过那段非常岁月的，他也从来没有问过。

高　考

7岁回国的时候，他基本不会说中文。小孩子的语言学习能力是惊人的，他很快学会了说中文，满口流利的普通话，可惜英文又不会说了。

中学开始学俄语，高中时教俄语的是班主任，老师让他做课代表。"文革"后，停课闹革命、参军入伍，折腾下来又把俄语忘了。

入伍后第一次探家，他翻出念书时买的俄语课外读物，发现自己只能读个标题了。30年后，高中同学大聚会，他听说班主任要去，都不好意思去。"见了老师的面先敬了个礼，跟老师道歉，'学生不才，您当年辛辛苦苦教给我的，我全还给您啦！'"

他没想到"文革"会有结束的一天，"运动天天都是火热的，对明天，你不可能还有什么想法。那时候只有一个念头，埋头在部队干吧，干到什么样是什么样"。

听说要恢复高考了，他心里又激动又忐忑。从小他念书就没让父母操过心，"如果不是'文革'，考个不错的大学肯定是没问题的。"课本一放就是10年，自己都快30了，怎么复习？能不能考上？他一点儿底都没有。

他去找领导，请领导同意他参加考试，"倒退10年，我还敢吹个小牛，说自己考上大学八九不离十。但10年了，我也不知道自己能不能考上。我不甘心。'让我试一试，考上了，痛痛快快放我走，没考上，回来老老实

实接着干。'"

在部队做技术工作，数理化还有点底子，大学总算是考上了。入校的时候一打听，全系同年级他的年龄排第三，班上最小的同学小他10岁，"那种滋味，嗨⋯⋯"

妹妹钱永真和他一样，高中没读完就赶上"文革"，后来成为工农兵学员，20世纪80年代的时候出国了。

"人生没有如果"

常有人拿他和在美国的堂弟钱永佑、钱永健相比：钱永佑小他两岁，是世界著名神经生物学家、美国斯坦福大学教授，曾任该校生理系主任；钱永健更加大名鼎鼎，他是2008年诺贝尔化学奖得主。

当年两家在美国往来很密切，1955年钱学森回国后，由于中美是敌对国家，两家渐渐断了往来。中美建交后，钱学榘夫妇来华，钱学森和蒋英一起去看望过他们。后来，钱永佑又随母亲来过中国，"我妈妈就带着我和妹妹过去看他们，一起吃个饭。几十年就见了那么一两面，没有什么真正的交往。"

2008年10月26日，蒋英邀请一直在北京工作的钱永佑的女儿钱向民到家里做客，听力已经严重受损的钱学森笑着称她是"来自获诺贝尔奖家庭的特使"。

"如果你父亲钱学森当年不回国，你和妹妹钱永真一样可以平顺成长，也许可以像他们一样卓有成就。"

他神情凝重，"我妈妈曾经跟我说过，当时我父亲从监狱出来，加州理工学院的校长安慰我父亲，'不要消沉，工作吧。不为政府，为孩子。孩子将来上加州理工学院免试。'后来我父亲回国，临走的时候，校长又说了，'我说过的那句话还是算数的。'后来，我去加州理工学院的时候，确实没有让我考试，是不是30年前校长的话仍在起作用，我不知道。"

有时他也会假想一下，如果当年一家人没有坐船回国，如果父亲还是留在美国任教、做研究，"可能我的成长会更顺利一些吧！至少不会在该上大学的时候没学上，折腾到 34 岁才大学毕业，40 岁拿到硕士学位"。

"可人生是没有如果的，这些感慨和牢骚，也就是说说而已。我现在不也挺好嘛！自己觉得日子过得挺充实：建馆、出书、拍片、办班、办展……在办这些事的过程中结交了许多新朋友，他们给了我不少鼓励和帮助，使我觉得自己年年都有小进步。"

父亲陈毅在我眼中是"501"

■ 陈昊苏

做革命胜利时候的英雄并不困难，但是要做战争失败时候的英雄，这就很困难了。你打了败仗，是不是还能够坚持革命的理想，坚持革命的目标，继续进行革命的斗争，这是严峻的考验。

—— 陈毅

我对父亲的了解是随着自己年龄的增长、阅历的增加、知识的丰富而不断加深的。父亲的形象在我眼里从模糊到清晰，从感性到理性，最后达到精神层面的深刻理解，而且这种越来越亲近的感觉并没有因为他的离开而终止。

儿时——父亲在我眼中是"501"

1941年1月，蒋介石发动了骇人听闻的皖南事变，新四军遭到重创，新四军军长叶挺身陷囹圄，为与国民党反动派做针锋相对的斗争，党中央决定在江苏盐城重新组建新四军军部。我父亲陈毅当时被任命为新四军代军长。

这之后一年，我出生在盐城。在那个战火纷飞的年代，我童年的记忆就是时局动荡、战火硝烟。在抗战的后半段时期以及整个解放战争时期，我都是随着部队行动。父亲的形象也比较模糊，年幼的我只知道父亲是一个军人、一个将领，是"501"。因为大人们都叫他"501首长"，"501首长怎么怎么样"。

"501"是父亲当时的代号，这就是父亲留在我儿时的印象，有点神秘却不够亲切。在我的记忆里，那时我们总是离得很远，因为父亲总要在前线或者在总部指挥作战，而我却在后方。

遗憾——错过了向父亲请教的机会

因为年纪太小，我对那段战争历史并不了解。新中国成立后，当年的许多人和事被写成文章、回忆录，我通过阅读这些文章才进一步了解了父辈们打江山的历史。1973年起，我在军事科学院战史研究部从事战史研究，因而有机会看到我们军队在战争时期留下的许多珍贵历史资料，包括历史文件、作战命令、电报等。通过对其认真研究、学习，中国革命的历史脉络在我眼前日渐清晰，我对父辈们披荆斩棘、流血牺牲走过的22年艰辛革命历程及其伟大意义也有了越来越深刻的认识和了解。

我父亲曾说："做革命胜利时候的英雄并不困难，但是要做战争失败时候的英雄，这就很困难了。你打了败仗，是不是还能够坚持革命的理想，坚持革命的目标，继续进行革命的斗争，这是严峻的考验。"

中国革命历史上曾经有过几次严重的失败，比如红军长征就是一次严重失败的后果，中央苏区失陷，红军主力转移，留下一些负伤的人员和一些老战士在苏区坚持斗争，我父亲因为身负重伤也被留了下来。他说，只要我们在这个山头上保存一点革命的力量，就像星星之火一样，它会燃遍整个万里山河。正是这种乐观而坚定的革命信念，激励他们战胜一切困难，培育出一支勇敢顽强的革命队伍，最终解放了全中国。

我在军科院工作潜心学习、研究军史的过程中，有时会碰到难题和疑问。比如，我看到某指挥员指挥某次作战行动的电报，会疑惑：为什么他那样处理作战的问题呢？每当这种时候，我都很想问问父亲，当面向他请教。

可是，那时父亲已经去世。我真的感到很遗憾，错过了向父亲直接请教我军历史的机会。

诗作—— 与祖国的命运紧紧相连

要了解我父亲的经历，看他写的诗是一个非常好的方式。父亲年轻的时候曾有志于从事文学事业，20世纪20年代还写过小说，也发表过诗作。但是后来他发现由于政府腐败、无能，国家和人民日益陷入贫困，还遭到列强的欺辱，为了拯救贫弱的祖国，作为一名热血青年，父亲毅然投笔从戎，走上了革命道路。

参加革命以后，父亲仍然坚持写诗，但诗风完全改变了，内容也主要反映战争。他在战争年代大概写了300首诗，《梅岭三章》是其中比较有代表性的经典之作。

1934年8月在反"围剿"的作战中，父亲腿部负了重伤，所以没能随红军主力长征，而是留下来坚持游击战争。父亲说过，中国革命历史上经历过两次大的失败：第一次是1927年，国民党发动四一二事变，向过去的盟友共产党举起了屠刀。第二次是1934年，第五次反"围剿"失败。第一次失败时我们是白手起家，原来什么都没有。第二次失败前，我们已经有了几十万红军和红色苏维埃国家——苏区。而失败使中央苏区被国民党重新占领，红军也在遭受重大损伤后被迫转移。父亲说，那时真有国破家亡的感觉，所以第二次的失败感觉更为惨烈。现在我们说起南方三年游击战争，感觉只是一个军史概念。可对于父亲，却是几经生死的浴血奋战。父亲他们缺衣少吃，忍着饥寒与敌人频繁作战，东奔西走，父亲的枪伤一直难以痊愈。1936年冬，父亲他们在梅岭遭到敌人包围，面临绝境。他在诗里写得很清楚：被敌人包围了，虑不得脱，这次也许走不出去了。他于是写下《梅岭三章》，并把诗稿留在衣底，这也许是父亲这位诗人革命者特殊的遗嘱。他那时候虽然只有35岁，却已经是有着10多年革命经历、历经过多次战斗考验的革命家。在生死之际，舍生取义的悲壮、从容赴死的乐观、理想实现的期冀……各种各样的情感，汇集着、碰撞着，最后喷涌而出，化为壮丽的诗篇，形成《梅岭三章》这个战争诗歌绝唱。

新中国成立以后，父亲作诗的内容由战争转向国家的建设和发展。比如他 1959 年 3 月创作的《北京会议六言颂》，写实地反映了第二届全国人民代表大会第一次会议和政协第三届全国委员会第一次会议。父亲也有一些反映个人情怀的作品，但是仍然与国家命运紧密相联。像《冬夜杂咏》中著名的诗句：大雪压青松，青松挺且直；要知松高洁，待到雪化时。还有 1966 年写的《题西山红叶》："西山红叶好，霜重色愈浓；革命亦如此，斗争见英雄。"都真实地反映了一个革命者和国家领导人，面对国家发展过程中的困难和风险，勇担重任不畏艰险，充分体现了父亲坚强不屈的人格和对党与人民的无限忠诚。

（作者系陈毅长子，中国人民对外友好协会会长）

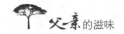

父亲告诫别做"八旗子弟"

■ 罗东进

秋收起义与毛泽东并肩战斗

1963 年 12 月 16 日，刚刚度过 61 岁生日不久的父亲就离开了我们。闻知此噩耗的毛泽东主席夜不能寐，几天过去了仍然走不出失去战友的悲痛，他拿出笔，写下一首悼念战友的七律《吊罗荣桓同志》："记得当年草上飞，红军队里每相违。长征不是难堪日，战锦方为大问题。斥鷃每闻欺大鸟，昆鸡长笑老鹰非。君今不幸离人世，国有疑难可问谁？"诗中最后一句"国有疑难可问谁"，足以体现毛泽东对从秋收起义起即与之并肩战斗了 36 年的我父亲的深厚友情和非凡器重。

在由解放军出版社出版的中国第一部大型革命回忆录《星火燎原》中，历经百战的父亲只选择了写《秋收起义与我军初创时期》。这篇文章写到了一个重要的细节：秋收起义中部队被打散了，只剩下了不到一个排的人。没有吃的，他们好不容易从百姓家里搞了一些米饭，但没有筷子，没有碗。毛泽东同志带头用手把饭抓起来吃，吃完了，他把手拍一拍，走到空地上，说："现在站队，愿意跟着我们闹革命的站出来。"那时候我还不理解父亲为什么要写这么一段故事，后来我才逐渐明白，秋收起义是中国革命最困难的时候，没吃没喝，部队被打散了，跟着这样一个不足一个排的队伍还有希望吗？这是最能考验一个人革命意志的时候。

不能像官老爷一样拒人门外

我父亲性格比较内向，为人厚道，待人诚恳，遇上好事从来不愿意出头露面，即使是照相这样的事他也总是躲得远远的，以至我们最后整理他的相册时，发现根本就找不到他多少照片。每次中央开会，照相时他总是躲到后面去，虽然他和主席关系非常亲密，但他和主席在一起的照片我们都很难找到。

不管是做基层工作还是担任高级领导，父亲从来都把自己看做革命队伍中的一分子，他能把方方面面的人团结在自己的周围，能形成一股合力。很多老同志，家里有了困难、有了问题，甚至两口子吵架，都愿意到我们家来，都愿意找他谈，他也总能很好地帮他们解决问题。即使后来他当了总政治部主任、中央政治局委员、人大常委会副委员长，又是位元帅，他也从来不把自己看得很特殊，很乐意接近群众，也很容易联系群众。他说，现在我们共产党执政了，人民给了我们这样高的地位，又给了我们这样的权力，人民有事来找我们，我们不能像过去的官老爷那样把人拒之门外，以后不管谁来找我你们都不能挡驾。为此，还有同志专门写了一首诗："革命友谊重山河，首长关怀暖心窝。帅府门前客不断，单车倒比汽车多。"这描写的就是我们家当时的真实情况。

父母因为工作繁忙，没有更多的时间和我们在一起，所以他们总是抓紧一切机会对我们进行点滴教育。我小时候很顽皮。有一次反"扫荡"，我们打了胜仗，缴获了一些战利品。我看到其中有只防毒面具，觉得好玩，就把它套在头上，跑到街上吓唬老乡的孩子，把他们吓哭了。我父亲正好看到，就把我叫到院子里头，狠狠地批评了我一顿，说："我们共产党、八路军是人民的子弟兵，是要爱护人民的，你戴着这个东西把老乡的孩子吓得直哭，你违反了群众纪律，关你一天禁闭，哪儿也不许去。"这事给我的印象非常深刻，让我知道关心爱护群众不是讲在口头上的一句空话，而是体现在生活的方方面面。后来到了城市，进了北京，父亲更是经常告诫我们不要成为"八旗子弟"。父母的言传身教让我们从小就深切地感觉到，是党和人民抚育自己长大的，自己今后也要成为共产党人，要成为革命军人，

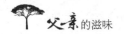

要为人民、为共产主义事业奋斗一生。

父亲的"五年计划"

从 1942 年开始，父亲就因为身体原因经常带病指挥作战。当时"新四军中的白求恩"罗生特大夫在给他检查后告诉他，这个病比较严重，依当时的条件很难治愈。这让我父亲感到自己为祖国奋战的时日不多了，他不知道自己的生命里还有几个五年，还能为党为人民军队战斗多久。因此，有一次他就私下里跟母亲说，咱们制订个五年计划吧，我争取再活五年，把日本鬼子打败，那时候我就安心了。结果抗战胜利了，他还活着，他很高兴，又私下跟母亲说咱们再制订个五年计划，建设新中国吧！解放战争以后，他又参加了社会主义建设和新中国成立后的军队领导工作。

他就这样以五年为一段人生计划，为党和人民军队建设事业奋斗到生命的最后一刻。在他生命的最后日子里，有一次他又昏迷过去了，很长时间才醒来，他看了看我们，拉着我母亲的手，说："我死了以后你们就从现在的房子里搬出去，搬到一般的普通的房子里去，不要在这儿住了。"然后他又对我们说："你爸爸是共产党人，我没有什么东西也没有什么遗产留给你们，我只能给你们一句话，那就是永远跟着共产党干革命。""我这一生走对了一条路，就是跟着毛主席干革命，跟着毛主席走。"

虽然父亲离开我们已经快 48 年了，但他的音容笑貌依然历历在目，他的言传身教深深影响了我的一生，我也希望通过我的努力让更多的年轻人了解过去，只有这样，他们才能更好地理解今天生活的来之不易。

子女名字记录罗帅征战历程

"北屯"、"东进"、"南下"、"北捷"，这些极具方向感、具有战斗意味的词语是罗荣桓元帅几个孩子的名字，它们连起来不仅记载了罗荣桓一生征战的历程，也在一定程度上见证了中国革命行进的路线。

罗荣桓元帅夫人林月琴为罗帅生下了两子四女，这些孩子多出生在战争年月，他们的名字也多打上了时代的烙印。

长子罗北屯系部队屯兵陕北的时候所生，所以取名"北屯"。因为环境艰苦，孩子出生后即寄养在老乡家里，当时生活条件太差，罗北屯还不足两岁便夭折。

二子罗东进出生于1939年2月，当时担任115师政委的罗荣桓准备带领大部队进入山东，开辟抗日根据地。望着逶迤东进的队伍，刚刚又做了父亲的罗荣桓给这个儿子起了一个很有战斗意味的名字：东进。

在向鲁南行军的途中，罗荣桓、林月琴夫妇有了他们的第一个女儿，为她取名字"南下"。1955年，年仅15岁的罗南下因腿部骨癌去世。在她之后出生的女儿罗林则在战争年代便夭折。

与共和国同龄的女儿罗北捷，是在新中国成立以后出生的，当时北平解放了，西藏也和平解放，于是罗荣桓给她取名"北捷"以见证那个激动人心的历史时刻。两年后，小女儿罗宁出生。

（作者系罗荣桓元帅之子，第二炮兵原副政委，中将）

领袖"护卫"，昂然沉浮

■ 罗 箭

第一任公安部长

新中国成立前，我父亲是在太原前线，当时接到毛泽东的一份电报，他回京先见的周总理，总理说快要成立新中国了，毛主席点的将，让你出任公安部长。我父亲不乐意，说要跟着部队打仗。

周总理就说：你不要说了，主席已经定了。主席后来在香山别墅见的我父亲，主席说：听说你还不愿意回来？都去打仗了行吗？所以，进城后父亲就直接到公安部了。

北京是 1949 年 1 月交接，我是跟着八一小学 3 月进的北京。当时北京很乱，老师把我们集中在一个大屋子里，把窗户关上，晚上不许出去。

新中国成立之前我父亲最忙的就是组建公安部，镇压黑恶势力，包括组建公安军剿匪。因为北平是和平解放的，好处是人民没受到伤害，建筑没破坏。但旧有的社会系统也保留下来了，比如国民党潜伏的很多敌特都没来得及扫荡，保留了很多旧警察，还有黑恶势力。所以那时候矛盾也很多，新政权要逐步地渗透到基层才能真正控制住，这是很复杂的工作。

那时候公安部很大一部分职责还要负责国家安全，是隐秘战线的工作。记得后来我看了一个苏联电影，叫《仇恨的先锋》，是关于保卫苏联最高领导人的。看完电影在一起聊的时候，父亲就说主席当时把他叫去说，公安部要注意保卫中央首长的安全，不能像苏联那样，列宁都被刺伤，所以我父亲就成天把这个事挂在心上。

组建公安部不久，很快就到 10 月 1 日了，保卫开国大典的安全是第一位的。当时说蒋介石要派飞机来轰炸，所以开国大典是放在下午，就是考虑到国民党飞机的轰炸，你下午来晚上回去天就黑了，而当时没有所谓夜航，后来飞机也没来。就在国庆前几天，还挫败了几起特务活动，后来开国大典没出任何安全问题。

我父亲当时是公安部长兼北京市公安局局长，先是让"反动党团骨干"限期登记，不自首的重点打击，公安部队在他领导的 10 年里，协同平息了反革命暴乱和武装叛乱 300 多起，新中国成立初期配合国防军剿匪 220 万人，到 1950 年末基本肃清国内残匪。

另外就是打击黑恶势力，什么"三星团"、"攘子队"等团伙，经常身带木棒、匕首出没于天安门、西单、西四等地，打群架，调戏妇女。后来开公审大会处决了一些大恶霸。

另外就是禁毒，我记得上海市从新中国成立初至 1952 年上半年的 3 年中，就抓了毒犯 10000 多人，后来 1952 年 3 个月时间又挖出毒犯 36 万人，缴获大量贩毒武装的武器，到了 1952 年底就肃清了烟毒。还有禁娼了，1951 年有一个电影叫《姊姊妹妹站起来》，就是讲的妓女改造。这都是老百姓能感受到的新政权的革新，我父亲做了大量工作。

儿子"失踪"了 8 个月

后来我上了 101 中学，住校，每个星期坐电车回一次家，每次都是自己独来独往。其实我们这种孩子，跟父母在一起的时间都不长。

1955 年授衔的时候父亲是大将军衔，后来看到很多人说当时怎么争军衔，但我没有听说这个事闹得有多大。

孩子们之间也没什么比的，我和刘伯承的儿子在幼儿园、小学、中学都是一块。当然了，对元帅我们很崇拜，但是不会去一起比。当时没这风气，比如说像曾庆红，后来都当国家副主席了，我们是一个班的，聚会的时候

打个电话给他就来了，也一样。包括给我们班主任老师过 80 岁生日，他给老师鞠躬，就是寻常的师生关系，很亲。

1958 年我高三毕业，知道有个哈尔滨军事工程学院。院长是陈庚，我跟他很熟，我去找他，大早上他还穿着裤衩，把我叫进去。我说想上哈军工，他问我想学什么，我说学原子能。

他说哈军工没有原子能专业，你去上聂荣臻伯伯的中国科技大学吧。我后来就报了，一考就上了，叶挺的儿子和我一起考的中科大。

三年自然灾害的时候，我们在学校也是饿得不行，根本不够。有一次我回家，吃完了家里留的饭还不饱。我妈心疼，就问大师傅为什么不多准备点，大师傅不敢吭气，后来问我：你带了粮票回来没有？我说没带。他说：下次你回来记得带着，你吃的是你爸爸妈妈的定量。

后来苏联撕毁了合作协议，我们自己要搞出原子弹来，准备 1964 年10 月 1 日前试爆，于是哈军工就组建原子能专业，招插班生，我就去了。邓稼先等亲自给我们讲课，所以算是哈军工毕业的。

当时我父亲已经是军委总参谋长了，还是国务院副总理，不过主要是在军队这边。三年困难时期，蒋介石以为是个机会，要反攻大陆。当时军队训练确实有些放松，父亲就搞大练兵。练得好，主席都很高兴。结果后来林彪想整我父亲，这个也是罪过之一。你要干事，总能挑你毛病。

其实我父亲一直是林彪的部下，跟林彪关系不错。但是没办法，这不是个人关系的问题。林彪要掌控军队，绕不过我爸。主席说："我是军委主席，你是总参谋长，有什么事你都要向我汇报，一个星期汇报一次，你能不能做到？"我爸说保证能做到。

但是林彪就说，你所有送主席的汇报，都要先给我看一下，同意了你才能送。那这样的话，我爸这个总参谋长还怎么当啊。还是得听毛主席的，所以一来二去就得罪了林彪。他要掌控军队，可我父亲不是那样的人，去投你所好。

1963 年我大学毕业，被分配到国家核试验研究所，去新疆参与第一颗原子弹的研究工作。走之前我跟父亲说，去执行秘密任务，不能告诉你们，我爸说好。

后来有 8 个月没跟家里联系。总参开会的时候，父亲开玩笑，说我儿子都失踪了，好几个月都没消息。副总参谋长找到我说，你爸说你失踪了。我说，不是你规定的不让说嘛。其实我爸爸当时是"两弹一星"专业委员会办公室主任，他比谁都清楚。后来原子弹试爆成功，我立了一个三等功。

邓小平说：可惜了！

1965 年底我父亲被林彪等人诬陷，受到错误批判，列为"彭罗陆杨反党集团"之一，被迫跳楼自杀，可是只摔成了脚跟粉碎性骨折。当时这些事情我都不知道。1966 年 2 月，我们又要准备去新疆参加试验，结果临时让我去搞"四清"，搞社教。我当时不知道，实际上就是 2 月上海会议，我父亲已经倒了，我就不能参加这种机密任务了。

之前偶尔回家也觉得气氛有些不对，因为父亲不忙了，但是父母都没跟我提过。我年轻，不会想到他那么核心的人物也会出事。一直到 1966 年 5 月，就是"五一六通知"以后，单位党委书记才找我谈，说你父亲反对毛主席，反对林彪，向党伸手，想当国防部部长。

我后来回家了，妈妈不见我，也不说话。当时也没有正式地把我关起来，一直到 1970 年，叶群不知道从什么渠道知道罗瑞卿还有一个大儿子在北京，就写信给国防科工委说你们怎么搞的，当时国防科工委按战士复员让我回四川老家下工厂去了。

我再回北京是 1975 年，主要是邓小平回来之后就给毛主席说一些老干部该放出来让他们工作，说罗瑞卿的问题是林彪搞出来的。当时每年 7 月 30 日国防部举行盛大庆典，庆祝建军节。1975 年那次第二天报纸上登了出席的人，周恩来、邓小平等，一般后面会加一个"还有余秋里"，报纸上一直都是这么说的，结果那天的报纸上突然多了个罗瑞卿等。于是国防科委的人就开始找我们，那时候我就回北京了。父亲没多久就任军委顾问，打倒"四人帮"之后，邓小平任命父亲任军委秘书长，这才算是正式出来。

邓小平挺会用人的，他就看重我父亲是个会干事的人，说要他把脚治好，

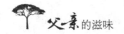

赶紧出来工作。当时总参谋长还是邓小平兼着，他也不好说让我父亲来当，他就出了一个主意，说当军委秘书长，管理军委的日常工作，顶多是大事请示一下。所以1978年父亲去世之后邓小平就说：哎，可惜了。因为没有人帮他干这摊事了。

当时父亲还参与了关于"真理标准问题"的大讨论，那篇著名的"实践是检验真理的唯一标准"文章出来之后，一些报纸就开始反驳了。当时胡耀邦压力很大，而我父亲管《解放军报》，不归地方上管，我父亲支持他，就让军报发后续的文章。1978年7月我父亲去联邦德国（西德）治脚的时候还记挂这个事情，没想到在德国他因为心肌梗塞去世了。

我最小的两个妹妹，一个考上洛阳的解放军外语学院，一个考上上海第二军医大学，小弟弟考上空军学院。我重新回到了国防科工委，后来说需要一些懂技术的骨干去做政治工作，我就去了国防科工委后勤部当副政委，少将军衔退休。

再下一代的孩子，就没有在军队的了。我现在主要的精力就是整理、收集我父亲的材料，另外就是参加一些公益活动。反正我就抱着这个信念：大好事做不了，做小好事；小好事做不了，不做坏事。

（作者系罗瑞卿之子）

白先勇说白崇禧

■ 夏　榆

　　"去蒋化"的目的就是"去中国化"、搞"台独"，是一个问题的两面。

——白先勇

　　2007 年 4 月 7 日，蒋介石在台北的"草山行馆"被大火焚毁。同时，蒋介石在桃园大溪的行馆被恶意喷涂油漆。台湾执政当局推行的"去蒋化"运动在持续发酵。

　　作为国民党名将白崇禧的后人，白先勇幼年时在公开集会中看见过蒋介石光头冷面的总裁形象。白崇禧去世，蒋介石曾为他举行隆重的葬礼。"但是（我）跟蒋介石并没有交往，宋美龄反倒跟我们很好。"白先勇说。

　　2007 年 4 月 8 日，身在北京的白先勇对台湾"去蒋化"风潮淡定疏离，谈起昆曲，白先勇话语收不住，身体也收不住，手之舞之，足之蹈之。

第一次见到父亲掉泪

　　"我迷昆曲，父亲不迷，在桂林时他偶尔看看桂戏。在台湾，和我母亲一起去看看京戏。我父母关系很好，我父亲是个性强悍的人，但是他谦让我妈妈，吵架了，我妈妈撒点'老娇'，他就让了。"白先勇安坐客房

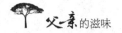

遥望往昔。

当年白家显赫辉煌。然而外人艳羡不已的贵族生活，在白先勇的记忆中，更多的是空袭时的惶恐、得病后被隔离的孤独、辗转各地的逃难以及十里洋场的光怪陆离。

白先勇对少年时代记忆最深的就是父亲的严格。父亲经常会从前线打电话给妈妈查询儿女们的成绩单，白家10个兄弟姐妹在家庭里的地位要按念书的成绩高低来定。

白先勇的成绩可以使他在家里处于有利地位。虽然父亲是叱咤风云的一代名将，可是在家里母亲是主心骨。在北伐和抗战时期，几次逃难都是母亲带着全家，母亲带着大批人马——年龄最大的有90多岁的奶奶，最小的有未满月的弟弟，80多个人由母亲带着逃到重庆。一度误传父亲跟孙传芳激战时阵亡，母亲不相信，独自在兵慌马乱中穿越枪林弹雨寻找父亲，从上海一直找到南京。

1946年，白家移居上海，住在多伦路，白先勇因肺病与佣人移居虹桥路花园洋房疗养，病后回毕勋路居住，入南洋模范小学读书。在上海虹桥花园养病和念书期间，曾与家人到国际饭店、大世界、沙胜大厦、黄埔滩、先施公司等地游玩，到美琪、国泰、金城、大光明、南京、卡尔登等戏院观看梅兰芳、俞振飞等京剧大师的演出和西方电影。白先勇由此熟悉了京沪文化，也目睹了战后上海由繁荣走向衰落的景象。

国民党在军事上的败退使白氏一家重过飘零生活，从南京、武汉、广州、香港等地，辗转来到台湾。在台湾，曾经风光无限的白崇禧被剥夺兵权。

在台湾，白先勇陪伴父亲11年。晚年的白崇禧心意寂寥，家国之忧和壮志未酬使他郁郁不得志。但是"父亲也能以平常心对待自己的境遇，该怎么过就怎么过，进退之间有所抉择"。白崇禧一向重视教育，喜欢培养人才。为了培养围棋人才，他想办法把林海峰——那个时候林海峰刚刚冒出来，只有十几岁——送到日本，让他跟吴清源大师学习，后来林海峰成了围棋大师；台湾大学的改制他也极力促成，他认为要扩大招生，他就去谏言；原来台湾没有清真寺，他也去交涉，后来清真寺建起来了。

"他觉得事情有益就做，有一种儒家'知其不可为而为之'的精神。"

白先勇说。

对文学的选择，对艺术的迷恋使出身军人世家的白先勇走上跟父亲迥异的道路。

成年以后，白先勇坦诚公开了自己的性倾向。白崇禧接受了儿子的想法。"我想父亲是个非常开明的人。其实他对儿女的前途、感情生活不会去干涉，他会谅解，会理解。"

1962年对于25岁的白先勇是刻骨铭心的一年：母亲去世了。

看着母亲的棺木埋到土中的时候，他"内心悲凉，觉得自己生命的一部分也被埋葬了"。也就是在那年，白先勇独自一人飞往美国去求学。离开台湾的时候，父亲专门到机场去送行，而且破例一直送到飞机的舷梯下。

"父亲大概也很舍不得我走，他一直送到飞机下面。我看见他老泪纵横，我从没看到过父亲掉泪，那可以说是英雄泪吧。"白先勇说。

那是白先勇跟父亲的最后一面。1966年，白崇禧因心脏疾病辞世。

写完父亲的传记

《台北人》是白先勇完成的一部短篇小说集。他以哀婉的笔触写尽了迁入台湾的大陆人的命运，书中那些被迫来到台湾的大陆人，不得不成为台北人，却又无台北人的心境，终日笼罩在浓得化不开的乡愁之中。

我的归属在哪呢？那些异乡的漂流者不断地问自己。很长时间，白先勇也这样问自己。归属感不是地域的问题，在哪儿居住不重要："在美国住几十年，我也不觉得家在那里，虽然我居住的那个城市很漂亮，有天堂之称的圣巴巴拉，但我不觉得那个地方是我的家。"

"听着昆曲，我就觉得是在家里，听到昆曲我就像回到中国的家。"

然而，青春版《牡丹亭》100场纪念演出结束之后，白先勇会暂别他厮守多年的昆曲，重新开始自己的写作事业。

白先勇最想完成的是他的系列小说《纽约客》，那是他在海外多年的感觉和体验。

因为对昆曲的牵念，白先勇为父亲写了五六年的传记《仰不愧天》一直未能完成。计划写 50 万字左右，目前完成 3/5 了。"我不是史学家，只能据自己对父亲的了解来写，从我父亲的角度，写他的观点，他认为的真相。书主要是分两个部分，一是他作为一个军事家，对北伐和抗日战争中一些事件的看法、观点和所做的事情，这个部分主要是一些历史资料的整理；另一个部分就是他在台湾的晚年生活，主要是通过我个人对他的观察来写。"

白崇禧 40 多岁才有了白先勇，年龄差距大，代沟也是有的，但是父子的结合点在知性方面："父亲是个儒将，他念了很多古书，特别喜欢《史记》、《汉书》。他记性非常好，整段整段都会背。兵书自然也喜欢，《孙子兵法》熟悉得不得了，还喜欢读世界战史，拿破仑侵俄史，俾斯麦的战争策略，他都研究。"

父子最快乐的时光就是在台湾，白先勇已经上大学了，父子谈论国家大事，谈古论今。那既是父子话题，也是男人之间的话题。

"有一次父亲不知是打了哪一仗回来，去乡下看我的祖母。父亲很孝顺的，总是带着我们兄弟姐妹一起去看祖母，在汽车上他就教我们唱歌。他就会唱一首歌，是岳飞的《满江红》，'怒发冲冠，凭栏处，潇潇雨歇……'那时候小孩子不懂，我们一路大声歌唱，高兴得要命。但是当时那首歌是应着我父亲的心境，面对外族入侵，战火连天，抗日艰难。教自己的孩子唱《满江红》，那是怎样的悲壮啊。

"父亲其实很清楚自己去台湾的境遇不会很好，也有很多机会去香港，去海外生活，但是最后他的选择就是'要向历史交代'。到了台湾，蒋介石对他不满，那是他们的事情，他只做了自己能决定的事情。体味他当时的心境，也是一种悲壮。对于自己在台湾的境遇，我想他心里是有抱怨的，但是他不讲。至少他保全了自己的尊严，不屑于流露抱怨的情绪。他自己心里有数，他觉得自己的功劳谁也拿不走。"

1938 年，国民党在武汉召开军事会议，制定抗日大战略。白崇禧提出"以小胜积大胜，以空间换时间，以游击战辅助正规战，和日本人做长期战，把他们拖垮"的战略。因为日本人当时在装备上有压倒性的优势，如果正面大规模冲突，损失惨重。

"比如'八·一三'（1937年淞沪会战），太惨烈了。但是我们有大量人口，有广阔空间。父亲研究拿破仑侵俄，研究得很透彻，他说要仿效俄国，俄国把拿破仑的战线拉得很长。后来我们把日本人的战线也拉到内地去，打消耗战，甚至把自己的铁路破坏，中断日本人的运输补给，中国的牺牲也是巨大的。日本人急了，急着去开辟第二战场打珍珠港，结果两面受夹击大败……父亲提出来的这个战略，被蒋介石采用，决定了最后抗战的胜利。这个在外国军事史中都有记载。这些事情，大陆和台湾的很多历史学家也都知道，但是目前没有一本信史。我们的当务之急是，中国全民抗战的历史要有一部信史，当时我们有多大的牺牲，多么英勇，当时很多国家投降了，我们没有。国民党那个时候打得很惨烈的，死伤无数，但是国民党没有大规模投降。"白先勇说。

当年蒋介石试图遮蔽白崇禧，而今蒋介石在台北的"草山行馆"也被烈焰焚毁。

"'去蒋化'的目的就是'去中国化'、搞'台独'。'去中'与'去蒋'事实上是一个问题的两面。"白先勇把台湾岛内日炽的"去蒋化"看成是选举戏。他哂笑道："人生如戏，戏如人生。我们拭目以待，看看它能演到什么时候。"

我的父亲金性尧：一个简单的读书人

■ 金文男

家世和婚姻

我父亲是浙江定海人，1916 年 5 月 5 日出生，20 世纪 30 年代随全家迁居上海。当时祖父所投资的化工颜料厂获得很大发展，所得的收益一是在定海购地，造了一处前后三进的大院；二是在上海购地，建造了一条由十几幢房子组成的弄堂，除大家庭自住外，都用于出租。

父亲是家里的长子，幼年在定海完成私塾学习后，16 岁到上海。祖父本想把他培养成自己的接班人，见他志不在此而专注于作文，也就放弃了这个想法。

20 世纪 30 年代初，为躲避战乱，父亲在定海老家避难，这时认识了同来此避难的邻居武桂芳。巧的是，他们都喜欢读书写作，就这样他们走到一起。结婚那年，父亲虚岁 21，母亲虚岁 22。

父亲真正走上文坛，还是受母亲影响。母亲毕业于上海中西女中，高中会考，母亲考了全市第一，照片还上了那年的上海报纸。母亲去世时，哀悼者送的挽联中曾有"春风得意第一"之句。母亲喜爱写作，她在中学的时候就在报纸上发表文章了，文笔非常漂亮。2004 年全国高等教育自学考试的试卷中有道分析作文题，选的就是母亲的散文《怀远天的老人》。

父亲和母亲结婚后，因为家里经济条件很好，父母不用为生计发愁，整天就在家里读书、写作，出门逛街就是去书店或者购买文物字画。虽然是乱世，但在书房里，父亲找到了他的精神寄托。在教育方面，父亲没有读过新式学校，但他接受的私塾教育给他打下了深厚的古典文学功底。

在文学创作上，母亲比父亲出道还要早。结婚初4年，母亲还没生育。她的性格和父亲完全不同。父亲能够天天在书房里待着，在古籍文史里找到自己的乐趣，而母亲是个追求进步的热血青年。那段时间，她经常跟随许广平外出，采访、报道上海难民营及工厂女工的情况。

柯灵前些年在回忆文章中提到，我母亲当年想去延安参加革命，父亲虽然心里不乐意也不反对。但在出发的前一天，被我祖母发现后关了起来。母亲在青年时期写的文章，后来结集成《我背上了十字架》一书。

小的时候，父亲留给我的印象就是一天到晚待在他书房里看书写作。我们子女的教育基本上都是由我母亲承担的，她生孩子以后就彻底放弃了写作，新中国成立后成了一个中学的语文教师。

《鲁迅风》和周作人

因为母亲和许广平相熟的缘故，父亲也结识了鲁迅，他们见过面，也有过书信来往。鲁迅给父亲的4封短信，写于1934年11月到12月间。关于他们后来为什么不愉快，父亲并未向我提起。他的文章《一盏录》里详细地交代了前因后果，原来让鲁迅不快的原因是少年气盛的父亲在信中个别措词不当，不够尊重。但这番交往并未留下龃龉，也未形成偏见。

两年后，鲁迅先生去世，父亲和母亲一起去参加葬礼。1938年4月到5月，父亲还到淮海路许广平家里帮助她校勘过《鲁迅全集》。同年12月，《鲁迅全集》出版。1938年9月到12月期间，父亲和许广平、柯灵、唐弢、巴人、孔另境、石灵等人捐款创办《鲁迅风》杂志。

在孤岛时期的上海，办这样一本杂志是很不容易的。巴人让当时在上海办小报的来小雍、冯梦云出面，到租界工部局警务处注册登记，才拿到《鲁迅风》办刊的发行执照。名义上来小雍是编辑，冯梦云是发行人，但实际上的主编是我父亲。

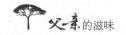

　　为了节省成本，使杂志能够生存下去，杂志不发稿费，办刊人不领工资，办刊地点就设在父亲家里。除了巴人、柯灵参与组稿外，杂志的发稿、校对、排版、印刷、发行、广告，都是父亲一个人。

　　《鲁迅风》是一本周刊性质的同仁杂志，在版式和目录上学的是《语丝》，主要撰稿者有巴人、郑振铎、王统照、恽逸群、许广平等，偶尔也发一些国统区和解放区作家的文章。

　　发刊词由巴人以王任叔的化名在父亲一稿上改写而成。发刊词除了引用毛泽东对鲁迅的评价"是中国的第一等圣人"、"是新中国的圣人"外，还认为"我们为文艺学徒，总觉得鲁迅先生是文坛的宗匠，处处值得我们取法"。

　　柯灵认为，发刊词最后的一段话阐释了办刊宗旨："生在斗争的时代，是无法逃避斗争的。探取鲁迅先生使用武器的秘奥，使用我们可能使用的武器，袭击当前的大敌；说我们这刊物有些'用意'，那便是唯一的'用意'了。"

　　《鲁迅风》从创刊到停刊，共 19 期。发行地以上海为主，少量经过在邮电局工作的唐弢之手，发到外地。因为杂志关心政治和社会现实，这本杂志很快就引起了汪伪政府情报特工机构的注意，《鲁迅风》被迫停办。后来，心有不甘的父亲和一位叫桑弧的作家又办了一本文学杂志《萧萧》。

　　在父亲从事文学创作的那段时间，他和周作人也有来往。在文学创作上，他的散文受周作人影响很大。可能是因为文学趣味相投，很少推荐他人作品的周作人在报纸上发文推荐文载道（金性尧）和纪果庵。

　　为此，美国学者耿德华的《中国沦陷区文学史》里，有专文介绍父亲在散文上取得的文学成就。在当时的政治管制下，1940 年后，杂感类的文章遭到当局禁止，这对父亲的创作产生了很大影响。

　　父亲认为，在"为抗战期中的中国文化界艰苦奋斗的毅力而祝颂"的同时，也应该"维护常态的精神活动"。抗战以前，他曾醉心于鲁迅和周作人很关注的魏晋文学，但这时候父亲由批判现实的杂文写作慢慢转向乡土散文写作，陆续出版了《星屋小文》、《风土小记》、《文钞》等作品，在当时引起了较大反响。

　　周作人评论我父亲说，读文载道的文章就像"他乡遇故知"，这些文章中常有"一种惆怅我也仿佛能够感受到"。文载道的作品具有某种爱国意义，虽然它"不足以救国"，但绝不会"误国"。

在创作上父亲也在竭尽全力实现周作人在他作品中对他的期望。他在文章里叙述写作中国风俗的必要时说："觇民风是以测示一国的消长——如果有志之士能从人民的趣味、风俗、常识、风土、习惯上面加以研究与考测，从而使人如何提高，如何解放，如何充实，似乎与我们日夕提到的'大众'，不无切实的裨助。"

父亲与周作人曾有很密切的交往。但因为众所周知的原因，在很长时间里，他很少谈及他和周作人的交往。在一次从未发表的谈话里父亲说："我热爱文学，喜欢周作人，与他写信，来来去去。周作人从南京老虎桥监狱放出来后，我在李健吾的阿舅家里看他，请他吃了顿饭。"

《古今》和蓝苹

父亲其实是一个简单的读书人，政治观念不强。在日伪时期的上海，他除了编杂志外，也给别的杂志写稿，基本上当时上海的报刊都发表过他的文章。这些杂志里也包括《古今》。他没有想到，这会成为他后来在"文革"中受到批判的罪名之一。

父亲在谈到这段经历时说："我先是在报刊上看到《古今》，觉得这个杂志不差，上面也有地址，主编是周黎庵，我就写文章寄给他们。后来周黎庵希望我能够去做编辑，杂志是中央储备银行的背景，因为和周佛海的关系，待遇很好，不用上班，每月去一次，就拿工资。和当时的其他敌伪杂志比起来，《古今》还算得上好的，后来一念之差——你写我写，周作人也写。"

1949 年以后，父亲先在春明出版社工作，与施蛰存等先生共事，后进入上海文化出版社、中华书局上海编辑所工作。

1963 年，父亲和出版社的同事在苏州河畔的一家印刷厂里劳动。这个仓库里有很多 20 世纪 30 年代的杂志图书，他们在劳动时无意中有人翻到

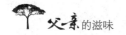

了杂志上江青在上海拍电影时的老照片。

中午在食堂吃饭排队时，父亲和另一位同事闲谈，父亲讲了他在抗战前在锦江饭店为"营救七君子"的座谈会上见到蓝苹（江青）时的场景。后来居然有人揭发交代，追查这件事。

没想到到了"文革"时，造反派因此把已在"牛棚"里的父亲揪出来批斗，批判他对蓝苹和前夫唐纳的谈论，让他写情况说明，继而对他进行大围攻，还先后4次抄了他的家，把他积攒半生的珍贵古籍、古玩、字画等全部抄走，把全家"扫地出门"。父亲被造反派勒令到农村干校养猪接受所谓改造。因为这件事，父亲和另外7个人被打成"现行反革命"。

在"文革"中我们全家备受迫害，真所谓家破人亡。因受父亲的影响，已是大学外语教师的大姐被无端批判，因不堪忍受侮辱，服毒自尽，腹中还有才两个月的胎儿；在京的二姐也因父亲问题的牵连患上精神疾病；我和妹妹当年仅十五六岁就去江西插队，既不能招工进厂上学，连民办教师的资格也被剥夺。

父亲由于环境的压力却不能以哀容示人，还得在思想汇报材料中反省"政治问题"，违心写下对于自杀的大女儿的批评。

专才与通才

"文革"结束以后，父亲的"反革命"帽子被摘掉，回到上海古籍出版社工作。他的书发还的不到原来的1/3，原来的整幢住房也只发还了两间。但他不计较个人得失，主编、策划了"古典文学基础丛书"、"古典文学基本知识丛书"、《中华活叶文选》、《中国文学发展史》（刘大杰版）等书，受到读者的欢迎。

1978年年底，父亲退休以后，找回了青年时代的作家身份。先写了《唐诗三百首新注》，接着是《宋词三百首新注》和《明诗三百首新注》。他其实很想再编《清诗三百首》和《民国诗三百首》，但因为清诗数量太多，工程太浩大了，体力不济，只能写些文史杂文。

父亲一生，特别是到晚年，写作的欲望很强。做了一辈子学问，他常说："有了想法就想表达，表达的方式就是写文章，如果不写不发泄，我就会很难受。"80 岁以后，父亲每天仍要写两千字。

每天早上起来，父亲坐在沙发上看书看材料，然后整理思绪，中午稍睡会儿，醒后就开始落笔，一直写到晚上，一定要把文章写完为止。天天是这样。在这 10 余年里，他保持了很好的写作状态，文思像是爆发了似的，接连出版了《炉边诗话》、《一盏录》、《伸脚录》、《土中录》、《清代笔祸录》、《清代宫廷政变录》等十几本著作。

父亲 86 岁以后，精力越来越差，大篇文章不能写了，只能写一些短文章。这时他就觉得自己有点像废人一样，经常跟我说，"我不能写文章了，我活着还有什么意思？就是一个废人了嘛。"

我跟他说，不能写就看书嘛。他说："我一定要在写文章的前提下去看书，才能看得进。不为写文章而看书呢，看了以后就浅浅的，就记不清。"

父亲是把写作真正视作自己的生命。他脑子里还有好多东西没表达，觉得很难受。后来我就跟他说，你口述我来帮你记。他说这个是不行的，因为他的风格、文笔只有他自己写。

2006 年 7 月 5 日，上海市出版工作者协会在上海图书馆开了首次上海资深出版人出版精神座谈会，对父亲和王勉（鲲西）、何满子、钱伯城、魏同贤进行表彰，认为他们集古籍编辑与专家学者于一身，是文史哲方面的专才与通才。

父亲最后一本书是《闭关录》。2007 年 7 月 15 日上午 10 时 20 分，父亲在瑞金医院逝世，享年 91 岁。7 月 20 日，他的追悼会在上海龙华殡仪馆举行。

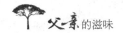

我父亲是一个归不了档的人

■ 胡纪元访谈

向来提起胡兰成，一半因为张爱玲，一半因为他的"汉奸"嫌疑。花边新闻与稗官野史从来盛行，但直面一代才子胡兰成，其经历、才情、识见别开生面，并非"汉奸"二字可以概括。

诺贝尔文学奖获得者川端康成曾评价胡兰成书法："于书法今人远不如古人；日本人究竟不如中国人。当今如胡兰成的书法，日本人谁也比不上。"

若论学问、文章，胡兰成一无师承，二无学历，却通达《尚书》、《易经》等典籍，黄老之术，佛学禅宗，诗词歌赋乃至民间戏曲，通俗小说，笔下文章也自成一派。但依胡兰成的性情和志向，"文章小道，壮夫不为"，书法更不在话下。他自称是"干政治的人"、"纵横家"，阿城称他为"兵家"，日本人则称他"亡命的革命者"。他说："我于文学有自信，然而惟以文学惊动当世，流传千年，于心终有未甘。我若愿意，我可以书法超出生老病死，但是我不肯只作得善书者。"

晚年，他潜心于现代科学，亦有心得。

他这一生，还欠下许多风流债务，《今生今世》未尝讳言。多情未必薄情，只是他对人"一视同仁"，不免惹得其中心高气傲者怨恨。死后数十年犹有不团圆的《小团圆》如影随形。

这个在生死成败、善恶是非边缘安身的人，改朝换代之际躲过了雷霆之劫，终究躲不过亡命天涯、终老于异国他乡的运数。

1981年，胡兰成客死日本，身后三子二女。发妻唐玉凤生子胡启，继室全慧文则育有胡宁生、胡小芸（女）、胡纪元、胡先知（女）4 个孩子。

胡兰成幼子 1939 年 1 月 1 日生于香港，因此取名纪元。他 3 个月大时，胡兰成带着一家人从香港来到上海。7 岁前他生活在父亲身边，12 岁时最后一次见父亲。20 岁后在电机厂工作，直至退休，后定居南京。退休以后，胡纪元开始整理父亲的著作和资料，视为一项使命。

8 月中旬，南京骄阳如火，记者与友人拜访了胡纪元先生。聊起父亲胡兰成，纪元先生有时风趣幽默，有时腼腆木讷，有时激动得磕磕巴巴，有时停下来思索良久——有这样一位父亲，他心底是自豪的。

"他一直记挂着我母亲"

人物周刊：您 12 岁时父亲就不在身边了，对他有什么印象？

胡纪元：父亲在家里喜欢写毛笔字、与朋友下围棋，有时是在方格纸上写文章。他身教重于言教，让我在一边看着，有时还教我唱童谣。另外他喜欢打太极拳，常常到楼下大门外打，那时我还小，和一些小孩在旁边跟着学。

人物周刊：您父亲最喜欢阿启（胡兰成长子胡启），是不是因为阿启和他很像？

胡纪元：阿启大哥喜欢诗文，多愁善感，一次对父亲说："这样下去不是要亡国？"父亲很严肃地说："20 世纪的世界是不会有亡国的。"然后讲了一套理论。现在看来父亲当时对形势的分析是有远见的，20 世纪已经不以占领国土为侵略目的，他是从这个角度来看。

人物周刊：据说当时您母亲全慧文和您父亲关系不好？

胡纪元：我是听青芸姐（胡兰成侄女）讲的：有几次父亲正在写文章，母亲上前去纠缠他，他眼睛不离文稿，待母亲冲到身边，只用手一提，就把母亲摔到床上。母亲翻身起来又冲上去，又被摔到床上，反复多次。父亲像磐石一般，仍在专心写作，他有惊人的定力。其实父亲对母亲是很好的，我从未见他们吵过架。

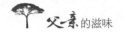

人物周刊：您父亲到日本后是怎么联系上你们的？

胡纪元：后来就是我父亲知道中国闹饥荒了。他首先是寄钱和食物到胡村老家，他以为我母亲还在胡村。家人不敢收，公社的干部知道了，也不敢收。先知妹一个很要好的同学就把地址抄下来，写信告诉了先知妹。先知妹就给父亲写信，父亲立即回了信，并寄来钱和食物。

三年饥荒时我身体不好，父亲还写信让我去日本疗养，但是接着"文化大革命"了，就不能去了。人家以为我父亲对儿女们没感情，实际上他对我们感情很深。母亲1952年就过世了，那时父亲还不知道，还把钱寄到胡村。他一直记挂着我母亲。

人物周刊：您对您父亲的一生和学说有什么评价？

胡纪元：父亲是很有灵气的人，意志特别坚强，有些人虽不理解他，但特别佩服他的定力，就是在流亡时，在生死边缘，他都能够静下心来写文章。

人物周刊：您家人对您父亲有什么看法？

胡纪元：我爷爷也是个有灵气的人，他对我父亲有个预言，说他是"在家待不住，会漂流出去的，像兰花一样香气从外面吹进来"——这是青芸姐告诉我的，回过头来看也蛮有意思的。

人物周刊：您也经常写文章，有为您父亲立传的打算吗？

胡纪元：父亲不需要别人为他写传记，《今生今世》已经是他前半生最真实生动的自传，没人能超越得了。晚年也写了大量文章和书信，还有与他交往过的许多人物对他的记忆和文字。

"张爱玲像岛，胡兰成像海"

人物周刊：您小时候有没有见过张爱玲？

胡纪元：多次见过。记得我5岁的时候，父亲把我带到张爱玲静安寺附近的家，常德路95号那里，6楼。张爱玲看到我父亲后非常高兴，我父亲问她"有没有东西给小孩吃"，她就拿出了花生酱和切好的面包，把花生酱涂在面包上给我吃。还有一次是张爱玲和我们一起逛静安寺庙会。庙会很热闹，父亲和张爱玲，一边一个牵着我的手，印象中她对我们还是挺好的。

人物周刊：日本投降后您父亲藏到浙江去了，张爱玲来找过吗？

胡纪元：抗战刚胜利时大人常不在家里，我父亲跑到温州藏起来了。那段时期我看见张爱玲来过几次。她站在门口跟青芸姐讲话，表情很忧郁。她一般比较严肃，不怎么和人说话，不过和我父亲话就特别多。在我印象中，父亲在张爱玲家像在自己家一样随便。我不怕她，但她也不会逗我玩。另外张爱玲穿戴很特别，服饰很讲究。

人物周刊：最近出版的《小团圆》您看了吧，有什么感受？

胡纪元：《小团圆》出来前，有人说《今生今世》只是胡兰成自说自话，不可信，连张爱玲自己写给夏志清的信中，也说他是"夹缠不清"。但是《小团圆》中的主要情节，恰恰与《今生今世》非常相符，又有人说《小团圆》也不可信。

但我要说，《小团圆》是可信的，其中说到我家当时的一些真实细节我是知道的，外人不可能知道。在《小团圆》中张爱玲讲到，有一次很晚了，她和父亲到美丽园家里来，住在3楼。父亲离开她一会儿，我母亲推开门与她见了一面。她的描写是真实的。这也证实了我父亲在《今生今世》的"民国女子"一节中，说张爱玲"能打破佳话才能写得大作品"这一评语没错。

人物周刊：《她从海上来》（24集电视剧）里的胡兰成和《小团圆》里的邵之雍，哪个更像您父亲？

胡纪元：我相信赵文瑄演的和张爱玲写的都是真的。赵文瑄演的是他儒雅的一面，张爱玲写的则是他也有暴烈的一面。听青芸姐说，父亲在一座庙里住过一段时间，把庙里所藏的经书都读完了，还向老和尚学会了打太极拳。一次父亲在火车上看见乘警勒索农民，怒不可遏，下车时把这个乘警暴打一顿，围观乘客人人称快。

有人说我父亲有武功，好几个人都打不过他，不知道是真是假。但父亲确实喜欢打太极拳，膂力也是过人的。

人物周刊：在才学上，对您父亲和张爱玲有什么评价？

胡纪元：打个比方说，我父亲就像大海，张爱玲是海中的岛屿。大海能容纳岛屿，有海有岛，才成风景。

张爱玲的底子是贵族文化，我父亲的底子是更强大的平民文化。你看他抗战胜利后藏在温州，谁都发现不了他，"万人如海一身藏"，他有那个本事。做惯官的人装不像平民，一下子就会被周围人识别出来。我父亲本身就是民间出来的，本分本色，知道民间是个什么样子。

他能躲过劫难还有一个重要原因是他最能得到女人的保护。所以胡兰成能学到张爱玲的好处，但是张爱玲难以学到胡兰成的好处。在一定时期他们有互补的渴求，但最终各自发展。

"至死拿'中华民国'护照"

人物周刊：日本人对您父亲很好，您怎么看？

胡纪元：日本人很欣赏我父亲的学问，说他是"诤诤敢言之士"。1943 年汪精卫下令把我父亲关起来，3 天之内要杀他，有日本人愿意牺牲自己的生命去营救他。

人物周刊：您父亲对日本人呢？

胡纪元：父亲在日本人面前是很有骨气的，从来不卑不亢。

一次汪精卫派他去日本，因为日本接待者级别太低，有损中国尊严，他当场拂袖而去；他还写文章说日本必败、汪政权必亡，汪精卫为此逮捕了他；晚年在日本他写文章对日本社会和各界要人斥责批评，这些都是事实。

在日本期间他每年都要为居留办很多手续，非常麻烦，有人就劝他加入日本籍，他坚决拒绝，直到去世拿的都是"中华民国"的护照。

人物周刊：日本人为什么要救他？

胡纪元：1943 年，我父亲写了一篇文章说，"中国是整个的，现在还在抗战，南京当然不能代表中国……日本必败，南京国民政府必亡，唯一挽救之策，厥于日本立即实行昭和维新，断然自中国撤兵，而中国则如国父当年之召开国民会议，共商国事。"这篇文章经日本大使馆译呈东京，极获反战派人士重视，日本军部大量印发，规定少校以上军官一体传阅。我父亲就是因为这篇文章得罪了汪精卫，被捕入狱。

人物周刊：牵头营救的是日本人池田笃纪（当时任职于日本驻南京"大使馆"）？

胡纪元：青芸姐知道我父亲出事，连夜赶往南京告诉池田，池田就开了一个三方救援会议，组织营救。但林柏生（时任汪伪政府宣传部长）一直拖延，最后池田以不惜牺牲生命的决心逼迫林柏生，他才向汪精卫要手令释放了我父亲。

父亲一共坐了48天的牢，第二天正好是大年初一，日本方面摆下酒席为他压惊，父亲在席间提出两项建议：开放内河航运封锁，取消城门口、火车站日本宪兵的检查。日方一口答应，很快就贴出了布告，城门口及火车站概由伪警维持秩序。这些对中国是有利的。

人物周刊：日本人出手救胡兰成，是看重他的主张了？

胡纪元：这件事说明当时日本已积聚了强大的反战势力，否则也不可能付出如此代价营救我父亲。

人物周刊：后来您父亲在日本时，汤川秀树等大学者都和他有交往。

胡纪元：他们求知求学的精神都是相通的。我父亲从汤川秀树（日本物理学家，曾获诺贝尔奖）、冈洁（日本数学家）那里学到了很多现代科学的知识，丰富了他的学问体系。他晚年非常注重物理学、数学，与中国传统文化相结合，提出了他自己的学说"大自然五基本法则"。

人物周刊：对您父亲在汪精卫政府中这段历史，您怎么看？

胡纪元：我打一个比方：歹徒劫持了小学，逃走的大人组织力量来反攻，留下来的大人保护孩子。两方面一起努力，以最少的痛苦和损失，赶走了歹徒。这就是抗战史。大道理与小道理是相通的，不能与平实的小道理相通的大道理必是假的。

胡兰成是汪精卫的"文胆"，汪政权当然有他的参与。不过他与汪精卫一开始就有不同见解。船偏离航道时，只有各种力量形成的合力方向正确，才能避开暗礁抵达目的地。他和汪精卫是不同方向的力。

人物周刊：您父亲在《今生今世》里自称"荡子"，怎么理解？

　　胡纪元：父亲晚年对故乡是更眷恋了，在给邓小平的信中也表达了想回国的意思。他在精神上从未离开过故乡和祖国，但他说，他在空间和时间上都是荡子。我四伯伯有荡子之才而无荡子之德，这是父亲对他的评价。我小时候在四伯伯家住过，知道父亲对他的评价真是一语中的。而德才兼备的荡子是与大自然的德性相通的，我父亲就是。

　　但我父亲是一个归不了档的人。朱天文在《闲愁万种》编辑报告中说："胡先生写理论学问如诗，写私情诗意又如论述，使我们简直难以分类归档，这种'困扰'如今完全呈现在这本集子的编辑上了。放弃别类分门的作业企图后，选择用一种最简单的概念来统一此书，亦即胡兰成这个人来贯彻这本集子罢。"

　　胡兰成其人也只能用"胡兰成"这名字来定义吧。

　　（受访者系胡兰成之子；受访者观点不代表本刊立场；上海电视台陈黛曦小姐对本文亦有贡献）

华北战场上父亲的一首七律——家庭、战场、胜利

■ 胡德平

> 一纸命令往北征，
>
> 十万熊罴似潮涌。
>
> 兴师已定云霄志，
>
> 雪恨那堪儿女声。
>
> 寄语虽嫌情意短，
>
> 跨鞍顿觉马蹄轻。
>
> 叮咛及时读新报，
>
> 频频捷语亦消魂。

这是解放战争时期父亲胡耀邦写给母亲李昭的一首七律。

解放战争期间，父亲在晋察冀军区、华北军区的野战军中工作，聂荣臻元帅是当时华北战区的最高军事首长。父亲去世以后，聂帅曾给母亲写过一封慰问信，信中他这样评价在战场上的父亲："耀邦同志参加了华北解放战争的全过程，经历了各个主要战役，直到战争的最后胜利，为华北人民立了大功！"

父亲在战场上的表现，有聂帅这句评语，真可谓足矣、满矣！可惜我不是军人，很难对父亲在军中的功过得失做专业性的分析。但近日重读此诗，颇有些感触，想借此机会，回顾学习一下那场战役的片段、花絮，体会一下人民战争的伟大力量以及人民战争对父亲这样一个政治工作人员的思想

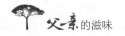

影响，也算是对父亲逝世 20 周年的纪念吧。当时人民解放军那种勇于决战、敢于胜利的英雄气概，对我们今天克服经济上的困难，也是一份宝贵的精神遗产。

诗作的创作背景

1948 年 3 月，父亲在晋察冀三纵队任政治委员，司令员是郑维山，政治部主任是陆平。晋察冀三纵队就是以后的六十三军，"文革"时去北京大学"支左"的部队就是这支军队。

当时的晋察冀战区地处东北、华东、晋绥、晋冀鲁豫四大战略区域的中心，属战略内线。晋察冀军区既要和北平、天津、保定、张家口为中心的集团敌群作战，又肩负着保卫中央工委、党中央的重任。

1947 年 6 月，我晋冀鲁豫野战军一举突破黄河天险，刘邓大军千里跃进大别山，揭开了我军全面战略反攻的新局面。太岳兵团、华东野战军、西北野战军相继转入外线作战，东北野战军更是把握了东北全境的战役主动权，捷报频传。但晋察冀战区仍在内线与敌军周旋，8 月发起的大清河北战役，我军伤亡 6000，歼敌 5000，郑维山司令员认为此役"是个得不偿失的消耗战"，但中央军委考虑到华北战场的特殊情况，仍来电鼓励："虽未获大胜，战斗精神极好……只要有胜利，不论大小，都是好的"（《从华北到西北：郑维山回忆录》，解放军出版社，2006 年，第 50 页）。对一场并未大胜、全胜，甚至是得不偿失的战役，给予这种鞭策，反而更加鼓起了全体指战员在总结经验教训的基础上同仇敌忾、求战求胜的强烈心愿。上下同欲，则可再战。

再战！再战何处？再战保北！在保定以北的固城、徐水、容城，敌我双方形成了激烈的会战局面。战事正酣，野战军司令部突然给参战的各纵队首长来电，让各部撤出战场，改攻涞水。三纵的郑维山、文年生和耀邦同志却有不同意见，三人年轻气盛，没有顾忌上下级关系，由耀邦同志急拟电文回复野战军司令部，大意是：现场坚持，争取情况变化。

坚持到最后一分钟，情况果然发生变化。驻守石家庄的敌三军罗历戎部14000人贸然出动，增援保定，结果在定县清风店全部被歼。我军立即南下解放了敌军盘踞的石家庄。这是在解放战争中，我军攻占的第一座大城市。至此，晋察冀战场战略反攻的序幕才算正式揭开了！

清风店之役，我军要围歼敌军，至少要行军240华里，敌军只要走100华里就能进入安全区。为何敌军走不过我军？因为我军得到了根据地人民的支持。人民战争的海洋，已陷敌军于四面楚歌之绝境。敌军每走一步，都有我方民兵、地方武装的冷枪、地雷、袭扰、坚壁清野、无吃无喝相伴。我军的长途奔袭，则有解放区群众敲锣打鼓欢迎，他们在村口路旁摆着大缸、小缸，里面装满热汤、小米稀饭、玉米面粥，桌子上、篮筐中放着大饼、白薯、鸡蛋等食物。沿途支援的民兵10000人，民工10万人，牲口近10000头，大车5400辆，担架10000副。有些大胆的年轻姑娘也在寻找心中的恋人——解放军中的杀敌英雄，不少年轻的战士常被路旁的姑娘追问："你叫什么名字？能当英雄吗？""英雄"，就是当时姑娘们心中的白马王子。各乡各村的剧团边扭秧歌边打竹板。

这边唱：

> 蒋介石，靠老美，
> 我们胜利靠双腿！

那边应：

> 同志们，快快行，
> 能走才算是英雄！

古人笔下的箪食壶浆以迎王师，今日竟然成真，岂不快哉！杨得志同志回顾那时的战时动员、作战命令，一往情深地写道："今日读来，仍感到热浪扑面、催人奋进。"（《横戈马上》，解放军文艺出版社，1984年，第334页）

在部队敢于决战、敢于胜利的战斗信念和提高军事指挥艺术的基础上，郑维山、胡耀邦所在的三纵队又于1948年1月中旬，在唐延杰、李葆华、

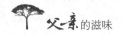

王平指挥的一纵队配合下，于涞水庄疃消灭了傅作义的王牌三十五军的虎头师——新编三十二师师部及 3 个团共 7000 人！三纵队在连续作战、连续胜利的祝捷声中并未飘飘然，在晋察冀军区和野战军前线委员会的指导下，在冀西唐县开展了新式整军运动，主要是查部队的思想作风问题。这次军心大振的整军、整党运动，后来就被习惯地称为"唐县整军"。

晋察冀军区的战略反攻进入了实施阶段，第一场战役就是察南绥东战役。以上情况即是父亲创作此诗的写作背景。

诗文注释

发表这首诗，有助于读者了解耀邦同志的生平和思想发展。又因为该诗是写给母亲的真情之作，反映了战争年代的家庭关系和夫妻关系，更是很珍贵的史料，客观介绍这些史料，有助于后人了解耀邦同志在公共场合之外的生活和精神追求。前段日子，凤凰卫视的记者曾问我，耀邦同志有什么缺点？这确实是个客观存在的问题，虽然我想得很不成熟，也想顺便在这里做些回答。

今人读古体诗，首先要有人注解和注释，注解是对诗文最基本的考据，注释则宽泛一些，是对诗意的说明。注解准确，注释不产生矛盾，如何理解、评论作品，就是百家争鸣、百花齐放的事了。诗无达诂，除非作者本人有注，否则任何人代庖，恐怕都不能完全合乎作者的心意，完全有悖于作者原意的介绍，也不是件新鲜事。我愿做一注人。我的注解、注释，不在典故、音律方面，而在时代背景和诗中所涉及的具体人物、地点、时间、事件。大的背景前面已交代了，并多是抄书而来，下面的部分则是我的一点心得，不当之处，请读者指正。

1. 这首七律有无题目

该诗是父亲在给母亲的一封短信中写就的，信末所署日期是"六日晚"，查父亲的日记知道是 1948 年 3 月 6 日。

该诗当时没有题目。1951年1月，父亲又回忆起这首七律，在一张"川北人民行政公署公用笺"上写下来，因为事隔3年，追记的诗句与原文有一定出入，把原诗的写作日期也记错了，写成"时在一九四八年一月"，但与原诗抒发的对象、情怀、对母亲的叮嘱及遣词用句基本相同，故仍用原诗发表。

这次追忆，父亲给原诗拟定了题目，即"察南战役讨伐傅匪出征前寄李昭"。确切地说，那次战役的全名是"察南绥东战役"。察南是原察哈尔南部，即今天的张家口地区，绥东是指内蒙古的集宁地区、呼和浩特地区。此地是傅作义部队的兵粮要道，平张、平绥两条铁路必经之地。

有题目，有诗文，这首七律才算珠联璧合，更能完全体现它的历史价值。

2. 父亲为什么要给母亲写诗

该诗当然是父亲要去察南作战，给母亲的临别赠言，即兴赋诗。

母亲参加革命前，已是高中一年级的水平，比父亲初中一年级的水平还要高，并有相当的古文基础。她就教过我们兄弟一些文学作品，如《归去来辞》、《五柳先生传》、《春夜宴桃李园序》、《阿房宫赋》等古文。1948年3月3日，她给父亲写来词曲一阙：

> 一去一来三百里，
>
> 五日以为期，
>
> 六日归来已是迟。
>
> 但愿相烦喜鹊儿，
>
> 先报那人知！

父母两人感情极好，相见离别都有约期。父亲当年33岁，母亲27岁，母亲一直挂念父亲的安危祸福，还多情劳驾喜鹊，要把自己的心情告诉父亲。她想跟父亲说什么呢？两人之间的话，我不知道。但我知道，母亲那时又有身孕，是老三，老二远在陕北，老大……父亲读后动情，即把自己部队的出征壮举告诉了母亲：

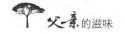

连去连追将千里，
胜利必可期。
三月虽归竟大迟，
但愿娓娓燕，
及时伴春飞。

母亲对"一去一来三百里"都在计算，忽听"连去连追将千里"，是否把母亲吓着了？3天以后，他又补写了本文开篇所引的七律，重申"胜利必可期"的信念。父亲写诗之日的第二天即出征北上。

3. 察南绥东战役的战略目标是什么

解放战争中的辽沈、平津、淮海三大战役是中国进步力量和反动势力的大决战。辽沈战役则是三大战役的第一战。辽沈战役早有酝酿，毛泽东同志是观察战局大势、捕捉每一战场动向的战略家，他在 1947 年 5 月 20 日就曾致电林彪司令员，说明中央解决东北问题的战略设想，并要求其早作准备。郑维山同志介绍，1948 年 2 月 7 日，毛泽东明确指示东北我军不休整，抓紧冬季作战，争取主力早日南下北宁线，"完全控制阜新、义县、兴城、绥中、榆关、昌黎、滦县地带"，以"应对蒋军撤退"。这就是设计辽沈战役"关门打狗"的最早蓝图。同时，毛泽东指示晋察冀野战军 2 月底、3 月初可打平绥，即察南绥东一线，4 月或 5 月打冀东。总之一个意图就是把傅作义集团留于华北，配合东北野战军解放全东北。

我认为这就是察南绥东战役的战略目标。晋察冀军队也据此制定了新的具体作战方案，实施宽大机动，迫使华北敌军分散，远离东北战场。如果毛泽东的作战方案能更早落实，借东北野战军猛扑锦州之机，华北野战军围打山海关一线，那么辽沈战役或许可以提前几个月大捷告成。

晋察冀野战军认真贯彻了毛泽东、中央军委的战略意图，才积极北上作战。

4．首联注释

一句"一纸命令往北征"，形象反映了人民军队一切行动听指挥，令行禁止，军纪严明，忠于人民，服从党中央领导的极为可贵的优良品质。

作战命令由野战军首长杨得志、罗瑞卿、杨成武、耿飚发布，时在1948年2月28日。三纵队一个旅于3月4日出发，东向出击平保线，主力则于3月7日秘密北进。

"十万熊罴似潮涌"，我军动用多少兵力实施这次战役，有这么庞大的兵力吗？有！

这次晋察冀军区投入了6个纵队，分两个兵团发动此役，左翼兵团为一纵、六纵，由唐延杰、王平同志指挥。右翼兵团为二纵、三纵、四纵，野战军司令部随四纵进行指挥。七纵则留在大清河北吸引敌人。与兵团同行的支前大军数万人，大车200辆，担架5000副。当北上大军跨越北岳恒山，出现在城关隘口上时，真是人流滚滚，人马欢腾，有如潮涌，说十万熊罴也好、十万精兵也罢、十万兵民也行，我想都不为过。

5．颔联注释

"兴师已定云霄志"，较难作准确的解释。因为"云霄志"不像"一纸命令"、"北征"、"十万熊罴"那样可以做出具体的说明。"打倒国民党，解放全中国"是种"云霄志"，"进军察哈尔，解放张家口"也是一种"云霄志"。这些努力目标都是父亲胸中的"云霄志"，但此外还有没有什么更有意义的新元素，能使父亲树立我军此战必胜、华北战场必胜、全国解放必胜的"云霄志"呢？我认为这种新元素就是1948年3月初刚刚结束的"新式整军运动"。这次整军运动，是在晋察冀军区野战军前委制定的"关于深入三查展开三整的决定"指导下进行的。

郑维山同志认为这个"决定"是难能可贵的，他在回忆录中说："它的可贵之处，就是迎着'左'的政策来的，对着简单粗暴的过火斗争，旗帜鲜明地提出了自己的正确主张。"（《从华北到西北：郑维山回忆录》，解放军出版社，2006年，第51页）如"决定"把整党中的查阶级、查工作、

查斗志的"三查"工作，明确为主要是查思想，反对以阶级出身、成分划分敌我阵营；强调批评与自我批评，反对听任群众的过火斗争；保障受处分的同志有上诉申辩的权利；避免在群众大会上追问题、追线索的做法。曾为红四方面军老同志的郑维山，对此"决定"和运动颇有体会，他说："自我参加红军直到'文化大革命'的几十年间，经历过的政治运动不算少，现在回想起来，没有产生扩大化的为数不多。"

因为正确执行了"三查三整"的整军路线，所以运动一经结束，部队的求战热情十分高涨，"察南绥东"作战方案同时出台。

父亲参加过延安审干的抢救运动，知道运动把中央军委机要部门的大部分同志都打成"特务"的错误做法。所以在这次整军运动中，他的反"左"态度、立场是十分明确的。3个月的战场整军执行了正确路线，产生了很好的效果，肯定又再次催生了他再战、求战的"云霄志"。

"雪恨那堪儿女声"，"堪"字当作"胜"、"禁"、"能"解，意思是报仇雪恨胜于家庭妻儿之情。

"雪恨"又是何意呢？我晋察冀野战军曾在平绥线上的张家口、大同、集宁等军事要地吃过大亏。尤其是1947年10月因轻敌丢失张家口，从而使整个华北战场形势为之一变，也使蒋介石在当月召开的伪国大上反动气焰达到顶峰。现在我军反攻又赴故地作战，岂能没有报仇雪恨之志？10多年后，父亲还对家人说过，只要在张北某处隘口放一个团，敌人就进不了张家口，可见他对战场失手的追悔。

6. 颈联注释

"寄语虽嫌情意短"，何意？父亲给母亲的七律，是附于一封信函之后的，诗未尽意，信也写得很短，主要内容是：

> 昭：
>
> 　　去了。
>
> 　　还有什么叮嘱没有？你可以生活，林汉臣会带孩子，孩子相信爸爸，不久要接他。如此，就想不出来了。

此外还对母亲"生了一点气"，抱怨母亲没有把他的一枝好笔和墨水送来，并附上陈正湘夫人康捷同志给母亲的一封信，如此而已。对母亲安慰不够，恐怕父亲心中还是有所愧疚，但这不是和平时期，马上就要北上打仗了，急迫的战事催人上马，轻快的马蹄定能补偿家庭的损失。参加革命多年的每个同志都能算清这笔账，父亲也是其中一人，何况他还是一位纵队政委呢？林汉臣是曾参加红军西路军远征到新疆的一个老战士，让他带孩子，他还老大不愿意呢。

7. 尾联注释

"叮咛及时读新报"，这是父亲对母亲的关心和嘱咐，离别的宽慰不如未来获得胜利更喜悦。他劝母亲多读一些战场上的消息，这是他为人民作出的贡献，引以为豪，也是对母亲思念的回报。

不管在战争时期，还是在建设年代，父亲都十分重视文化。他为三纵队政治部编写的人民军队"新三字经"做过修改。鼓励战士在行军、休整的空闲时间识字学文化，平常亲自抓纵队政治部出版的《前线报》。对这次察南进军，他做了充分的政治宣传、战役动员工作。为使纵队上下对解放战争的全局有更多的了解，提高部队必胜的信心，他还同政治部主任陆平编写了《十大胜利信心》歌谣：

> 一、蒋贼卖国打内战，全国民心已大变。
>
> 二、兵力不足又分散，年半被歼二百万。
>
> 三、军官腐败又无能，士气低落不愿干。
>
> 四、美国帮忙不顶事，经济危机没法办。
>
> 五、蒋区人民活不了，到处反抗闹翻天。
>
> 六、帝国主义纸老虎，民主力量大如山。
>
> 七、平分土地农民乐，军民团结不困难。
>
> 八、自由人民一亿六，全国解放将一半。
>
> 九、人民军队炼成钢，雄师已过二百万。
>
> 十、毛朱指挥无敌手，眼看蒋贼快完蛋。

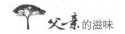

要让部队有信心，还要使部队明白信心由何而来，他和陆平主任又编写了《十分把握》歌，专对我军的长处、优势做了分析，又和敌军做了比较。歌谣前两句是："困难虽然有，把握有十分。"这不由得让我想起一个时期我们政府部门常说的一句话："虽然问题年年有，办法总比困难多。"两段话都好，似乎战争年代的口号更主动、积极些。

因为察南绥东战役是长途远征，我军又曾受过敌军长途奔袭攻占张家口之苦，父亲洞察敌军机动作战的谋略，他就请《前线报》社长丁国材根据《三国演义》中邓艾偷渡阴平的历史编写了《邓艾灭蜀的故事》，又编写了《行军快板》。父亲从延安时期已养成了研读毛泽东文章的习惯，在晋冀察期间，他还主编了《毛泽东文章谈话选集》供纵队领导学习。

"频频捷语亦消魂"何解？察南绥东战役调动了敌军主力 3 个军，1 个骑兵师，3 个骑兵旅，歼敌两万多，解放县城 15 座，恢复了广大的察绥根据地，敌人惊呼这是"决定华北命运的一战"。母亲天天在报上读到这些战况战果，应该也会感到很大的安慰和自豪吧！

应该说，这次战役因为各种原因还没有取得更大战果，和其他战区的野战军战绩相比还有不少差距。但晋察冀部队此后又转战热河西部、河北东部、北平周围、察哈尔东部和内蒙古东部，在广阔战场上行军 7000 公里，将敌军牢牢拖在华北地区，为辽沈战役的顺利实施作出了重要贡献。

胜利后总结

中华人民共和国成立以后，人们对解放战争的总结一直没有中断。本文说的华北敌军，主要是指傅作义部队。傅部做为一支非蒋介石嫡系部队，竟成为我军劲敌；傅作义又能够替代李宗仁、孙连仲成为华北五省"剿匪"总司令，绝非偶然。如何历史地、全面地考察这些国民党方面的代表人物，今天已经提到我们的研究日程上来了。

郑维山同志是我军的高级将领，他对华北敌军首要人物的分析，亦可看出我军将领的政治水准。他说："登上 1927 年以后中国政治舞台的反动人物还有另一个特点，即压根就反动是没有的，老一辈的参加过辛亥革命，余者也参加过北伐战争和对日抗战。"（《从华北到西北：郑维山回忆录》，解放军出版社，2006 年，第 117 页）"在国民党军中，既是抗日英雄，又是反共先锋者，是不乏其人的。前述李宗仁、孙连仲均属此例。傅作义则更有典型性。"（同上，第 121 页）傅作义作为杰出的爱国者，毛泽东也曾誉之为"北方领袖"。以后傅将军在平津战役中选择了和平起义的道路，投向人民，保卫了古都北京，这份光荣已留在历史的册页上，确不应被人忘记。我们后人真诚期望台海两岸终止战争状态，国共再度合作，共谋中华振兴大业。

毛泽东同志对林彪应及早南下的批评也应引起我们进一步思考。批判林彪也不应为批判而批判，东北野战军在东北战场越战越强，最后歼敌 47 万，使敌我军力的对比发生全局性的逆转，厥功甚伟！令全军称赞，但当时亦有微辞。如 1948 年 5 月晋察冀军区由王宗槐领队的 300 人"赴东北学习团"赴长春前线取经，一致认为东北我军素质高，装备好，政治工作活跃，指战员求战情绪高涨。唯所到各处，既接不到打长春的命令，也听不到南下锦州的指示。"联系华北我军为配合东北作战，长足机动，战事频繁，颇多感慨。"（同上，第 168 页）现在应该明白，其中干系最大者就是林彪。

道出其中问题所在的还是毛泽东。据聂帅回忆，毛泽东曾严肃批评林彪"对于你们自己，则敌情、粮食、雨具样样必须考虑周到；对于杨成武部则似乎一切皆不成问题。试问你们出动遥遥无期，而令该部孤军早出，傅作义东面顾虑甚少，使用大力援绥，将杨成武赶走，又回到东面对付杨得志、罗瑞卿及你们，好像今年 4 月那样，对于战局有何利益？你们对于杨成武采取这样轻率的态度是很不对的。"（《聂荣臻回忆录》，解放军出版社，1984 年，第 688 页）至此林彪才于 9 月南下北宁线，但因葫芦岛敌人增兵，他又动摇想北打长春，被毛泽东制止。战争也好，建设也好，都有一个认识大局、配合大局、服从大局的问题，要说创造性、主动性，也应体现在不损害大局的前提下，使局部推动大局，如能起到异军突起、带动大局的作用，那当然更好了。

从父亲和母亲的诗词应答可知，父亲在战场上充满积极求战、勇于应

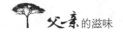

战、敢于决战、敢于胜利的信念。他忠于"实践论"，在三年解放战争的实践中，建立了对毛泽东军事思想的科学态度和认识。但也有不足和缺点，那就是急躁。三纵在"三查三整"运动中，3个旅的旅长、政委都认为纵队首长工作积极、积极求战、部队越来越巩固，对耀邦同志的意见较为集中的是"急躁"。九旅旅长陈坊仁说得更明确："胡政委有些急躁，往往不估计时间，催得很紧，有时还说些讽刺的话。"耀邦同志也深知这点，会议开始，他就讲了他的缺点，其中一条是："思想领导并不严，有时则着急，采取不正确的刺激方法。"工作着急，进而急躁，这个缺点父亲确实存在。敢于胜利就要敢于决战，敢于决战就要有胜利的主客观条件，把握战争的主动权、机动权，否则就是蛮干、冒险。这也是我对凤凰卫视采访的回应吧。当然这里说的敢于决战，并不是每战都是决定性的战役，而是需要"战略上藐视敌人，战术上重视敌人"。林彪迟迟不敢南下北宁线，正是他没有及时发现敌军已在战略上处于被动挨打的地位，其主力已被分割成点线状态，处于孤立无援的绝境，军心士气大跌大落。父亲在东北战场的邻区作战，因为有这样的经历，才用敢于决战、敢于胜利的观点讨论辽沈战役。

耀邦同志对辽沈战役前东北战局的看法有文字记录。1974年9月5日，他在团中央支部大会上有一次发言，非常认真地谈到这个问题。

他首先认为，辽沈战役、平津战役"打得好，打得很好"，"并不会由于林彪在其中犯了错误而丝毫减色"。

林彪在辽沈战役中犯的是什么错误呢？父亲认为是"畏缩不前和右倾动摇思想"，"是敢不敢决战"的问题！从他在华北战场上的亲身感受来说，父亲非常容易接受毛泽东对林彪的批评。

为何一个军事奇才，指挥着百万大军的军队将领不敢决战呢？父亲认为，"在大好形势下，既可能出现左的骄傲自满和麻痹轻敌的思想，也可能出现右的畏难动摇的思想。这是因为大好形势一来，我们党就要根据需要和可能提出新任务，就要实行'不断革命'。拿我们过去的一句习惯语说，就是要我们的同志更加过得硬"，"就是在这种要求更加过硬的形势下，我们有些人担忧起来，害怕起来，动摇起来"。

林彪畏缩不前、不敢决战的历史背景是什么呢？毛泽东根据1947年下半年战场形势的变化，首先提出要举行全国性的反攻，以主力打到外线去（9月），接着又提出"打倒蒋介石，解放全国"（10月）。父亲认为："这当然是个过硬的任务。正是在这个硬任务面前，林彪动摇了，害怕了，这就是林彪犯错误、搞右倾的历史背景。"

最后，父亲对辽沈战役前的情况作了一点总结，我认为很好："我们队伍中出现机会主义，往往是这样两种关键时候，一种是敌情严重要坚持的时刻，一种是大好形势需要过硬的时刻。前一种时刻，主要表现是悲观失望，退却逃跑；后一种时刻，主要表现是消极保守，临阵退缩。"我认为父亲在"文革"期间，对林彪在辽沈战役前的消极保守所作的分析还是独树一帜的。

话又说回来，父亲这种认识和批判毕竟是在"文革"中的认识批判。辽沈战役前毛泽东和林彪的矛盾，不但是人民内部矛盾，而且应淡化一点是党内矛盾，还可再淡化一点，是中央军委高层的矛盾，如果不是林彪出逃，我看也不会拿辽沈战役前的一个问题公开批判。哪有常胜将军？以常识而言，我军也绝不会因为一仗未打好，20多年后又行批判。但又一想，如果党内生活完全民主化、正常化，对林彪关于辽沈战役前形势的认识及出现的各种消极倾向进行深入总结，也未必是件画蛇添足多余之事，举一反三，推而广之，对建党、建军、建政都是大事、好事、善事，即便在改革开放的今天，也应持如此态度。

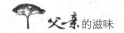

父亲是个孤独的先行者——子女眼中的项南

■ 项 雷 项小米

和任仲夷"唇亡齿寒"

父亲早年多次出国，又爱动脑筋，因此常有超前之想，（在福建主政时）曾经跟邓小平建议发行特区货币。在招商引资方面，当年他有一个特别有名的观点：对外商和我们双方都有利的，我们要干；对外商有利、我方无利也无害的，我们要干；对外商有利，我方暂时吃点小亏，但从长期来看对我们有利，目前又能增加就业机会的，我们也要干。这三条后来又被别人攻击，为什么对我们无利也要干？说这是卖国求荣。父亲不这么看问题，事实证明，他的许多超前的看法和做法都是对的。

他比任仲夷小一些，任仲夷又曾经和我爷爷共过事。一个在福建，一个在广东，都处在改革开放的浪尖上，有多少人等着抓他们的失误，可以说如履薄冰。记得有段时间他们几乎每天晚上都会通个电话，两个人是唇亡齿寒、荣辱与共，受到压力的时候他们两个特区一定要意见一致才行，谁顶不住都完蛋。

记忆比较深刻的是当年"清污"（清除资产阶级精神污染）批白桦的《苦恋》，当时全国 28 个省报都转载了，对于各省大员来说，登不登报是表明你的政治态度，一个不谨慎就摘乌纱帽了。父亲和任仲夷通电话，问："你那里登不登啊？我是不准备登的。"任说我也不登。父亲从来认为，不应禁锢人的思想。

他甘为改革付出代价

那个时候改革开放刚刚开始，一些人认为现在计划经济不搞了，搞商品经济，中国非乱不可。他的许多（改革）想法，被当时的人所不理解，甚至家里人也不能完全理解他。妈妈有时候就埋怨他，说他老是得罪人。所以从这个意义上说，他其实是很孤独的。

关于"晋江假药案"这件事情，实际上是晋江陈埭镇的乡镇企业做了一个银耳冲剂，农民想把银耳冲剂卖得更好一点，就仿冒成药品，伪造药政批文。它确实不应该贴一个药的标签，福建省也先发现并严肃查处了。

但后来《人民日报》突然刊登了报道《触目惊心的福建晋江假药案》，以后又连续几次在报上发难，关于此案的报道和质问就逐步升级，父亲先后做了5次检讨。但是父亲一直坚持说，我不是支持假药，应该把假药案和乡镇企业区分开来，继续发展乡镇企业。但有人称他支持"造假"，这种指责根本就是偷梁换柱。

后来中纪委要给他处分，让他签字。父亲说我不能签这个字。他说，1958年说我是"右倾分子"，我就违心地在决定上签了字，因为那时候我还年轻；现在我已经到了这个年纪，多少人都在等着看项南会不会受处分，我要签一个字很容易，但可能就会撤一批、抓一批、关一批，这样福建整个乡镇企业形势就全变了。我不愿意看到这种局面。

今天看起来对于改革开放，有人始终不买账，福建和广东在改革开放中一直冲在最前面，总要有人付出代价。

后来父亲再回福建，重新回到当初"晋江假药案"发生的地方。知道他来了之后，一条街上挂满了鞭炮不停地放……

退休后仍是改革派

他从福建（去职）回北京什么都没有带，除了带书。

父亲做扶贫基金会的会长，思维还是很活跃。他说现在南方搞基建，

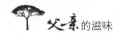

都用石材；而西部穷，除了石头什么都没有。如果让西边将石头粗加工拿到沿海来，大家能赚钱，然后他就去做这事。包括让东西部的干部相互交流，也是他做了扶贫基金会的会长后提出来的，一直做了好几年的交流。

他当时岁数那么大，还是到处奔波。他跟一位退休的部级干部一起去西北考察，买不到软卧火车票，就坐硬座。两个部级老头一起坐硬座，估计全中国都没有。

他就是这么个人，总是想着怎么让老百姓富裕起来，怎么能让贫困地区老百姓赚钱，但是他对自己可以说是非常节俭甚至吝啬。常常有人来看他，要给他家里装修，要给他钱、礼物，他一概拒绝。有一个记者到我们家采访，后来说真没想到一个曾经职务这么高的人厕所里的手纸居然是马粪纸。

1997年中共十五大，他在列席的时候发言说：坚持正确的新闻导向和坚持实事求是的原则，是并行不悖的。在宣传我国人民取得伟大成就的同时，敢于揭露我们消极的不健康的现象，是一个政党有信心、有力量的表现。我们党历史上犯过右的错误、左的错误，今天看来，左的错误比右对党的危害更大，更应引起全党的警惕。

在他心脏病重住在北京医院时，曾经很沉痛地跟我们说："我们这个国家，总是在搞这个运动那个斗争，真正能静下来好好搞一下建设的时间太少了。实在是可惜啊！"我们知道，他既是为国家，也是为自己遗憾。改革开放到了今天，我们国家已经整整搞了30年的建设，想到这点，我们为父亲感到欣慰。

（作者系项南子女）

父亲洪深的两次当官

■ 洪　铃

　　1942 年，父亲对马彦祥叔叔说："我的那次家庭变故，给我的打击实在太大了。从那个时候起，我就决定，第一，我这辈子绝不做官；第二，我绝不跟那些上层社会的人去打交道。"

　　今年是父亲洪深（1894—1955）去世 55 周年。对于今天的社会和今天的人，父亲是一个已经消失了的人。正如父亲所言："人，总是要过去的，而事业——对人类的贡献——是永生的。"昨天的事情，固然有它不该被忽视的重要之处。然而，对活着的人来说，今天和明天更重要。我不希望甚至极不情愿父亲的"影子"还在当今社会"徘徊"。因为父亲是属于"昨天"的，我不愿意，亦不忍心看到父亲严肃的人生遭到"戏说"和"误读"。

　　1955 年，父亲对孩子们以后的工作志向提出了要求："宁可当个二流的科学家，也绝不要做个一流的文学家。"说此话时，我是一个少年，但父亲的坚决态度和"训诫"之意，令我印象深刻，终生不忘。后来，如父亲所愿，我读了工科。但没有成为"二流科学家"，只是一名"不入流"的、普通的工程技术人员而已。如今，回过头来琢磨那句话的真正含意，我想父亲当年恐怕不会只是出于"科学救国"的简单想法，而是希望孩子们能逃避带有"天然"弱点的中国"文人"在大传统背景下难以逃脱的"不幸命运"吧。

我的祖父洪述祖

父亲的家族，称得上是武进的大族。从家系来说，父亲是清朝文学家、经学家洪亮吉的第六世孙。祖父洪述祖人很聪慧，虽未曾出洋，却有不错的外文能力，文才亦佳。晚清时，祖父捐了个直隶候补道。民国建立后，1912 年 3 月唐绍仪受命组阁，祖父因与唐的交情而供职内务部。3 个月后，唐辞去国务总理，祖父则继续留任。同年 9 月，赵秉钧担任袁世凯政府国务总理，祖父很得其信任。1913 年，宋教仁被刺杀，祖父因此案牵连，于 1919 年 4 月遭极刑——死时很惨。祖父在军阀混战割据的政界供职，最终在强权齿轮的滚动中被碾得粉碎。这也是他咎由自取吧。

现在讨论正统史书予以祖父的"定论"，没有什么意义。我只是觉得，在社会变化中，因为政治争斗而定的各种"罪名"，本身也是变化不定的。祖父企望通过仕途求发达的这种人生追求，我虽然很感不屑，但我以为，祖父政治投机大失败的结局，多少似乎和祖父跟"错"了人有关。他的"仕途"之路的悲惨结局，是他对权势的贪欲而致，不值得同情。但是，祖父的惨痛之死，对父亲乃至对我，都是深刻教训。

在祖父的阴影下

祖父是和我没有任何联系的、一个难以追溯的人。可是，对于父亲来说，就不一样了，父亲回避不了这个被社会视为"罪人"的人。终其一生，都未能得到解脱。1932 年，父亲在《文学月报》一卷一期发表的《印象的自传》一文中，沉痛地写道："我父亲不幸的政治生命使我陡然感受人情的残酷。我父亲下狱之后，许多亲戚朋友，尤其是我父亲走运时常来亲近的，立刻都拿出了狰狞的面目。一个不负责任无能为力的我，时时要被他们用作讥讽或诟骂的对象。而普通的人士呢，更是怀疑你，鄙视你，隐隐地把你不齿人类；仿佛你做了人，吸一口天地间的空气，也是你应当抱歉的事情……但身受的我，却从此深深地认识到了一个人处在不幸的环境中的痛苦。"

祖父的死，带给父亲的是背负一生的"重枷"；在祖父的"阴影"中，父亲一生走得艰难异常。

父亲的转学

父亲要求孩子不要学习文科，但父亲本人却是从工科开始自己的学业。1916 年，父亲从清华学堂毕业考取官费留学美国。父亲开始就读的是俄亥俄州州立大学化工系陶瓷制造专业。1919 年春，祖父在国内被处极刑。祖父刑前遗言，要求父亲"不必因此废学，毕业方回"。同年秋天，父亲即申请转学去报考哈佛大学。经过严格考试，父亲被录取了，师从戏剧家倍克（Baker）教授学习"戏剧编撰"。

父亲为什么转学戏剧，他有过明确的"说明"。1942 年，父亲对同在四川江安国立戏剧专科学校执教的马彦祥叔叔说："我的那次家庭变故，给我的打击实在太大了。从那个时候起，我就决定，第一，我这辈子绝不做官；第二，我绝不跟那些上层社会的人去打交道。我要暴露他们，鞭挞他们。这样我就只有学戏剧这一条路。这条路我在国内学校读书时候就有了基础的。"

可知父亲这个原本无奈的选择，并不是消极的选择：父亲不仅相信自己具有从事这种工作的天赋和能力，而且认为戏剧也是一种"唤起民众"的有意义的事业。

父母"自戕"事件的另一面

1941 年 2 月，发生了轰动一时的父亲和母亲一起"自戕"的事件。后虽获救，但此事在当时仍引起震动：父亲"事业生活一切都无办法"的遗言，成为舆论拿来作为"大学教授无法生存"而对国民党政府进行抨击的有力证据。

到了20世纪80年代，从一位长辈那里，我得知了此事又一种——我亦深信不疑的——说法：1941年1月，国民党策划了"皖南事变"，随之中国共产党启动旨在保存力量的"应变"计划，其中包括对时在重庆的左翼进步文化人士分批撤离的安排。该计划中没有父亲，父亲也不知道有这个计划。后来父亲得知此事，特别是知道自己很"不以为然"的某某人竟"赫然在列"时，父亲痛苦到了极点……

从大学教授到上校衔科长

我曾经因为父亲两次做了"官"，违背了他自己的初衷而感到"遗憾"。我曾不止一次地设想：如果父亲不曾踏进官场，他的一生会不会是另一种状态？是不是就不会在壮年的60岁，离我们而去？

1922年春，父亲自美国留学归来，先后在上海的复旦大学、暨南大学，广东的中山大学，青岛的山东大学，福建的厦门大学等学校教书，他从来没有想过要中断这种教书生涯。1937年夏，父亲从广州到上海参加话剧《保卫卢沟桥》的导演工作。但随即发生了"八一三"战事，父亲来不及回广州安排家人，就率领"上海演剧救亡第二队"从上海出发，走向了全民抗战的战场。

1938年4月，第二次公开合作的国民党和共产党成立了以陈诚为主任、周恩来为副主任的政治部。政治部下设三厅，郭沫若任三厅厅长，田汉是三厅六处少将衔处长。那时，父亲带领抗敌演剧队正在襄樊进行宣传，当父亲接到田汉要父亲立即赶赴武汉三厅任职的急电后，毫无迟疑地立即赶到武汉，接受了三厅六处戏剧科（即第一科）上校衔科长的职务。

政治部三厅戏剧科，由当时在武汉的全国救亡戏剧宣传队伍整编成的10个抗敌演剧队和1个孩子剧团组成，他们是当时国统区抗日戏剧宣传的基本力量，父亲是这支宣传队伍的重要组织者和主要管理者。1938年，父亲组织上百人演剧宣传队到农村进行宣传，他本人也随同湖北楚剧宣传队一起下了乡。同年9月，父亲率领演剧队，乘木船惊险渡黄河北上进行宣传。

父亲曾自嘲道："为远离'官'而搞戏，但抗日救亡的需要，则是为了'戏'而'做官'。"真是造化弄人，不可预料。

抗战胜利后，父亲重回复旦大学任教。父亲说，抗战胜利后，"但愿永不再做官"了。父亲这第一次做"官"，我能理解也能接受。

对国民党政府彻底失望

20 世纪 30 年代初，父亲阅读了一些社会科学书籍，开始了和左翼的接近。1930 年，父亲参加了"左翼作家联盟"和"左翼剧团联盟"，在文化工作中公开站在了左翼。当时，父亲对"共产主义学说"不可能有所认识，他也不关注政治党派间的斗争，父亲只是在文化态度上站在了"左翼"，但他不愿意，也没有参加到实际的政治斗争中去。父亲这种态度和立场，让政治斗争中的无论哪一方都不喜欢，亦不信任。

1937 年，父亲带领上海演剧救亡二队到达洛阳。国民党驻军首领问父亲："有没有去西北（指延安）的打算？"父亲引唐代诗人王维诗句"西出阳关无故人"予以否定的回答。近半个世纪之后，当时和父亲同在上海演剧救亡二队的地下党员金山先生，撰文回顾了这段往事：作为上海演剧救亡二队内的中共地下党，他在向主管周恩来汇报时，对洪深表示"西出阳关无故人"的态度，认为是有问题的。这多少也可表明，那时共产党员是怎么看父亲的。

抗战胜利后，父亲不断遭到国民党政权的公开迫害。1946 年，在重庆北碚复旦大学，父亲"因反对特务学生对进步同学压迫胁持《谷风》壁报事件，每夜有持枪者包围住所，作精神上迫害几近一个月，虽坚决挺持，而本人后脑神经系统发炎，两耳失聪，均于此时加重"。1947 年，在上海江湾复旦大学，父亲又因"1947 年 5 月，上海学生反饥饿反迫害运动中本人支持进步学生，被反动分子持枪威胁、殴击前后七八次"。

1947 年 5 月，上海全市学生进行反内战反饥饿大游行，并在校内举行活动，随后学生运动开始向全市各个阶层延伸、深入。在复旦大学教师和

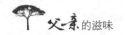

员工会上，父亲痛斥国民党政府对学生打击和镇压的暴行，并建议全校教授罢教和向政府提出严正抗议；与会教授在罢教宣言上签字，以复旦大学教授名义发表通电，向全国控诉国民党法西斯统治暴虐罪行。国民党政府穷途末路之际的恶劣作为的结果，让父亲，也让许多有民主独立思想的知识分子，对国民党政府彻底失望乃至痛恨。

　　1948年春，在上海的"白色恐怖"中，没有拿到复旦大学续聘书的父亲接受了厦门大学外文系的聘请，带着我们全家从上海到了厦门。同年末，父亲接受中国共产党邀请，以医治牙齿为由从厦门只身到了香港。1949年1月，在中国共产党安排下，父亲和其他一些民主人士一起从香港乘苏联轮船到东北大连港。5月，父亲到北京。9月，父亲以"无党派民主人士"身份，参加了在北京召开的"新政治协商会议"。

父亲第二次当官

　　母亲告诉我，新中国成立后，父亲准备回到上海复旦大学继续教书工作。但周恩来要父亲留在北京工作，因此父亲便在北京做了"官"，直到去世。

　　父亲的单位是"政务院对外文化事务联络局"，是个纯粹事务管理性质的行政机关。首任局长是著名诗人萧三。萧三是老资格的共产党人，也是毛泽东的大同乡。作为萧三的副手，父亲负责局内具体的事务性的工作。如参与我国和友好国家文化交流计划制定以及实施，举办纪念世界文化名人大会，迎送外宾等。工作繁重、事情琐碎、无章可循的工作环境，并没有妨碍父亲做好并完成好自己的工作任务。

　　父亲两次做"官"，不论是"戏剧官"，还是"对外文化联络官"，实质上都是父亲无条件听从共产党安排，做了共产党直接领导下的基层行政事务管理工作的"官"。

　　我对父亲"不做官"的"食言"，已经释然——我不再"遗憾"。父亲做了他能够做的几乎一切事，没有"食言"。"遗憾"的应该是，我们在这个世界上，有时候真的很无力。如同随水而动的一滴水、一根草、一片叶，顺流而下。而我们全然不知自己在人生之河的什么地方或停滞或消失，我们并不能真正意义地掌握自己的命运走向与归宿。

一个人生命的长或短——60年的人生或100年的人生，在浩瀚的宇宙中，几乎毫无区别。人在世，活得于人类社会有贡献，活得问心无愧，就不枉活了一生。父亲说："我觉得我对于戏剧，研究了多年，略有心得，我对于后人最大的贡献就是将我研究所得写出来，庶几以后从事戏剧的人，不必像我这样吃苦费力。"父亲做到了，做得很好。

读李锐在北大荒写给范元甄的信

■ 李南央

　　父亲在北大荒写给我母亲（编者注：范元甄）的信，是他和母亲自1938 年到 1960 年的所有信件中，我最不忍读的。每每读来，总有一种胸口堵得难以喘息的感觉。

　　1959 年庐山会议之后，父亲青年时代起即献身于斯，并为之忘我奋斗了 20 年的党，把他像垃圾一样扔了；一个男人对孩子、对家庭不能有些许贡献，而在饥饿、病痛的折磨下，不能自禁地开口向早已冷漠了的妻子要东西，而被她长篇累牍地挖苦；食品匮乏到臭豆腐连吃两块；每天两点起床，靠稀粥、豆饼果腹的躯干，一直要"扛"到晚上，拉稀拉在裤子里还要坚持下地；还要写交待材料……我还清楚地记得父亲从北大荒寄回家的那块漆黑的豆饼。说是豆饼，其实是豆渣和草料的混合物。父亲在北大荒经历的那种"生产大突击运动"，对人的摧残，恐怕比《半夜鸡叫》里描述的有过之而无不及。所不同的是，那残酷的本质，被一层"美丽"的革命彩纸包起来了。年方 42 岁，在此之前未曾肩挑手提，不久前还被通报全党的"红旗秀才"，面对这种转瞬之间上天入地的变化，这种被彻底打翻并踏上一只脚的屈辱、煎熬，需要多么大的力量才能支撑下去？！

　　会记住你一切告诫。投入劳动和集体生活之后，相信自己会很正常起来：鄙视过去，相信将来，42 岁开始自己真正的生活。这几个月来，没有你的帮助，自己会陷在更糟糕的情况。（1960.4.19）

想着自己在党内廿多年，历史问题审查多次，这次仍让党为此麻烦，心中有愧，也确有感伤……因之，我唯一能做的，是在此很好劳动，很好改造自己，使得我们将来能够面目一新，孩子们在成长时有好的健康的父母。（1960.5.12）

总之，用感情的态度，我会难以支持当前的生活。是认为自己必须改造，有错误，才能支持下来的。（1960.7.16）

从这些叙述里，我看到父亲赖以支撑的不仅仅是理性的力量，他那从热河办报时起屡屡见于信中的，一贯被母亲蔑视的，"一切从实际情况出发"的能屈能伸的性格，此时发挥了至关重要的作用。他认同张闻天的话："被国民党杀头不要紧，被共产党杀头是要遗臭万年的。"参加革命廿余年的经历，继续为自己献身的事业奋斗的愿望，他与共产党荣辱与共无法割舍的情结，共产党是"真理化身"的现实，使他不会做出如烈女林昭、张志新那样以死抗争的抉择。既已落难，就接受现实，不能钻牛角尖，不能彻夜辗转地苦痛，要曲起身躯，麻痹神经。要想捱过这个坎，必须得这样想：自己确实需要劳动改造，改造的态度得到党的认可，才能看到"重新回到革命队伍"中去的可能，才能看到一家人重新团聚、孩子们将来有个父母双全的正常成长环境的希望。

38年后的1998年，父亲在《黎澍十年祭》中写了这样一段话：

黎澍认为毛泽东思想可以归纳为五点：……五是不断思想改造，实为宋明理学翻版，专门制造伪君子也。这第五点，大家都曾经挨整受罪，但都没有像他这样，联系古人假道学概括得如此高妙。

对知识分子的思想改造，在很多情况下是将被改造者推到消灭肉体的边缘来实现的：从肉体上摧残那些胆敢持异见的人，使他们在饥饿和非人的生活环境中丧失思考的能力，丧失做人的尊严，成为行尸走肉，以此根除思考的危险，得以实现思想的大一统。这在有些人身上确实达到了"彻底改造"的目的。我的母亲范元甄，就是最好的例子。

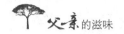

母亲那时受到留党察看两年的处分，下放到青云仪器厂的热处理车间当工人（是体力劳动相对较轻的工种），平时住在工厂。刚刚两岁的妹妹全托在"六一"幼儿园，我在通县的小学住校，哥哥则由老阿姨照管。用父亲的话说，此时母亲不但要"领导家中四个人，还加上乌苏里江西岸一人"（1960.4.23），要给父亲找全国粮票、买东西、转关系，这些无疑是要看人冷面孔的事；自己在单位还要劳动，接受批判、审查，确确实实让她吃不消。

"同住的两对青年夫妇搬来没有？还相容吗？"（1960.5.25）父亲在信中问母亲。我家原来的单元是5间住房，大客厅是由两间屋打通的，又从隔壁的单元挖过来一间做父母的卧室。父亲去北大荒不久，水电设计院即分来两对新婚夫妇，占去我家单元内的两间。原先隔出的一间屋子，此时也还上了，这样我们一家5口住打通的一大间客厅。但是厨房、厕所是3家9口人共用的，尴尬窘迫，可想而知。母亲与其中一对相处还好，另一对中，女的很厉害，母亲与她针尖麦芒。母亲的生活条件此时与父亲相比仍是在天上，但精神上对她这么一个原本就很别扭的人，这种情形不啻是地狱般的折磨。母亲的个性，在平时都是永远的不顺，这时就可想而知了。我现在完全可以理解，她那时为何开始拿我当出气筒，有时接到父亲的来信，会疯了一样地写出上百字的离婚信，逼着阿姨去邮局按电报发走；邮局拒绝发这样长的电报，她就逼着阿姨一趟趟地再去。父亲是"以最大努力迎接考验，并胜利一关一关通过"（1960.4.25）的精神准备着应付一切，母亲则是万难做到了。

在接到母亲的离婚信后，父亲简短地回了一信，说离婚现在不谈，待我回来后再说。之后两人的通信就完全中断了。自那以后，母亲的"革命"变得越来越"真诚"，越来越"彻底"。她不但把父亲的北大荒来信交给组织，还把夫妻间的枕边话全部抖搂出来，用这种大义灭亲的方式，证明自己受改造的程度，以期重新得到党的信任。她在接下去的"文化大革命"中，揭发了父亲所有的朋友，凡有外调，她一律揭发，不管是自己的熟人还是朋友。记得大概在十八九岁的时候，我曾突然醒悟，完全理解了母亲那时的难处，原谅了母亲与父亲离婚后对我过分的辱骂甚至毒打，希望能与母亲亲近些。但是，当我知道母亲原来对"大跃进"持有与父亲相同的看法；当母亲一封封寄来对我的批判信，甚至向我的单位领导揭发我的"反革命言行"；探亲时领着我们早请示晚汇报；因为我男朋友的家庭出身有问题，让我断绝关系，在那以后我心中残存的一点亲情彻底毁灭了。

延安整风后，母亲和父亲已屡屡发生思想分歧；庐山会议后，两人根本无法以任何方式求同存异了。因为"同"者——孩子、感情已彻底被"阶级"所替代；而"异"者——对毛泽东和党的路线的一些怀疑，其实曾经是"同"者，则万无共存的必要了。她真的相信共同生活了 20 年、共同有了 3 个孩子的丈夫是反党分子吗？一定不是的，否则她怎么会在 20 年后父亲复出时动复婚的念头？但是她被那时所显示出的绝对的威望、绝对的统治力震慑住了。她看清了，如果以前自己只是使用"阶级"作为让李锐俯首贴耳的武器，此时她必须将自己与李锐划分在两个不同的阵营，才能够生存。她被眼前的一切吓坏了，她不能想象自己永远和别人合住一个单元（母亲在延安的信中，记述了不能容忍和自己的好朋友夏英喆共一窑洞）；她不能想象自己永远做一个炉前工（母亲在东北糖厂的信中，记述了受不了顶班的生活）；她不能想象自己经过廿年努力而得到的三八式干部的优越生活条件和特权，从此不复存在（母亲信中屡屡流露出瞧不起工农干部和"旧"知识分子的态度，她在东北的信中记述了自己是如何虐待保姆）；她的骄娇品格，决定了她根本无法面对这样的可能。她明白要恢复从前的生活，要保住物质的和精神的地位，今后只有紧跟毛泽东，除此别无选择。

父亲在《黎澍十年祭》中还有一段极为精彩的论述：

> "自由"是一切革命者所向往的最美好的理想，因为它是共产主义的最高境界，《共产党宣言》中说得很清楚。在革命斗争中多少烈士为自由而牺牲了自己的生命，何以我们现在提都不能提，每一次有人提自由，就说是资产阶级自由化，要大动干戈加以反对？党对学术文化的领导，应当表现在保证有发表的自由，而不是动辄违反宪法，任意剥夺这种自由。

与母亲甘心放弃思考的自由、情愿承认自己没有怀疑领袖的权利，以求保存高级干部的地位和待遇相反，父亲的"放弃"只是一种权宜之计。应该承认，父亲在被放逐到北大荒时对时局还看得不很清，想得不很透，他在信中议论道：

> 老头们基本是好的（由公社转农场，他们的生活和收入都显著下降，有点牢骚也不多谈，而且了解国家总的政策，也看远景，只是担心自己等不到）。昨天一郭老头将他手指给我看，像弯曲香蕉，从小累得无一指现能伸直。他们也从未吃过豆饼，也跑肚，无人说怪话。（1960.5.18）

> 以后准备每天利用晚饭后读书半小时到一小时，有计划读《共产党宣言》等几篇主要东西，另外读反右等汇集文件。报纸此间可以看到。（1960.7.1）

父亲年轻时所刻意锻炼出的吃苦耐劳的品格，自幼养成的勤学习性，使他在艰难的条件下，在像野人一样吞食一切可食之物时，仍不辍学习。这使他得以不断充实、提高自己的思想境界，在环境稍稍缓和，可以思想（注意是"可以"不是"允许"）时即可做锲而不舍的苦索。因之他的灵魂仅仅是做了生存所必需的弹性扭曲，而不是像母亲那样，发生不可逆转的塑性畸变。父亲得以在受难中逐渐走向成熟，未被那庞大的机器碾造成伪君子。从本性的倔强好胜，而逐步成长为有胆气、有真知灼见的真君子，并逐渐谙熟了发表异见的艺术。40年后，对于毛泽东，对于中国共产党领导的革命，父亲有了深刻、理性的认识和剖析，他的思想闪烁出大智、大勇者的光辉。父亲是可以骄傲的，他从炼狱中走过，他从炼狱中获得令人羡慕的人生。

> 昨天返队，如回到家里，给老头和同住者吃了节省下的馒头和饼干，都很高兴。（1960.5.18）

父亲的善良，是另一个不可忽视的在噩运中得以生存的重要条件。他与同伴刚刚相处半月不到，即结下了友谊。虽然自己也食不果腹，仍与人分享。父亲从别人的高兴中，无疑感受到了人情的温暖，这温暖释放出维持生命的热量，弥补了食物的不足。父亲的坚忍、乐观、豁达，甚至还流露出一点得意——"我已买了副裹腿，现整天都打着（高中军训时学会打的，一天都不散）"（1960.5.18），在顺境中也许并不重要，此时则显得性命攸关。如果将母亲换到父亲的位置，不知会怎样地苟且（延安整风时便发生了不应该发生的事），今天看到的，可能不仅仅是一个变形的灵魂。

1936年父母相识，1939年相爱，共赴革命圣地延安。两人又同出延安，至热河、东北，一起南下，后转业至新中国的工业战线，为建设一个新的国家而工作。两人的出身、学历、经历，甚至相貌的出色都十分相像。吵吵闹闹，分分合合22年，一直到庐山会议，终于走到了尽头。其后的40年，我得以亲眼所见，不用通过信件了解他们。作为一个普通人，我更感动于父亲的善良，父亲的与人为善，父亲的刻苦，父亲做事的执着。这些优秀的个人品德使他历尽沧桑，却始终没有改变自己的追求：共产主义的最高境界——自由。作为一个丈夫、父亲，个人品德对他的妻子、儿女非常重要；作为一个领导国家的高级干部，好的个人品德则更不可或缺。我惋惜父亲的秉言直书不为人所容，而未能在更高的位置上为国家做更多的事情；我庆幸母亲的官位仅至退休后的副部级待遇而不是更高，人民因此少一些可能的厄运。

（作者系李锐之女）

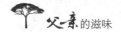

马东眼中的马季

■ 马东访谈

"他特别怕别人说自己是艺人，他认为自己是党的宣传工作者、文艺战士。"

"社会上流传说我父亲在'文革'当中打过侯宝林先生，这是绝对没有的事情。"

"有时候他会很看重荣誉，但有时候他又会不在意。"

"他是一个幽默感极强的人，但即便是跟家人，也不透露内心的隐伤。"

——央视主持人马东这样看待父亲马季

● 马　季（1934 — 2006）

原名马树槐，天津市宝坻区人，中国新相声代表人物

2006 年 12 月 20 日，马季因心脏骤停经抢救无效逝世，享年 72 岁。

马季辞世的第二天，温家宝总理发来唁电："惊悉马季先生逝世，深感悲痛，谨向这位给群众经常带来欢乐的老艺术家，表示敬意。愿他独具风格的相声艺术，和为观众喜爱的音容笑貌永留人间。"

12 月 24 日，早上 7 点左右，数百名群众在中日友好医院门口为马季

送行。8 点 40 分，马季遗体抵达八宝山革命公墓，上万名群众自发赶来参加马季先生的追悼会，民众中有人打出横幅："马季您走好"，"笑星陨落，欢乐长存。"

2007 年 1 月 1 日，在马季辞世两周之后，马东沉浸在对父亲的思念中。

父亲隔断了我和相声的接触

马东开始形成记忆是在四五岁的时候，时间是 1972 年。

那时候对父亲的认识是，"除了知道他是我父亲，其他都不知道"。

幼年的马东对父亲是干什么的根本没概念，只知道他朋友很多，经常把各色人等带回家，聚在一起嘻嘻哈哈，走马灯似的来，走马灯似的去。

马季带回家里的朋友大都是广播说唱团的一些老人儿，唐杰忠、赵连甲、李文华、郝爱民是家里的常客。那时候人们经常"串门"，吃东西，聊天，很随意。

马季最初是住在北京西城马相胡同一带，西直门内大街附近的一个大杂院。

那时候，马东在上幼儿园，父亲很忙，很少送马东到幼儿园，偶尔一两次去送，马东就记得格外清楚。

"那时候没有电视，认识他的人也不多，偶尔碰到认识的人，就会打招呼，我去幼儿园的沿路跟他打招呼的人会很多。那个时代没有明星，即使你是一个抛头露面的相声演员，很有名，也不会像现在这样被人围着，或者怎么样。那时人与人之间的关系就是点头，用点头表示一种善意和尊敬。"

1987 年，马东去了澳大利亚："当时是出国热，父亲很愿意我出国。因为父亲在 13 岁的时候，有过一段离家的日子，他是去上海学徒。他可能觉得一个男孩子离开家，对自己的成长是有好处的。"

在澳大利亚，马东从事的工作和相声没有关系，和电视也没有关系。

1994 年，结束海外漂流，马东回国，开始新的生活。先在电影学院念书，念完书以后到了电视圈，先在湖南卫视主持谈话节目《有话好说》，

因话题锐利而被取消。马东转道北京，加盟央视主持《挑战主持人》和《文化访谈录》。

记者：还能记得第一次看父亲说相声的情景吗？

马东：我没有看过，其实。我看到父亲在剧场里演出，大概已经二十几岁了，那是 1994 年，在澳洲。因为我小时候他是不让我到剧场去的。那时有很多相声演员的子弟、家属会常年在后台玩，在剧场里面玩，我是不会的。他不让我去他演出的地方，也不让我去他工作的单位玩。

记者：对他工作的地方，你也没有好奇吗？

马东：会好奇的。那时候他们经常会去电台，去录音，录音其实就是把一个相声录成磁带，然后在电台里面反复播，那时候相声的主要传播手段是电台，所以经常会去录音。当时我们住在北京的西直门附近，离月坛很近，月坛原来有一个很高的发射塔，父亲以前就给我讲，电波就是从这个铁塔里面传出来，再传到收音机里面的。我的想象就是，他们录音就是爬到铁塔上面去录，我这样说他就乐，告诉我说，对，是。这个就是我对他工作的好奇和想象，从这里你也能看到，我对他的工作状态是完全不了解的。

记者：你父亲为什么不愿意你到他工作的地方？

马东：我从小就被父亲隔断了和相声接触的所有可能性，因为他是从业余相声演员转成专业的，可能是因为他是从一个 20 多岁的年轻人，从一个机关工作人员的业余爱好转成了专业的相声演员，他应该是新社会培养起来的一代演员。终其一生，他对于艺人这个词非常敏感，他特别怕别人说自己是艺人。因为那时候不像今天，歌星说自己是一个艺人，演艺人才。那时候说艺人，就是老艺人，是旧社会过来的，低人一等，属于三教九流里面下九流的这么一种人。他其实是新中国培养的第一代相声演员，很早就入党，1956 年就是共产党员，他认为自己是党的宣传工作者、文艺战士，这是他对自己的定位，所以他对艺人这个词特别敏感。也可能是因为这些，所以对于世家，世代都说相声，他可能是很反感的，他不见得是反感别人，他就是不想让自己的家庭变成这样。他可能也看到了一些个——比如说相声世家的子弟，从小生长在这种环境里面，身上所带有的一些气质，或者说在这个环境里面熏陶出来的一些东西，他可能不喜欢，所以他隔绝了我和他这个圈子联系的可能性。

记者：对相声你就没有好奇吗？

马东：有，我从小特别喜欢相声。因为无论再怎么隔绝，毕竟耳濡目染，会受很多很多的影响。我会喜欢看相声的书，听传统相声的段子。我记得小时候，小孩都缠着要大人讲故事，我爸没空理我，他那些同事，来家里玩的，我就缠着他们给我讲故事。我印象特别深，比如李文华来我们家，我缠着要他给我讲个故事，他就会讲一个单口相声给我听，我现在知道这个单口相声叫《日遭三险》，是刘宝瑞的一个传统相声。你不可能不受这些东西的影响。我其实很喜欢相声，首先是它的表达方式，它那种语言节奏，作为语言艺术来说，它有很多高级的东西。我中学的时候，有很长一段时间，是听着相声睡觉的。就是每天晚上，拿一个录音机，放一盘磁带，听着睡觉。因为家庭的熏陶，我对相声从小就很喜欢，至少是一种爱好，很强烈的。但是我从小就知道，我爸是不可能让我说相声的，我也不可能从事这个职业。

记者：那时候你爸照顾你很多吗？你的伙伴怎么看你的父亲？你会为自己的父亲骄傲吗？

马东：我爸照顾我的时候不多，他不是那种顾家的人。我印象当中，一年 12 个月，有 8 到 10 个月他是在外地演出。小的时候，对父亲的骄傲可能多多少少会有一些，但是我的父亲包括我母亲，也一直特别警惕我身上的优越感——就是你有一个与众不同的父亲，所以你身上或多或少会有一种优越感。我有一些朋友，这些朋友是我的小学同学，到今天我们已经有 30 年的交情了，所有人都知道，不管是出去也好，到哪儿也好，他们是不提我父亲的，他们知道我有这个避讳，我们是有这个默契的。

记者：有没有这种情况，比如你在旅途，或者在街巷，你会在喇叭里听到父亲的相声？

马东：经常会。没有什么特别的感觉。其实我父亲成名很早。他从 20 世纪 50 年代进入广播说唱团成为专业相声演员之后，通过广播的传播，他就已经成名了，只是那时候很多人没有见过他。所以在"文革"前，他的

知名度在全国就很高，中间经过"文革"的停顿，之后恢复，他又开始恢复创作和表演的时候，又开始被观众知道了，我父亲是最早通过电视被大家认识的相声演员。

毛泽东说，还是下去好

马东 10 岁时见到过侯宝林。

"那是在一个吃饭的场合。知道侯先生在那边，然后我爸的同事带我过去。

"我走到侯先生跟前，我叫声爷爷就躲开了。就是这样。这是我唯一的一次见到侯老先生。"

侯宝林在当时是什么样子，说了什么，马东已经完全没有印象。

对于马东来说，相声的世界其实是一个陌生的世界，尤其是人。

"对相声作品我很熟，因为我爸爸收集了全套的侯宝林相声集，我对于相声作品从小就很熟，但是对于从事相声的人，其实我是非常陌生的。后来就是我爸的很多徒弟，很多学生我也几乎不熟悉。"

从 20 世纪 50 年代到 20 世纪 60 年代，侯宝林和马季经常被请去中南海，为党和国家领导人表演相声。那时候中南海有个小舞会，毛泽东和周恩来比较爱听相声。

记者： 在 20 世纪 50 年代，侯宝林和你父亲经常会被请到中南海说相声，这些事情你父亲跟你讲过吗？

马东： 我知道的，我很小就听我爸讲。去中南海演出，我听说夜餐特别好，演出完以后，安排一顿包子吃，因为在那个年代，有一顿包子吃很难得。我爸觉得夜餐特别好。

他们那个时候经常去中南海，基本上一个星期两个星期就能见到主席或者总理。毛主席爱听的是一些小段儿，娱乐性特别强的，因为他不想听那些思想性政治性特别强的，他爱听的尤其是传统段子中的那些小东西，他听相声就是娱乐。周恩来就更注重我父亲他们新创作的东西。有时候总理见到父亲他们会说，几个月没来了，去哪儿了？说是下基层去锻炼了，去农村。总理问有什么节目没有？拿出来听听。父亲就把新写的相声说给他们听，主席也会听，曾经听完了主席说："还是下去好。"——这是我父亲受益终身的一句话。

记者：周恩来好像还会具体作一些指示，他对相声的表演似乎更关心。

马东：有一年北京工人体育场举办了一场国际比赛，是中国八一队对朝鲜二八足球队，裁判员是朝鲜二八足球队带来的，这场球是2∶1朝鲜胜了中国，有少数球迷就认为不公平，就围在运动员退场的地方，有500多人围着起哄，就不让他们退场，就不让裁判员退场，警察出动维持秩序，客人们退出去了，这500多人不死心，跑到朝鲜大使馆门前闹事。这个情况被人报告了周总理。总理很恼火，那天正赶上父亲去那里给周总理演出。总理问了父亲一句话："你们能不能写一段相声批评一下这个现象，在每次国际重大比赛前广播一下，教育我们观众，我们输球不能输人，我们是个大国，马季你能完成任务吗？"父亲站起来说可以。总理说，什么时候给我听？父亲说下星期。回到家，父亲就写了一个叫《球场上丑角》。一个星期之后见到总理，总理日理万机，头脑清醒得很，一见面就问父亲我给你的任务完成没有，父亲说写了一个。总理说演给我听，父亲就和当时的搭档于树友表演，演完以后，总理说很好嘛。

记者：除了毛泽东和周恩来，还有没有别的政治家喜欢相声？

马东：有，像贺龙、陈毅，他们也喜欢。当时大家都建议相声演员改穿中山装，或者青年装、列宁装什么的，陈毅就曾经说过，还是应该穿大褂，不穿那个就没有意思了。他们俩也是父亲经常会在中南海的舞会上碰到的。

记者：据说是江青不喜欢相声。

马东：她应该是不喜欢相声的。

记者：相声好像到"文革"期间就中断了。"文革"的时候，相声处于沉寂的时期。那时候，你父亲在做什么？

马东：父亲1967年结婚，结婚时就在挨斗，包括我生下来的时候，他每天的工作就是陪着当时的——比如说和侯先生一起挨批斗。挨批斗就是

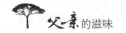

大家一起去蹚着，每天都是批斗会。大概一直到1969年年底，所有这些"牛鬼蛇神"全部下放到干校去劳动锻炼，他就被下放到了东北嫩江的干校锻炼。后来随着林彪的一号令撤到了内地，就是河南周口的五七干校，这两段干校生活加起来大概有3年多时间。按照我母亲的话讲，就叫生死未卜，就不知道这个人能不能活着回来，因为"文革"当中，这样的事情很难测，什么事情都能发生。他们在干校时，很多同行没有信心了，觉得这辈子不可能再说相声了，想着回北京以后去拉板车卖菜。

记者：据说侯家和马家有过心结，起因就是在"文革"的时候你父亲打过侯宝林先生。

马东：这是一个讳莫如深的问题，我可以负责任地说——因为我父亲不在了，他在的时候他不会说——就是社会上流传说我父亲在"文革"当中打过侯宝林先生，这是绝对没有的事情。社会上说我父亲在凤凰台的《鲁豫有约》里默认了这一点，这是绝对没有的。你可以拿《鲁豫有约》节目的原文来看，鲁豫提到这个事情的时候，父亲说那个年代的事情，过去就过去了。当然有人会把它理解成我父亲的一种默认，但其实无论是相声界，还是相关的知情者，都知道到底是怎么回事。

社会上广为流传的，我父亲打过侯先生，这种传言是事出有因的，不是说无中生有，但是这个传言起自哪里，现在大家讳莫如深，因为涉及许多前辈，就是相声界也好，还是中国人也好，是尊重前辈的，尤其在事情过去之后，我们就不愿意再回过头来翻这些旧账。但是我可以负责任地跟你说，我父亲打侯先生，没有这回事。

记者：但是传言是怎么来的呢？

马东：我只能说，绝无此事。至于这句话是怎么出来的，我们心里面非常清楚，也不只是我们，有很多人心里面是非常清楚的。我们也不必深究，过去的事情就让它过去，我觉得父亲在《鲁豫有约》说的一句话是对的，他说："那是一个荒唐的年代，荒唐的年代荒唐的人所做的荒唐的事。"

相声的死去活来

相声在"文革"后的复苏是在 1976 年，粉碎"四人帮"的时候。

"粉碎'四人帮'后的第四天，父亲就拿出了一段相声叫《舞台风雷》。"马东对父亲的兴奋之情记忆犹新。"因为他是在家里写的，就是几天不睡觉，好像终于可以出一口恶气，用一段相声去讽刺'四人帮'的极左文艺路线。几天之内父亲就把《舞台风雷》的相声写完了。"

此后，讽刺"四人帮"的相声作品相继出现，《白骨精现形记》、《帽子工厂》、《如此照相》等，相声成为荒凉的中国文艺最早被解冻的一只春燕。

随后有了话剧《枫叶红了的时候》、《于无声处》、《血，总是热的》，有了电影《苦恋》、《小街》、《天云山传奇》等反思文艺作品。

"其他艺术形式的完成，需要一个周期，只有相声最快，只要写出来，两个人一排，就出来了。"

马季重新被公众所熟悉是在 1983 年，中央电视台第一次春节晚会，马季恢复在中国广播说唱团的创作工作。当时的"春晚"总导演黄一鹤找到马季说你得写一个东西，咱们搞一个晚会。这台晚会后来就由马季和唐杰忠主持，当时写了一个叫《成语新篇》，春节晚会就在广州的一个公园里举办。现场录制完拿到中央电视台播。那个时候是中国政治解冻的时期，社会在拨乱反正，共和国迎来新的春天，民众也再次发出欢乐的笑声。

记者：据说在"文革"时期，全国播出的唯一的相声是你父亲的《友谊颂》，为什么他的相声会允许播出？

马东：相声在"文革"时期中断了，就是"文革"的时候很少有相声，但是父亲的《友谊颂》意外地被允许播出。《友谊颂》是歌颂坦赞铁路建设的，歌颂中国帮助非洲兄弟修建坦赞铁路事迹的。那是 1973 年的作品，其实这个相声是在 1972 年就写出来、1973 年录音的，这个相声在"文革"当中为什么能够出来呢，里面有很多机缘巧合。当时是没有相声的，我爸他们从干校回来之后，开始参加一些游园演出，五一、十一，经常在中山公园，或别的什么公园有游园演出，当时的新闻电影制片厂拍纪录片，拍游园的

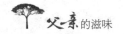

纪录片的时候，就拍到了父亲的这个相声。"文革"当中相声中断了那么多年，现在拍到了相声。当时那个新闻纪录片被拿给中央领导审，当时是姚文元负责审查，不知道是没在意还是怎么的，就审查通过了，就是在这个纪录片里出现了相声。纪录片里出现的这个相声让整个文艺界闻到了一股新的气息——就是说相声可以有了。跟着广播电台就找来了，既然新闻电影制片厂能够播相声，我们电台就应该可以播，接着电台就开始播这段相声。因为那段时间对于相声来说，是一个干旱的年代，所以有一段相声出现，就会迅速传遍全国，那时候所有的电台都在播这段相声。

记者： 还能记得父亲第一次出现在春晚上的情景吗？

马东： 当然。那是 1983 年，第一届春晚。我父亲不光是出现在春晚，他还是春节晚会的策划人。因为大家都没有经验，就找了一些成熟的演员，尤其是像我父亲这种创作型的演员参与创作，好像还有王景愚、姜昆等人。第一届春晚，我父亲承担了从策划到撰稿，到主持、表演等一系列工作。

那时候的春晚还没有像现在这么正规，也没有像现在这么严格、严谨。它中间的过渡和衔接都是由几个演员串的。当时父亲就是当一个联欢会搞的，没想到这个联欢会后来逐渐成为一种历史记忆，演变成一种文化符号。

记者： 那时候是你父亲最繁忙的时候吗？

马东： 其实他一直很忙。父亲从 1956 年进入广播说唱团，到 2006 年去世，他应该是忙忙碌碌 50 年。这 50 年当中，他的节奏就没有停下来过，按照我们的说法就是，踩着风火轮至死，就是每天都是忙碌的，忙碌的一生，但他是壮年的一生，精力充沛，一直是处在一种创作和表演的兴奋状态，直到他去世前两天，他跟我说了一句话，他从来没有跟我这么说过，他说我老了。

记者： 你父亲很在意别人给他的"大师"桂冠吗？社会称他"大师"，他自己怎么看？

马东： 我觉得他很矛盾，一方面他希望自己的艺术生活能够得到某种形式的肯定，为之付出了一生。有的时候他会很看重荣誉，比如像"终身成就奖"，称他为艺术家，包括去国外，人家谈起相声的时候，称他为相声"第七代传人"，这些他很重视。但有时候他又会不在意，别人说这说那，他无所谓，他说我就是个说相声的。说你是大师也好，说你是相声的旗帜也罢，他其实不是很在意。他在意自己的艺术被肯定，准确地说应该是，他不太在意自己的位置，不在意自己在今天的相声界处在什么位置，但他在意自己付出一生的辛苦所追求的艺术实践被社会认可。

记者：在日常生活中他的个性和性情是什么样的？

马东：他的个性有两面性，第一，他从事这个工作，他是非常乐观的人，他是一个幽默感极强的人，这是他的天赋，就是看待世界，看待生活，他有他自己的角度，往往什么事他都能给你找到一个特别好玩的角度，看到什么，就把它描述出来，这几乎是他的职业本能。但在日常生活当中，他其实是一个内向的人，他是一个不肯表达自己的人，是一个忍辱负重的人，这么多年的艺术生活也好，政治生活也好，他承受了很多不理解和委屈，当然这是必然的，从那个年代过来，大家身上可能或多或少都有这样的东西，但是父亲是那种有什么事情都埋在心里的人，即便是跟家人，也不透露内心的隐伤。

记者：他会把什么样的事情忍下来？

马东：具体我不好讲，他自己也不讲，跟家里人也不讲，我们只能猜测。他的性格里面就是有特别内向的地方，有心事也不会透露。

记者：现在对父亲，你有没有感觉遗憾的地方？

马东：这个世界上其实有很多艺术家，生命都是戛然而止的，作为一个艺术家，父亲在他人生巅峰时期，艺术生命戛然而止，应该说是圆满的，他有50年的艺术生涯。但作为人的一生来说，我觉得他欠缺了15到20年的老年生活，因为今天的生活条件好了，今天的人很容易健康长寿，父亲缺少晚年的一段生活，他少了几年得享天伦之乐的时间，这是我的遗憾。

今生

只有坚强的人才承认自己的错误，只有坚强的人才谦虚，只有坚强的人才宽恕——而且的确只有坚强的人才大笑，不过他的笑声常常近似眼泪。

——赫尔岑

世上少了一个人

■ 刀 口

"这一夜，世上少了一个人。"

这是苏联作家柯切托夫在《叶尔绍夫兄弟》中对一位州委书记的最后描述。读到它时，我正在云南西双版纳群山深处插队。深夜，在油灯下翻阅那残破的书，这行字跳入眼帘时，忽然觉得四肢发凉，死亡的悲凉在少不更事的心湖投下一颗石子。

数年后的暮春子夜，重庆郊外一所陆军医院，我送别父亲，与工友一块推着刚刚咽气的他去太平间，要穿过一个硕大的花园。脚下的甬道鹅卵石颠簸，无意间我碰到了父亲的手，还热，还软。我将它攥住，蓦地想起《叶尔绍夫兄弟》，鼻子一酸，眼泪流出来。

这一夜，我失去父亲

接到父亲病危的电报，我星夜兼程往家赶，总算见到最后一面。父亲住一个采光极好的单间。我奇怪，他虽是干部，按级别，还不够住单间的资格呀。母亲红着眼圈说，是组织照顾。轻轻推开门，雪白的床单，眩目的墙，父亲安睡在白色的宁静中，面容枯槁。我能感觉到生命的热气，正从他鼻息中一丝丝散去。

压住嗓门轻轻地喊。父亲从昏睡中醒来，看到我，雾翳蒙蒙的眼睛一亮，枯瘦的脸庞浮出温和的笑，"你……怎么回来了？"

"出差。"谎话是早就想好的。父亲没注意。交谈了一会儿，他额头上冒出冷汗。我说你休息一下吧，他却直勾勾看着我，眼神散淡幽深。我一慌，垂下头去。等再看时，他已昏睡，这一睡就再也没醒来。

许多年后，一个秋天的下午，我在窗前清理旧照，翻出一张与父亲的合影。照片中我还是个虎头虎脑的孩子，父亲牵着我，脸庞清瘦，英气勃勃。照片背面写着"到熔炉中去，196×年"。问母亲，才知道当时组织上正号召干部下基层，父亲积极响应，去了綦江山区，劳作极累，缺吃、少油，染上肝病，从此成了药罐子。但记忆中，他始终如照片上那样，眉宇间充满向往和坚定。心下不免揣摩，他们那一代人，虽有信念，但是不是也太迂腐？

我初中毕业时，云南建设兵团来重庆招人。第一次，我因年龄不够16岁被刷下；第二次报名前，先去的同学写信回来，说太苦了，"千万莫来！"我犹豫了。不想父亲竟严厉批评我，"咱们是干部家庭，得带头呢！"惭愧、恍惚和委屈中，上了去云南兵团的列车。那时，我还是个刚刚扔掉弹弓的少年，未谙世事艰难，却已身不由己。

在云南苍莽的雨林里，眩目的风景和美丽的蛮荒，刺痛无数年轻的眼睛。最初的新鲜很快过去，田园牧歌的浪漫即成泡影。劳作艰辛，一个月下来已满手血泡，就着盐水菜汤吞下几两米饭，碗也懒得洗，钻进蚊帐倒头就睡。夜里，爆裂灯花常把人从酣梦中撩醒，默视如豆青灯静静燃烧，心中惶惑，却不觉青春已在冥冥守望中悄然远去。失眠的夜里，隔着蚊帐开恳谈会，大伙问得最多的是"第三次世界大战怎么还不打呀？"那时，云南再往南的印支半岛上，原住民与帝国主义打得正酣，我们兵团就有知青偷偷越境，加入缅共游击队，自诩"输出世界革命"。

对"脱胎换骨"的理解，缘自那次恸哭。雨季的一天，全连男工去大山里扛木料，来回五六十里。归途我落在后面，又饥又渴，好容易捱到一条小溪边，见竹林下溪水诱人，便将木料一扔，俯身喝了个痛快，猛一抬头，不远的上游赫然堆着一泡新鲜牛粪。我跪在溪边，不觉眼泪乱流。那一刻突然明白，曾经想要改天换地的豪情壮志多么苍白！在坚硬的现实面前，

一切妄念不过是以卵击石。

对父亲的怨气，大抵从这时开始滋生。总以为活得惨淡，是因为他把路指错了，再则，他好歹也是个干部呀，怎么就不想想办法拯救拯救我呢？特别是看到身边那些曾把胸脯拍得红肿的"扎根派"们，一个个被推荐上大学、参军、考工后，更痛恨世间假面。

20 世纪 50 年代大学毕业的父亲，长期坐机关的父亲，哪见识过我所经历的乱七八糟？在兵团，我曾亲眼见到一个知青因为一句话，被逼上绝路，于是携枪出逃，几百武装民兵追捕，耗 7 小时、子弹两万多发，最后那知青被打成蜂窝，5 年后才平反；我也曾替婚前怀孕引产而亡的知青写过墓碑，在面朝北方的山巅，夕阳如血、热风浩荡，碑下不满 20 岁的她，却再也回不到故乡。当然，更多的如我者，在群山中挥汗如雨，成就是：消灭大森林，种上橡胶树——这一切，真值吗？

便不再与父亲讨论所谓"信心"与"信念"。虽然他一次次来信告诫我，做人"要挺直腰杆，要永远对生活充满信心……"我想，这只是他朴素的良心罢了，而隔膜已没法用语言冰释。只是不解，他为何总是固执地给我讲那些"正确的废话"呢？

直到去太平间之时，直到攥住他的手，泪水终于胜过固执，和解不再需要理解。

有一点我曾忽略了，在云南，我能从一个孱弱少年长成一条壮汉，特别是在结束知青生活后，能在更多的困难、挫折甚至失败中挺直腰杆，无疑得益于那个年代打下的底子，承受、屈伸、忍耐、决绝，始终明白自己该干什么。及至我也做了父亲，也开始为女儿的成长焦心，才意识到父亲当年的那番苦心！

每代人都有他们的信念与困惑，有他们的远见与短视，无论世事如何纷繁杂乱，总有一种力量在他们心中支撑：向上、向善、求真、求美……然而，又有谁能两次跨过同一条河？曾经的欢乐与痛苦，幸运与不幸，得意与失意，每一代人都会遭遇。

这就是生活。不需要一代人向另一代人忏悔，写下它，算是一炷心香，一份忆念。只是，世上少了一个人。

父亲的味道

■ 童 瞳

父亲已经去了 15 年了，窗外的杨树在那个春天被雷电击中，如今又重新长到了 5 楼我们家的窗口。

那天早上，父亲乐呵呵地在院子里等班车。那阵他特别开心，每天回家还来不及放下公文包就大声叫着，"爷爷回来了，等不及了吧小乖乖。"那时我孩子还不到一岁，是他的心肝宝贝。

谁也不曾料到父亲这一去就不会再回来了。下午他突发脑溢血，送医院抢救无效。那天晚上下雨，倒春寒，雷电交加。

父亲去了以后，母亲两年没有迈出家门一步。不知听谁说喝了茶会见不到亡人，母亲再也不喝茶了。

母亲常说，"你父亲一个人从四川到湖北，生了你们姐妹 3 个，现在你们自己也有孩子了，一个枝桠长成了大树。"父亲籍贯四川垫江，18 岁参军来到了湖北。我出生时父亲在武汉空军医院当政治协理员。上班一身军装，在家多半穿白衬衣。以现在的审美眼光来看他也是个美男子。

父亲去世之后，母亲跟我说他们相识的过程

湖北荆门沙洋是个汉江流经的小镇，"文革"时有一个很著名的"五七"干校。母亲在码头卖船票，一个年轻的士兵经常来问船期，慢慢熟到进卖

票房去聊天。终于有一天，士兵从售票窗口递进来两张电影票。

他们结婚后的日子非常艰难。母亲跟外公在沙洋住，带着3个孩子。分隔两地的苦楚和无奈小孩子无法体会，我的记忆中，只有我们三姐妹穿着深浅不一的红色连衣裙在人们羡慕的眼光中穿行在小镇的经历。裙子是父亲从武汉买回来的。

直到我6岁父亲才能带家属随军，母亲也从沙洋航道站调到武汉交通部门工作。离开沙洋时已是黄昏，在渐深的暮色中，汽笛声短促而空洞。依偎在父亲怀抱中的我，闻到了温暖如阳光的味道，那是父亲的味道。我一直不知道该如何描摹，直到很多年以后，第一次在一个韩式餐厅喝到麦茶，泪水瞬间盈满眼眶，我一下想起了父亲，就是那样亲切温暖的气息。

这以后的十几年，我们就和父亲在部队大院里度过。没在军营待过的人很难理解那种归属和依恋之感。

部队有种菜的传统，每家都会分到三四十平方米的菜地。那时我和姐姐要负责给菜园浇水，总是不耐烦，根本不知道对经济困难的我家，这片菜园是多么重要的补助。父亲的菜种得特别好，品种多样，立体地种了西红柿、茄子、辣椒、韭菜、豆角、豆腐菜，围着菜地种了一圈玉米。

当时我总是很羡慕别人家种的向日葵，收获时可以拿着一个个小脸盆一样大的花盘，一颗一颗抠出来吃，吐一路瓜子壳。经不住我纠缠，父亲给我种了5颗，浇水回来，他总会摸着我的头说，"二丫头，我给向日葵多浇了两瓢水！"

当时父母的微薄工资要养活7口人，除了我们3个孩子，还有外公和外公的妈妈，爸爸每月要寄钱给四川老家，还要接济妈妈的亲戚，可是他的乐观赶走了贫穷的阴影。

20世纪70年代经常停电，停了之后不会马上来，有时会连停几天，顺带连水也停了，要提着桶到很远的地方打水。但在我的记忆里，停电常常引出快乐的家庭聚会。点上煤油灯或蜡烛，全家围坐在一起，爸爸先拉一段二胡，《赛马》、《二泉映月》之类的，然后我们姐妹争先恐后地表演刚学会的歌，或者来段诗朗诵，妈妈有时也来一段小曲。

从空医到解放公园步行要30分钟，星期天去那里是我们家的惯例。一大家子人找一块草地做根据地，然后就各行其是。中午一起吃前一天晚上精心准备的野餐，简单的有馒头、鸡蛋，高级点的有熏鱼、鸡脚、火腿、面包。

前些时候翻旧照片，找出一张野餐的照片，一家人吃得正开心，爸爸在照片正中，高举着两片涂果酱的面包。

我家的招牌菜是炖肘子，在一周最多吃一次肉的时候，两只炖得油亮酱红的肘子有多美味诱人？爸爸用的是四川做法，花椒、红椒、酱油，一大锅土豆一起炖，没出锅就已香飘十里了。吃炖肘子那天就跟过节一样，几个孩子蠢蠢欲动，不时往厨房钻。肘子是不能先尝的，要全家围坐在一起才用一个大铝盆端出来。爸爸在全家人的注视下，用刀把肘子分成小半个拳头那么一块块的，然后他很满足地把刀一放，环视一周说，"可以吃了。"

还有饺子。在部队待过的人都会包饺子，父亲是真正的高手，和面、擀皮、调馅、包饺子一手清。当然，最重要的是这是一项快乐的家庭活动。

父亲转业前是武汉空军医院政治部主任，对只有初中文化的他来说，成为部队的"一枝笔"完全靠天分。母亲说，如果你父亲不是把上大学的名额让给别人了，就不会一辈子吃文凭的亏了。最后几年父亲转业到交通厅工作，他很喜欢那里的工作氛围，更重要的是，他和母亲可以手牵手地上下班，中午还可以一起吃饭。

父亲是个幸福的人吧，一辈子都在妈妈崇拜、挚爱的目光中度过。有时父亲短期出差回来，妈妈高兴地喊着"你爸爸回来了"冲向楼梯，比小姑娘还热烈。以前我常常取笑母亲，现在想想她也很幸福。作为他们的孩子，我们都是幸福的。

昨天梦见父亲了，在一片彤云下，池塘边、河沟旁红蜻蜓一簇簇地飞，父亲穿着白衬衣推着自行车向我走来。

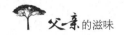

父亲一声不吭

■ 任世成

1971 年，单位几万职工集中开会，听林彪事件的全国通报，
他被领导特别点名不得参加。他独自坐在会场外高高的桥墩上几
个小时，几次想要纵身而下，但他没吭一声。

听说达芬奇是在法国国王的怀里咽下了最后一口气。人家是旷世奇才，
这等待遇也算恰当。我曾大不敬地想，即便我家老头子命如草芥，将来百
年时，至少可以在我怀里瞑目。

可我忘了，老头子一生运气都不好。

2010 年 7 月 11 日 11 时 4 分 48 秒，坎坷了一辈子的老人不知大限已至，
仍想迈步前趋，结果一头倒在发亮的柏油路上，面朝大地。天空中已下了
两天的暴雨一直在瓢泼。

此时我正出差。神农架山区，车在险恶的山道上飞驰，山巅和雨云糅
成一体，不知和淋在他身上的是不是同一场雨。

葬礼一如所有的葬礼。父亲单位退休办按惯例安排了一切，没有容下
我作为独子半点个人的悲伤。直到火化前在告别厅里，大家才特意留了一
点时间单独给我们父子。人口大国，礼仪之邦，平时只听说活人要排队，
今天才知道在告别厅死人也要排队。工作人员善意提醒我要快一点，我苦笑：
我家老头子走得已经够快了。

头七已过。我在落满灰尘的旧书架上寻找父亲的"原罪"。20 年前的
记忆，指引我在一本 1979 年版的《辞源》里，找到了那份发黄的处分决定。

这份 24 年前的决定是对 42 年前的一次死亡事件的处理结果，就当时已经纠缠了父亲 18 年的事件，给他留下了"打砸抢分子"的定性和计 3 个大过的处分。

这份组织部的决定耗去了父亲最宝贵的 20 年光阴。就在他倒下后第二天，当年的省委组织部长也去世了。去殡仪馆的路上，挂鄂 AW 车牌的黑色轿车如过江之鲫。人，最后总要走那条路。

1967 年夏季的一天，让父亲后悔一生

他 1962 年考入大学数学系，当时实行苏俄式 5 年学制，理论上他应于 1967 年毕业分配，但当时正值"文革"，全国的大学生都在留校闹革命、等分配。他可能是那个年代最无忧无虑的人了。他的祖父、父亲和叔父都是工人。国军败逃台湾时他的父亲谢绝了厂方的礼聘，没有迁台，配合地下党，迎接解放，20 世纪 50 年代调往新建的成渝铁路担任车辆锻车间主任。在那个年代，几代人都出身工人阶级，根正苗红，自己又是新中国培养的大学生，就算得是金刚不坏之身了吧。

但年轻的父亲却不太爱惹事，属"逍遥派"。他在大学成绩平平，却喜欢音乐，小提琴、钢琴、二胡、美声都能来两下。1 米 63 的小个子，却又是连续几年的校足球队门将、举重队队员、游泳队队长。"文革"中一切乱了套，他担任学校游泳池的管理员，一个人住在那里，优哉游哉。

"文革"中四川的武斗骇人听闻，祖父怕父亲搅进去，特意从重庆赶到成都，找到父亲寝室。当着一寝室血气方刚的小伙子的面，沉默的老锻工噼里啪啦把一支他从没接触过的国产 56 式半自动步枪卸成了零件，又噼里啪啦装回去，丢下一句"不管怎么变都是一回事，管他马打死牛还是牛打死马都不关你的事"，走了。

但谁见过年轻人信老人的话呢？终有按捺不住的一天。

那天父亲在游泳池边锻炼。有同学找来两副拳击手套练拳。"文革"前国家体委已经取消拳击运动，因为发生过因拳击致死的事。但这时天下大乱，

想玩就玩。学校造反派的一个头头，带着一群人路过，招呼：过来帮个忙，审特务。

所谓特务，其实是数学系一位老讲师。他被造反派查出胞兄是"国民党的大特务"。一番审问，老讲师居然承认自己加入过特务外围组织——其实他不过是在给国军飞行员当数学教员时兼管思想工作，在收发室偷拆过飞行员的信件。而后老讲师为后来与"大特务哥哥"分道扬镳给出一个浪漫的理由：两兄弟爱上同一个女人，割袍断义。这理由对一群狂热分子简直虚弱无力，而且太过儿戏，审讯变成拳脚相加。一群人围成圈，戴着拳套打老讲师。老人雪白的衬衣晃来晃去，一声不吭。几十年后，父亲都无法忘记那一幕。

最后造反派头头急红了眼，亲自动手用了铁锹，高中生造反派用了自行车链条。老讲师仍然没哼一声。造反派说要吃饭，把"老特务"关一中午，下午再审。他们关人的小屋是个楼梯间隔成的半地下室，常年不开，阴暗缺氧。结果中午刚过就传来消息，说人死了。

父亲曾念叨一个细节：事后老讲师的妻子来认人，看了一眼亡夫，马上浑身颤抖，但直到晕过去再抢救回来，都没有一句话，没有一滴泪，没有一点声音，都处在一种僵直的状态。

于是，父亲被分到贵州的大山里，当了3年翻砂的混凝土工，3年扛木头、钢管的脚手架工。1971年，单位几万职工集中开会，听林彪事件的全国通报，他被领导特别点名不得参加，因为他有问题，没资格。他独自坐在会场外高高的桥墩上几个小时，几次想要纵身而下，但他没吭一声。

后来，他被分配去子弟学校当语文老师兼班主任。他是学数学出身，没吭一声，把《新华字典》、《现代汉语辞典》和《辞海》的文学分册用钢笔抄录了一遍，自己先学了一遍，在油毛毡搭成的流动子弟高中，教出了"文革"后恢复高考时全单位仅有的两个大学生。

他生了个脑瘫的女儿，诸多艰难，一手把她带到了10岁，仍然没吭一声。直到女儿落水夭折，他终于开口，说的是，"要报应就报在我身上吧，不要找我家人！"

爸，你现在什么都还完了，谁也不欠。

生命的聚散，化作一场冬雨

■ 万　云

父亲去世，享年 65 周岁。

8 月末查出肝癌，骑电动车又摔倒，盆骨骨折。全家人都瞒他说只是骨折，养好即可出院。

后来从骨科病房转到疼痛病房，没告诉他真实病情，希望他多些快乐时光。

他一生爱吃。生病期间有 24 小时护工，请了专门做三餐的人，每天让他有一段幸福时光——想想今天吃什么，螃蟹、甲鱼、黑鱼、野生鸭蛋？后来他开始痴睡，往往到下午突然醒来，大呼："怎么不叫我吃饭？你们要叫醒我啊，不吃饭就会像隔壁床那样饿死！"

最后那段时间，他非常珍惜自己的血，坚决不让医生抽血检查，并吵着要回家。不得已告诉他真实病情，岂料他完全不信。每天打电话问他他都说："我吃得好，睡得好，他们吓你的。"又表示要出院，"这是什么科室嘛，每天都有两个人死掉，这样就是排队也会排到我的啊！"

大概在他去世前半个月，我问他要不要我再回去一趟，他还坚持："我不会死，你不要回来，好好上班。"又补充："我是奇人中的奇人，我是能活到 72 岁的。"态度迥异于平常。过去几年他打电话给我基本是"坏消息"，有段时间我半夜一听到手机响就紧张。

虽然他的住院费、医疗费最终可以报销或报销一部分，但只要住院，基本上所有的钱都得我们出。这次也是。有一天他打电话给我说，"吊瓶给

停了，因为没有交药水的钱。"我又急又气，立马把钱打到我同学卡里，让他送去两千元现金。后来知道，其实他床头的钱包里就有两千元钱，大多是家里的亲戚、我的同学看他时送的。但他宁愿等我们的"援助"到来，是觉得平时我们没有借口孝敬他，现在给这样一个机会？

大限将至，父亲对表姐夫说："小金，能不能帮我个忙，我想到外面晒晒太阳。"表姐夫迅速找来轮椅，父亲不忘拿上太阳镜，在医院的阳台上，让表姐夫帮他拍了两张照片：一张呲牙咧嘴地笑着（他已瘦到皮包骨了）；一张是侧面，眺望远方。在他过世后第五天，我正准备去殡仪馆取骨灰盒，表姐夫发来彩信，赫然是父亲瘦得变形的笑脸。

父亲一生爱风度、爱干净、爱虚荣。他节约成瘾，守财为乐。他总认为自己生不逢时，不然就是一名出色的演员。年轻时，他脑子灵、嘴甜，又勤快，经常到上海、青岛出差。后来考取国家级乒乓球裁判，热衷于在各地奔波，也算见过世面。近10年他慢慢落伍，但仍自命不凡，全家人中只听我一个人的意见，格外以我的成绩为荣。这次收拾遗物，我第一批扔掉的是古玩架下面那排空药瓶。我以前给他买了不少深海鱼油、钙片、维生素，他把空瓶与那些"收藏品"放在一起，大概是以此展示我对他的孝心吧。

父亲40岁开始集邮，在邮币卡市场做生意，也赚了些钱，又结识了这片江湖的各路朋友。后来转做玉器、字画、旧家具收藏，把小小的家堆得像个废品收购站：客厅里四处挂着根雕；古式的香案和吃饭的方桌挨在一起；两间卧室的四壁挂满各种字画；十几个饼干筒里整齐地摆放着各种各样的玉器；后来又收藏紫砂茶壶、花瓶、帽筒、屏风等。后来，我每次回去看他他立马坐下，等着他把宝贝们一一拿来给我看。

最后那几年父亲对《周易》、卦相颇费心思。这也成为他结交新朋友、丰富生活的一项内容。他运用他年轻时积累的对人生百态的观察与思考，重新展示了他的好口才，一度成了我们那里小有名气的"高人"。9月底去医院看他，问最近有没有给自己算过卦，他愤愤地说："是的，不太好。"

在我记忆中，父亲先有气管炎，后诊断出肺纤维植物化，最后得了糖尿病。好吃的他毫无节制，且不听劝阻。即使我回家制止他吃第二碗饭，我一离开他也会补回来。因为气管炎，他笃信偏方，一种来自河北农村的江湖药他吃了若干年。等我发现这个问题，他对那药已有了依赖性。加上药便宜，他就更"依赖"了。

我们慢慢疏远，他有他的生活，而我们的生活他也无法融入。我们有四五年不在一起过年——妈妈一直跟我们过——也有两三年不太通电话。

最后一次见到尚未病倒的父亲，是在证券公司的大户室。我去他那儿坐了会儿，他穿着一件藏青色风衣，里面是很旧的针织衫。这已经是他为了迎候我而换上的稍好的衣服了。我每次见他都问他为什么不穿我给他买的新衣服，他总是说："我穿过一次，洗干净放起来了。"他过世后，我们在五屉橱里找到了我多年来买给他的T恤、羊毛衫、运动装、丝棉袄、皮带、领带、袜子、皮鞋……有的衣服连包装都没有打开。

9月底，父亲在病床上看到我回来，有了眼泪。那是我第一次看到他流泪。以前，他都只是让别人流眼泪。

父亲咽气还是因为他以前的病——气管炎，肿瘤消耗了他全部的体能，因为没有足够的体力，他吐不出胸口的痰。

最后时刻，他睁着眼转来转去，说不出话来，家人问他是否想看到女儿，他点了点头。

可是我没有赶到，没有看到最后的父亲。我以为他还能撑一两个月。父亲没给我留下只言片语，哪怕是抱怨。

他去得很干脆，没有债务也没有债权，让我们都能很快回到原来的生活轨道。还有些小小的谜团，我给他安顿好骨灰盒，烧冥钱时说："爸，要是有什么话，就托梦给我吧。"

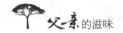

往事悠悠，生命如酒

■ 陈晓蓉

爷爷的神韵深深铭刻于我们的心中，那是一种父爱的精神……

这个夜里，突然就想起他来了。他的离世，像一个隔年的伤疤，时常复发，一想起来心里还会隐隐作疼。

他脾气乖戾，嗜酒如命，是十里八乡出名的酒颠子。据说时常手拿树枝，把他的小脚女人追得东躲西藏。起因无非是他把家里唯一的下蛋老母鸡拿去换了酒喝，而家里又指望着用母鸡的蛋给他唯一的儿子换学费。

他年轻时，家境殷实，读了十几年的私塾，一手毛笔字极漂亮。但他不善经营，不到一顿饭工夫就把家里仅剩的三亩六分田输得干干净净，从此就只能放下身段做农民了。赌博自此金盆洗手，但酒是一天不能少的。有酒暂时相安无事，没酒立刻天下大乱。他骂起人来很厉害，十几年私塾底子，可以骂得老母鸡不敢生蛋，骂得公社书记张口结舌。不知道是哪根筋不顺，总之，他的脾气历来很坏。

血缘上讲，他并不是我亲生爷爷，只是因为没有生育，抱养了我父亲。

他待我母亲很不好，哪个地方没招呼周全，一定骂得她抬不起头。20世纪70年代，我家人多劳力少，饭都吃不饱，他的酒却不能少。至于下酒菜，几粒黄豆、一块豆腐干、几丝咸菜，都可以。

父亲为了他的下酒菜特意置了张渔网。每天傍晚收网，能提上来许多银光发亮的小鱼，把他美的，连鱼带骨头吃下去，抿一口酒，嘴咂得滋滋响。

一天晚上，父亲收网时发现破了一个洞。他知道是队上刘毛头家水牛踩坏的后，当即骂上门去。我们和小伙伴玩吃了亏，他也不管有理没理，打上门去再说。

不论他多么威风八面，见到我们就软下来，任由我们姐弟仨骑在他头上"作威作福"。我们没见过奶奶，是他一手带大了我们仨。小时候姐姐天天骑在他脖子上，跟他到茶馆去喝茶、串门儿。别人逗她：丫头，长大后想干什么？她神气活现地回答：像爷爷一样，抽烟喝酒长胡子！

我出生时他并不待见我，一见又是个女孩，天天指着母亲房门大骂。一个月子坐下来，母亲眼都哭肿了。父亲气不过，你不喜欢是吧，我偏要看得娇，跑到城里给我买了好多花衣服。等我会说话了，他发现我特爱笑，一笑两酒窝，会说话，又会撒娇，从此把我当成心肝宝贝。后来弟弟出世，他终于如愿以偿，但对我的偏爱一直没有少。

我放学后，他时常偷偷叫住我，从炉里扒出一个烤得香喷喷的红薯，说，"妹妹，来，给你的，站到门后面去吃，莫让姐姐弟弟看见了。"直到现在，我牙疼到医院去补牙，姐姐弟弟还开玩笑说，都是因为爷爷给我吃独食吃多了。

除了父母，他就是我们最温暖的依靠。一个冬天，当赤脚医生的母亲到外地学习去了，当民办教师的父亲在校未归，家里只有他带着我们姐弟仨。雪下得很大，北风从瓦缝里夹着雪片钻进来。他紧紧抱着我们仨，蜷缩在墙角一块稍干的地方，用他黑黑的大围裙包裹着我们，像一只黑色的大鸟张开翅膀保护幼雏，一边拍着，一边哄着，"大丫头、妹妹、弟弟，莫怕啊，有爷爷在这里……"

他的身体一向硬朗，只是夜里经常咳嗽。我父母想劝他戒烟戒酒，又怕他发脾气，就支使我去："妹妹，爷爷最喜欢你了，肯定听你的。"我的办法很简单，直接爬到他身上去扯他的胡子，问一声不答应就扯一根胡子下来。他只好告饶。后来烟真不抽了，酒也喝得少多了。

过了70岁，他突然变得特别好，和先前判若两人，对母亲的态度也是180度大转弯。也许是出于对我们姐弟仨的疼爱，也许是母亲常年善待他的结果。他再也不乱骂人了，开始捡点废品，卖了给自己买点小酒，给我

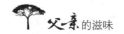

们买点零食。有一天，我和弟弟在学校里睡午觉，正迷糊间，被人轻轻叫醒了。原来是他，变戏法般从围裙里掏出一大堆桃子来，是他卖了废品，买了特意给我们送来的。不光待我们好，待亲友四邻、母亲的家人都极好。他有一手编"草窝"（就是稻草编成的沙发）的绝活，给亲友四邻编了不少。这种草编的沙发，放个棉布垫子，坐起来特别舒服。

他这一辈子，没有离开过酒。人生如酒，酒如人生，这话说得还真不错。他的前半生像一杯浓烈的包谷烧，有些灼人；到了晚年，终于退去火气，变得醇厚绵和。他生命的最后几年，是我们家过得最和睦、最幸福的时光。

他去世得很突然。早上，他还没有起床。母亲煮好了鸡蛋，让我去叫他起来吃。我走到床边，叫了几声，"爷爷，爷爷，吃鸡蛋了。"只听见他喉咙里咕噜咕噜响，像是一口痰卡在那里了。我觉得不妙，飞快跑去叫母亲。母亲过来，打开药箱，准备急救。我握着他的手拼命地叫，却感觉他的手渐渐地冰冷了。我和弟弟大哭起来。13岁的我就这样一直握着他的手，眼睁睁地看着这个最疼爱我的人永远离我而去了，痛彻心肺。

他的遗物只有一口老旧的木箱。里面放着几套换洗衣服，底下有个折得整整齐齐的纸包，打开一看，全是一毛二毛的角票。我边数边流泪，11元8角，这是他卖废品攒起来的，也是他留给我们的全部遗产。

他75岁寿终，如果在世，今年刚好是100岁。以前他常说，"妹妹好，又乖巧又听话，还读得懂书，长大了一定是个女秀才。"然而这些年来，我这个他最疼爱的孙女也没什么能告慰他的。现在远离故土，东颠西跑，却一事无成，逢年过节都难得给他烧上一回香、添上一抔土。当初，爷爷是白疼我了！想到这里，我的泪又下来了。

江湖：湖南好汉

■ 于建嵘

　　我的父亲过世已 33 年了。他是在"文革"刚结束就离开了我们，当时我只有 15 岁多。说实在话，他在我的记忆中已相当模糊不清。所以，当《南方周末》提出来要我写一篇关于父亲的文章时，我首先是拒绝的。但因我去年发表了一篇小说就叫《父亲》，这其中的父亲身份曾引起广泛的猜测，最后我还是答应了这篇约稿，让思维尽量去开启有关父亲的记忆。

　　正如我小说所记述的，我父亲的家乡是湖南永州市，也就是原来的零陵县。这个地方给世人最深刻标志的应是唐代文学家柳宗元在《捕蛇者说》中所说的异蛇。父亲是由于贫困而参加当时在我老家非常活跃的湘南游击队，而成为一个革命者的。他曾经最喜欢的照片，就是他身配两把盒子枪，威风凛凛的样子，像一个当官的人。

　　实际上，我父亲还真不是一个当官的料。我母亲经常对父亲最不满的评价，就是父亲不懂政治。也许是在游击队养成的习惯，也许就是他的某些天性，父亲江湖得很。只要有人求着他，只要不是伤天害理，特别是对普通百姓有好处的，天大的事他都干。从部队到地方后，总是为了给下属或老百姓办一些"无原则"的事而受到指责，官级也越当越低。到后来，他只是一个国营企业的厂长。他的战友甚至他的部下中有些人却当了大官。尽管官当得不大，到"文革"时，他还是成了当权派，靠边站，挨批斗，下到车间去劳动改造。最严重的问题是把我母亲和我们这些孩子都下放到了农村，最后成为了没有户口，没有布票、粮票等任何基本生存保障的"黑人"。

父亲在我的心中，永远是伟岸和坚强。江湖上走出来的父亲就显得更为强大。尽管我们家庭事实上沦为了社会最底层，但父亲仍然在人们面前表现出英雄无比的状况。他经常会穿着那些还在部队当官的战友送给他的军大衣，在小城的大街上非常威武地走来走去。他总是笑呵呵地与各种人打招呼，享受人们对他军大衣的敬畏。那时我经常为父亲的英姿而感动，当时最喜欢的事情，就是跟在父亲的后面，也像一个军人一样，走来走去。

但我终于感受到他内心中某些因自尊而被掩蔽的不安和无奈。那是我上小学的第一天。本来由于我是没有户口的"黑人"，是没有资格上学的。父亲通过各种关系把我送进一所小学旁听。可在上学的第一天，就让知道我是"黑人"的同学拖出了教室，并把我唯一的由装货物的麻袋包做成的衣服撕破了。我在学校后院的马路边痛哭。这时，父亲来了。他说是路过，但我知道他是由于不放心而特意来的。他抚摸着我的头，我感到他在哭泣。这是我见过父亲唯一的一次流泪。也正是这件事，确立了我一生的目标：一定要搞清楚是什么样的东西把我变成了"黑人"，一定要想一切办法不再让我们的子孙们成为"黑人"。

"文革"结束后，有一个相当级别的部门，曾经给我们家发了一份正式文件。内容大体上是说，父亲参加的"湘南民联"是共产党领导的游击队，是革命组织。我母亲收到这份平反文件后，就把它烧掉了。她很生气也认真地对我说："人都死了，现在来说革命组织还有什么意义呢？"也许这正是我父亲教给我母亲的，"文革"中，打过游击的父亲却没有参加任何造反派组织，成为了一个只挨批斗的人。这么多年来，我拒绝参加任何政治组织，可能和我父亲的行动与母亲这个判断有关。

父亲在江湖上有很多很多的朋友，多得数不清。这些朋友分布在天南地北，各行各业。所以，很长一个时期，特别在湘南和桂林一带，一报他的名头，就能得到积极的响应。大家对他的评价是，"这可是一个好人，有血性，讲义气"。

他的这些朋友对我也特别好，有时甚至还闹出一些笑话。记得 1979 年我考上大学时，只有 16 岁多的我第一次出远门到省城上学。我母亲没有钱，不能送我去。尽管对外面的世界害怕，但出于对未来的向往我还是去了几百公里外的长沙。可刚到学校操场新生报到处，高音喇叭就在叫"衡阳来的于建嵘过这边来"。我满怀疑虑过去一看，有几位公安站在那里，可把我吓怕了。我想，我什么坏事都没有做，为何有公安来。最后还是壮着胆过去了。没有想到，那些穿警服中为首的一见到我，高兴得不得了，大声说，"小子，怕什么，我是你爸爸的兄弟啊，特意来接你的。"大学四年，正是我父亲的这些兄弟不停地给我送吃的和穿的，我才没有感到生活有那么苦。这样的事，还遇到过很多，经常在不经意的情况下，父亲曾经帮助过的人会给我各种帮助。所以，我经常感到江湖上的父亲，有时还真能给后人留下一些什么。

然而，现在我最害怕的是突然接到这样的电话："小子，你帮帮这些没有土地而上访的农民，他们太可怜了。老子如果不是退休了的话，就会撤了那些没有良心的家伙。"他们急切而愤怒的电话让我难堪无比。因为，我实际上没有多少能力帮助这些上访的人。可在父亲的兄弟们看来，我行走在京城的学界这么多年了，人模人样地当过各种"人物"，也应为他们心中的江湖出力了。实际上，他们不知道，现在无论是政界还是学界，他们那些江湖规则早就废除了。这其中的原因，我却无法向这些只认江湖义气的父辈说清楚。

（作者系中国社会科学院农村所社会问题研究中心主任、教授）

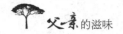

安稳：螺丝钉王国

■ 潘晓凌

小时候很长一段时间，我以为我爸潘兆芬就是这个王国的国王。

我出生的这座王国叫铁路。直到几年前，王国里还什么都有：铁路工人集中居住的宿舍区、医院、法院、检察院、少教所、学校，从幼儿园到高中。英语里一直找不到对应翻译的"单位"，在这座庞大而封闭的王国里被放大到了极致。

我妈说当初嫁给我爸，很大一个原因是因为这座王国让她有安全感和优越感。他们从来不说"爱"。

那时是 20 世纪 70 年代末，作为中国支援非洲兄弟坦桑尼亚建设铁路的一员，坐着当时稀罕的大飞机回国的我爸送给我妈的彩礼是一台 14 英寸进口彩电。在那个年代，这给一个年轻姑娘制造的惊喜无异于现在收到一把能打开北京东三环某套房子的钥匙。

那时恰是铁路最好的年代。彼时的中国，经济发展为纲迅速淡化掉"主义"的争论，人流与物流一夜间活络了起来，作为最重要的交通工具，火车奔流南北，穿梭东西。铁路工人的饭碗不仅稳定，且盛的"饭"比其他单位都要多。

生于 20 世纪 80 年代初的我，无论上学、看病、看电影，都没有离开过这座王国，除了去亲戚家。他们都生活、工作在市区，那时他们都想成为我们的王国的一员。

小时候，我就感觉到我们家和他们家，总是隔着一条看不见却无处不

136

在的界限。

一个印象最深的经历是，我爸送我去另外一个城市读高中，在学校附近被一辆摩托车撞伤了，我妈和我心急如焚地要送他到最近的医院时，昏迷中的爸突然清醒过来："就去铁路医院，否则报不了销！"

当年我考入的这座学校是铁路最好的高中，同时也是省重点。理论上，入读我所在的省会城市的重点高中更方便，但那条隐形的界限再次隔断了我们在地理上的关联。老师说，铁路子弟考铁路重点，市区孩子考市区重点，两套系统不一样。

上铁路重点高中，考省外重点大学，当时并非我爸我妈的初衷。他们早早给我设计好的人生道路是：考铁路技校，毕业后顶我爸的职，成为这座王国的一颗螺丝钉。"顶职"是当年众多铁路子弟的首选前途。比如，列车员的儿子可以接老爸的班做列车员，学校老师的女儿也可以接老妈的班继续做老师。

这只是王国的福利之一。其他台面上下的福利还包括：凭工作证或一张熟脸，免费乘坐省内火车；春节期间，帮亲戚朋友弄火车票；许多铁路工人的家庭——包括我们家——都用着印有"铁路"的餐盒、筷子、纸巾和塑胶袋。公私无界限，这也算是"单位"的体制病。

还有更大的福利。当年货运力有限，车皮成了稀缺资源。在我念小学时，我爸和同事经常有饭局，也带我去过几次，每次都有穿西装的陌生叔叔一桌桌地轮流发名片，连我都有。

我问爸：他们为什么老请吃饭。爸说：他们想把他们的货更快更多地运出去。我又问爸：你能决定么？爸答：领导才能决定。

那时我开始觉得，我爸其实不是这座王国的国王。上高中后，我许多同班同学的爸都是铁路的领导，他们坐火车来学校不但免费而且有时还是软卧包厢，他们中一些人分数没达线却依然成了我的同学，他们中还有一些人高考成绩据说不太理想，但最终都上了铁路系统的大学。

爸的饭局越来越少了。新闻里，开始越来越多出现公路运输挑战铁老大、铁老大运转僵化、竞争力下降的报道。我家市区亲戚的生活与收入开始越来越好，而我爸的工资已经好多年没有变化。

我爸是个厨师，每年春节家里的饭菜都由他张罗，但他做的菜的样式，永远就是那么几个。在火车餐车桌上、外卖推车里，变化不但更少，而且难以满足味蕾。对我爸和他的同事来说，卖多卖少，做好做坏，工资长年累月都一样。

这是我爸这代人的缩影。个人创造力与才能潜力被淹没在车轮碾过铁轨的轰隆声中，他们只需做好这座巨大机器上的一颗螺丝钉就行。螺丝钉精神，在我爸的青春期，一直在被反复宣扬、强化与推崇。

我爸其实很能干也很浪漫，他教我怎么做网更容易捕到蝴蝶，教我怎样保存蝴蝶标本更长久，还帮我做各种电动"小发明"去参加学校的科技月活动。每次我大呼我爸真厉害，他却像是受到惊吓般摇摇手：你学习好，才厉害。

在我高三填志愿时，我爸已经不再提铁路系统的大专院校了，但也不赞成我报新闻专业，他觉得一个女孩子就应该进入体制内，踏实稳定地过日子。

最终我还是报了新闻系。我总觉得，在我高三被老师圈为"种子选手"时，爸妈对我越来越"尊重"。比如，在一些家庭大事的决议上，我爸还会打电话询问我的意见，每次他都说听听有知识的人的意见。

像崇拜铁路王国一样，他们也崇拜知识，这个在他们年少芳华时被剥夺了的权利与可能性。

的确，过去 10 年，铁路系统已风光不在。每年寒暑假回家，我都会发现这座省会城市更高、更新、更漂亮了；而我们的那座王国，在迅速地陈旧、老化，铁路超市里的货架上，越来越多地出现廉价的山寨商品。

我一直不敢跟我爸提，他当年参与国际援建的那条政治气息浓厚的坦赞铁路，现在也因运输需求不足而清冷了许多。

近几年，这座庞大而封闭的王国开始解体了，这是 20 世纪 90 年代初期开始的国企体制改革最后一块大包袱。我的母校不再叫"铁路第一中学"，改成"三十七中"了，代表它是这座城市的第三十七所中学，常年切割开市区与铁路的那条影子界限在医院、法院、检察院……中也陆续撤离；"顶职"也成了历史，铁老大开始向全社会招聘新员工了。

这座即将消失的王国给我爸最后的福利是，在他临近退休前，分到一套远低于市场均价的单位福利房。

由于常年生活在王国里，我爸对外面世界的变化不是太明白，比如买商品房，如果按市场价格，他一个月的工资只能买到 1/4 平方米的房子，一套 120 平方米的房，意味着他得不吃不喝工作 40 年。

我爸像当年带我追赶蝴蝶一样，开始奋力追赶着时代。他说他们这代人劳苦惯了，消停下来反而不习惯。他的下一个目标是，把享受住房福利省下来的钱，支援我在广州买房。他庆幸女儿生活的城市不是北京。

（作者系《南方周末》记者）

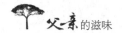

白发：父亲陈广乾

■ 陈　林

我爸叫陈广乾。他属虎，今年 49 岁。我爸 25 岁时有了我，28 岁有了我妹妹。我属兔，今年 24 岁。

我妹妹叫陈晓凤，她属马，1990 年生，今年 21 岁了。

我家在石家庄下面的辛集市，我爸是高中毕业的文化水平，在他那个年龄段的人中，算是学历很高的了。但他的文化水平却不那么高，大部分字都忘记怎么写了。我妈经常说我爸，还是上高中的人了，啥都不会。她经常这样说他。我爸也不恼。

在农村，我爸算是个能人，他颇有些想法，但主见性却不强，坚持不下来。他是个非常纠结的人，我记得他前后干过很多种营生。

我家只有两亩地，不够种。我小时候，我爸和我四伯两家合买了个打井机，靠四处打井补贴家里。等我念了书，我爸又和我 4 个伯伯 5 家一起凑钱买了收割机，夏天的时候帮人割小麦赚点钱。那时候日子过得还行。

我爸排行老五，上面有 4 个哥哥。我四伯跟我爸关系好，但跟我大伯、二伯、三伯他们却是不和的。我记得很清楚，在我读高三的时候，我四伯家又和我大伯家吵起来了，我大娘她们还打起来了。我爸和我妈都去拉架，架虽然拉开了，但我爸在拉架时撞了我四伯一下，从那以后，这两兄弟就开始闹别扭。闹别扭之后，打井的生意就没法做了，因为打井的机器是两家合伙买的。

我爸是一个非常爱干净的人。记得我小的时候，他每次打井回来，不

140

管多累，看家里乱得不行便放下打井的工具开始扫地。

我读高三那年，是家里经济最困难的时候，打井的生意没法做了以后，我爸就寻思买辆货三轮，拉货去。

但是我妈不支持，因为我爸不怎么会开车，大货车他都没开过。妈妈说，什么都不会就想买辆车。但他后来还是买了一辆八成新的大卡车。

我爸有一个好朋友，叫陈富强。跟我爸差不多年龄，他和我爸的关系非常好，爸爸便把他雇过来帮我们开车。在陈叔叔帮忙开车期间，我爸考取了驾驶本，学开车，但是经营了半年就把车卖了。

因为实在经营不下去了，跑高速的各种费用太高了。

爸爸一直是家里的顶梁柱，他想尽各种办法挣钱，就是为了供我和妹妹上学。我记得我小时候，生活还是蛮不错的。但我上大学的时候，我明显感觉到家里的经济状况开始困难，因为我妹也马上就要上大学了。

有一次，我妈突然跟我说："你看你爸都有白头发了。"我爸在开车之前是没有白发的，但是有车之后这半年就突然出现了，那是他第一次出现白发。

尽管自己谋生不易，但是只要去我们家借钱的都借到了。爸爸总是会主动地帮人想到一些东西。

我爸是一个不善言谈的人。这次我妹妹去世后，开始几天，感觉到他大脑基本上处于空白了一样，言谈举止似乎都慢了半拍。他自己对如何处理这件事没有太多主意，我妈后来也因为妹妹的事情住院了，爸爸便只是守着妈妈，外面的事情几乎都是我在联系。他找不到什么资源可以依赖。只是有一天，他和陈叔叔讲，他很担心我。

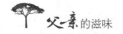

老去：秋风败叶总牵连

■ 阿　乙

　　我有一双和父亲艾宏松一样的手，大得像作业本。我现在还没有婚姻，但心里总是提醒自己，不去殴打未来的孩子。我记得父亲抽七八岁的我的声音，能闻到那像石头拍来的青气。我的妈妈不敢阻拦。在他走后，我仰着脸抽鼻子，再也安抚不过来。因为他的苛刻，我变成一个自卑而勤奋的人。

　　我们极少交流。即使现在我 35 岁，也感觉彼此之间横着一堵墙，无法像朋友那样畅所欲言。我们总是说着三两句就说完的事，然后再把这些事重复着说几遍。我们从不去触及对方的灵魂。我通过一台橱柜上的装饰知道他曾画过画，通过我哥的名字（国光）知道他吹过口琴，通过那老鼠咬坏的《诗刊》猜测他可能写过现代诗——我通过这些只鳞片爪知道他曾经是一个强悍的文艺青年，但是他在生活中总是将这些评判为"玩物丧志"或"有什么用"，就好像它们是足以致命的病菌，会祸害我们一生。

　　他将它们抹得一干二净。

　　也许一个人生存他可以维持这些，但他照应的是我们 5 个兄弟姐妹和我爷爷奶奶的生存。他成为一个开小卖部的人，后来开了批发部、超市，他将生意从乡村做到城镇、县城，在即将要去地区扩张时停止。我以为这里面存在另外的理想，但是一件事改变了我的看法。仅仅因为乡镇中学的教学质量差，他想将我们转学，放弃在此地培育了多年的生意链，到县城角落租了一个狭小的店面从头开始。他始终是在用做生意维持我们家人吃饭、穿衣和出去应对朋友时的尊严，他的生意利润都是 1%、3%，做得很苦。

等到我们这些孩子各自有了在社会上的归宿，他仍然在做生意。他又试图让在上海的哥哥和在北京的我能在高房价的现实面前获得起码的安定和尊严。他固执而认真，愿意将自己几十年的积蓄化成这泡沫中的小珠儿。而我在吸他的血。

我们都有一个共同的父亲。我们跑到大城市，一没有成为杜月笙，二没有成为宋祖德，都在吸他的血。说起来这是羞耻的事，但在父亲那里这是不容分说的事情。

2009年，64岁的父亲中风。像往常一样，这个不幸的事是隔了一阵我才知道的，因为怕影响我那狗屁不是的工作。我赶回去时，他刚从昏迷中醒来不久，偏瘫。就是在那时候，这个一世强悍走路永远像中年人呼呼有风的父亲，对我们露出歉疚的笑。因为我们在清理他的粪便。他成为医生懊恼的对象，因为他总是迫不及待试图站起来，他扰乱了正常的恢复程序。就像在我小时，他总是迫不及待让我将300首唐诗背完。

2010年10月的时候，因为堂兄猝死，我急赶回家，敲门没人应，便等。十来分钟后，父亲才从二楼摸索下来，他拖着萎缩的右腿，捉着毫无知觉的右手，给我开了门。上楼后，在问过我几句现状后，他便开始躺在床上，用右手握住一瓶矿泉水，然后用左手捉住右手腕，在胸前方旋转出圆圈。这是他锻炼的方式之一。每天他还会独自出门，锻炼行走能力。只有他一个人相信他还能健步如飞，而我们早已放弃。他正如海明威笔下的老人，只许战死，不可战败。

吃饭时，他要我弟弟弄一台废弃电脑来，他要重新学习打字（他过去用双手学会过一次）。我们说这是干什么。他便有些惭愧，说是想将自己写的诗用电脑打印出来，寄给一家诗词杂志。我们个个提出要帮他解决这事，他便取出身上的一张纸，那上边的文字颤颤抖抖，是用左手写的：

病　中

余中风近两年，虽全力锻炼，收效甚微。近来又再跌跤……

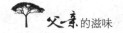

细雨潺愁挂满天，秋风败叶总牵连。

黄昏饱蘸伤心泪，静夜偷灯洗不眠。

雨困郊原草木慌，东篱野菊独梳妆。

何当借得秋风劲，洗净烦愁一色黄。

两年未扫架生尘，抽本诗书慰泪痕。

谁料此间花似锦，却忘灰土染香魂。

  我也是这时知道我认识的他其实不是他，因此悲伤不已。在我将这首诗带至北京几天后，他打电话来，要求更正诗里的一个字，便是将"细雨潺愁"改为"细雨添愁"，他觉得这样更好。

  在我们的生命中，从来只有他给我打电话，没有我给他打电话。即使是这首诗，我也没有好好给他找到一个输出渠道。我是个懦弱的人，心里只想着怎样给他安装一双翅膀这样不靠谱的事。

（作者系青年作家）

强悍：老爸成了小孩

■ 周云蓬

我的爸爸不是那谁谁，不然，我会大吼一声，报出他的名字，保准把厄运吓得一溜跟头地跑到别人那里去。

在铁西区小五路的某间平房里，我爸爸趴在炕头哭，我妈妈趴在炕梢哭，我爬到爸爸那儿，他说，去你妈妈那儿，我爬到妈妈那儿，她说，到你爸爸那儿去。这个场景定格在我人生的开始，大概那天医生确诊我患上了青光眼，有可能导致终生失明。后来，妈妈带我千山万水地治眼睛，爸爸在家里上班加班，维持生计。我们经常会在异乡的医院里，或者某乡村旅馆里，接到来自沈阳的爸爸的汇款，还有搜罗来的宝贵的全国粮票。药没少吃，路没少走，最后回到家，眼睛的视力终于还是彻底消失了。

记得，爸爸第一次跟我郑重地谈话，也仿佛是对着我的未来谈话：儿子，爸爸妈妈尽力了，治病的钱摞起来，比你还高，长大了，别怨父母。我有点手足无措，想客气两句，又有点心酸。

我爸爸叫周丛吉，老家在辽宁营口大石桥。20 世纪 60 年代大饥荒时，跑到沈阳，当工人。他是个挺聪明挺有情趣的人。或许晚生几十年，也能搞点艺术什么的。

他爱养花，我们家门前，巴掌大的地方，他侍弄了好多花花草草。20世纪 70 年代末，电视机像个飞碟似的，降临在我们贫瘠的生活中。先是邻居买了一台黑白电视，我们整个向阳大院的孩子们，都炸了锅。每日，流着口水，盯着人家的窗户。接着，排着队，帮他家劈劈柴，打煤坯，就为

145

了晚上能搬上小板凳，去他家，看《大西洋底来的人》或者《加里森敢死队》。这时我爸爸闪亮登场了。他骑上自行车，到沈阳的大西门，电子零件市场，买线路板、图纸、埋头钻研，终于有一天，咣的一声，我家的"原子弹"爆炸成功了。桌子上，那堆三极管二极管，乱七八糟的线路，亮出了雪花飞舞的画面，穿西装的念新闻的主持人，在雪花里扭来扭去，我们家有电视了，9英寸，是我爸爸装的，太骄傲了。

在工厂里，他也是把好手，车钳铣刨各种工种全能拿得起。后来他被评定为八级工，大概相当于高级技术工人的职称了。可是，我越来越不喜欢这样的爸爸，以及工厂的噪声、冶炼厂的黑烟。那时，我开始读泰戈尔了，什么夏天的飞鸟，飞到我窗前。我们家门口，只有一个下水道，再向前是个臭垃圾箱，紧接着还是个下水道。爸爸每晚都要会见他的同事，讲车床、讲钢管、抽烟、喝酒，妈妈在外屋地（东北方言，对门厅兼厨房的称呼）炒花生米。我们要等着他们吃完才能上桌。而且像所有工人阶级的爸爸一样，让全家人害怕他，是他人生价值的体现。比方我们在唱歌，这时他回来了，吆喝一声，全家都灰溜溜的，屁都不敢放一个。

所以，每个人的叛逆，都是从反抗爸爸们开始的。

我很记恨他还打过我。有一次，我从外面回来，一下子把盖帘里刚包好的饺子踢翻了，我爸爸上来就给了我一巴掌，我很委屈，因为眼睛看不清楚，就为了一点饺子。爸爸也很反对我读书，有一回，妈妈带我去书店，买了将近20元的世界名著，回家后，爸爸很不高兴，说花了这么多钱，这个月，你的伙食费可快没了。有时候，我会偷偷设想，如果只有妈妈，生活里没爸爸，那该多么愉快。

不满的情绪，和身量一样在长大。战争终究无可回避地爆发了。

在我16岁的时候，我已经可以上桌喝酒了，一次，亲戚来家，带了一瓶西凤酒，我喝得多了，躺在火炕上，内火外火交相辉映，和爸爸一言不合，吵了起来，他也有点醉了，拿起拖鞋，照我脑门上一顿痛打，用鞋底子打儿子，那是很有仪式感的老理儿呀。

我是新仇旧恨涌上心头，加上酒劲儿，冲到外屋地，抄起菜刀，就往回冲。好几个人拦着，把我拖出门，据当事人跟我讲，我一路喊着，我要杀了你，嗷嗷的，街坊邻居都听见了，真是大逆不道。后来，我爸爸问我妈，儿子怎么这样恨我，到底为了啥？

跟爸爸的战争，让我成熟了，明白人长大了就应该离开家，到世界里去讨生活。能走多远就走多远。我去了天津、长春，一年回家一两次，爸爸劝我努力当个按摩大夫，很保靠，风吹不着雨淋不着。我不以为然，尤其是他设计的，我偏不干这行。这时，爸爸也达到了他一生的顶点，由于技术出众，当了一个小工厂的副厂长，好像还承包了个项目，不过不久就下来了，他经常唏嘘，那时有人送红包，不敢要，拿工厂当自己的事情去做，结果也没落下好。

1994 年，我大学毕业，爸爸去沈阳火车站接我。从浪漫的校园里，从光辉的名著里，从对姑娘们的暗恋里，我又回到了破败的铁西区，几口人拥挤在一起的小平房。爸爸抱怨，当初不听他的话，学文学，结果工作也找不到。于是，他带着我去给校长送礼。这时，我看到他卑微的另一面，见了宛若知识分子的校长，点头哈腰，大气也不敢喘，把装了 1000 元的信封和酒，塞入人手里，拉起我，诚惶诚恐地走了。回家还念叨着，人是辽大毕业的。后来，中间人告诉我们，没戏。我爸爸毕竟是工人阶级，有觉悟，一听不好使，就去校长家，把钱要了回来。

对于家乡的失望，让我们越走越远，然而，父母老了，他们只能在身后，跟跄着唠叨些盼望和祝福。BP 机出来了，手机出来了，电脑出来了，他们无视这一切，还专注地天天看着电视，用座机给远方的儿子打长途电话，害怕电话费昂贵，又匆匆地挂断。有一年，我在异乡，接到了爸爸的一封来信，他很当真地告诉我，知道我在写文章，他想提供给我一个故事。说我们老家，山上本来有一大片果园，最近都被人砍了。故事完了，他问我，这件事能写成一篇好文章吗？

还有一次，爸爸来电话，说身体不好，让我赶快回家一趟。等我回家一看，他啥事也没有。他神秘地告诉我，给我找了个媳妇，马上要见面。原来，我家出租了一间房，给一个在澡堂里工作的姑娘，不久前，她妹妹从老家来了，也想进澡堂上班。我爸就动了心，偏要撮合一下，那姑娘碍于住在我家，不好推辞，就说先见见面。这下，我爸当真了，千里迢迢，把我召回。

　　我说，我没兴趣，他就瞪眼了，那你还想找个大学生呀？怕他生气，我只能答应见见。小姑娘刚从澡堂下班，就过来了，房间里，就我们俩。她问我，在北京干啥，我说，卖唱。她说，那有空去北京找你，那边的澡堂子怎么样？我不知道她具体想知道的是啥，就囫囵着说，大概水很热。

　　我也是看过加缪的人了，也是听过涅槃的人了，咋还落到这么尴尬的境地呢？

　　这事情以后，我是发着狠逃离家乡的，如果没国境线拦着，我能一口气跑到南极。

　　2000年以后，爸爸有一次搬钢板把腰扭了，于是提前退休了。他脾气不好，不愿意去公园跟老头老太太聊天下棋，天天闷在家里，躺床上抽烟看电视，结果得了脑血栓。一次，在外面摔倒了，周围人不敢去扶，有人拿来个被子盖在他身上，直到有邻居告诉妈妈，才被抬回来。从此，他走路要扶着墙，小步小步地挪。每次，我和妹妹回家，要走的时候，他都得呜呜地哭一场。这让我想起20多年前的他，浑身充满了生产力的铁西区强悍的棒工人，拍着桌子，酒杯哐啷哐啷地响。他放出豪言：你们长大了，都得给我滚蛋，我谁也不想，谁也不靠。

　　现如今，妈妈说，我们就拿他当作个小孩。耳朵有点聋，说话不清楚，颤颤巍巍地站在家门口，盼望着我和妹妹这两个在外奔波的大人早点回家。

（作者系音乐人）

无力：救父记

■ 蒋方舟

　　我一直觉得当爹比当妈还要难。过于强的父亲，是无法逾越的模板，是高处投射的阴影。即使人不在场，也满屋影影绰绰——都是他的审判之眼。不够强的父亲，则往往被嫌弃无能，陷入的命运如烂泥，可又无力拯救，他是所有的罪魁祸首，他是所有的无可救药。

　　我爸不强，按照非此即彼的原则，我心目中的他，可能更类似后者。我不常公开提到他，一方面是因为我保护他更甚于我妈，另一方面，是因为他性格并没有特别之处。像我们这种经常公开讲话的人，喜欢胡诌。我妈为了配合我故事的合理性，在许多年中，被我诌出了 N 重人格，而且每种人格都极端地相互矛盾。而我爸，只有一种人格：中国男人。如果加上职业属性的话，似乎还应该有一条——人民警察。不过这似乎有点好笑了。

　　我爸叫大兵，当了快 30 年的乘警——火车上的警察。30 年的时间里，他 3 天在火车上，3 天回家休息，而回家了也经常是出门和兄弟吃饭喝酒。所以，在我漫长的童年里，经常觉得和这个酷似我的男人不熟。

　　我爸工作时候的英雄形象我从来没见到过，他有时会收到单位的短信，然后若无其事地说："又让我们抓逃犯。"听起来很 FBI，但从来没听说过他破过什么大案，也不曾立过什么大功。

　　乘警"跑车"的工资不高，制度也严。带无票亲友上车，就有可能"脱衣服"（就是开除公安队伍），工作也并不稳定。

　　我 10 岁那年，蒋氏家族团团圆圆吃年夜饭，我爸抽了根烟，忽然说自

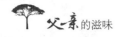

己要被调到一个非常偏远的小车站。全桌人一时都愣住了，没人听说过那个偏远的小县城，也不知道我爸会在那里待多少年。一会儿，女眷开始尖利着嗓子抱不平，男眷冷静些，说："这事求求人，还有回旋的余地。"

嘈嘈切切说了半天，女眷们决定当天就去求情。临出门，我妈看了我一眼，年夜饭还只吃了一小半，我怯怯径自吃，正在进行清盘工作。我妈对我说："你也一起去吧。说不定你还能说上话。"那时我已经出了书，附近的大人经常带着孩子参观我，算是个小名人，家族中人觉得我比较像一个人物。

一行妇女，浩浩荡荡地去领导家楼下等他。我也油然而生"缇萦救父"的责任感和悲壮感。冬天的晚上，等了三四个小时才听到车驶近的声音，领导下车，和人混乱地大声告别很久。当他终于走近，埋伏在花坛附近的女将们立刻慌乱起来，我分明感到我奶奶在我身后推搡我，说："跪下，跪下。"

我就这样仓促地跪下，甚至都来不及找到我该面朝的方向。妇女们一拥而上，七嘴八舌叙说着冤屈。领导挣脱开之后，我们又去他家按门铃，骚扰了几遍，但终究没有开门。

从前，我爸只有一半时间在家，即使在家也没什么存在感，可他真的与我们分离，家里没有个男人的无助无告才变得明显，经常想摊开两手哭丧说："这日子没法过了。"

我爸爸在那个小车站工作了半年，我搭火车，又换"黑摩"去看望了一次。那个地方荒凉但有人情味。我爸爸让伙房杀了一只公鸡，一大半的肉都堆在我的碗里。我吃的时候，看见院子里的几只公鸡走来走去，很是悠闲，不知生死的样子。

上周，我爸爸来看我，表示如果我在京城待不下去了，不要死撑，可以回家乡的小城里啃老。说着，心血来潮地打开钱包，给了我500元钱。这是我生平第一次收零花钱，胸中泛起无限暖意。温暖并不是来源于钱，而是喜欢这种庸俗的亲情体现，感动于这种简单粗暴地对我好的方式。让我从孤独恣肆的写作，光怪荒诞的首都文化圈里逃离，竟然回到最平常普通的生活轨迹里，让我觉得茫茫的无人区里还有个依靠。

（作者系青年作家）

庇护：我爸是一把伞

■ 苏 岭

多数父母愿意将自己当作一把伞，给儿女遮风挡雨，我父亲苏吉儒也不例外。

在我成长的过程中，读什么大学和找工作，最让父亲为我劳心。

20多年前，我刚读高二，父亲便开始谋划我的大学之路。我那时的愿望是做一名扬善惩恶的律师或者记者，然而仍然历历在目的"文革"，令父亲认为我的执拗脾气加高风险的职业一定后患无穷：如果他日我得罪了什么有势之人或权力层，毫无背景的家庭徒有眼泪。

凭借读书，父亲从四川农村到了昆明工作，可利用的资源只有他读四川外语学院德语系的老师和同学。他如何去游刃这些关系，我不得而知。我只是听他说，如果我考上川外德语系，他的老师和留校任教的同学确保我他日可留学德国，因为他们经常有公派德国留学的机会。

我不从，父亲便搬出了他的两位同学的例子，驻德国使馆的二秘和德国某大学的老师。他们与他常年通信，那位二秘叔叔某次回国送我两件礼物，一瓶科隆香水和一件墨绿色的T恤。在物质还匮乏的20世纪80年代初，它们无异于现在的香奈儿五号和阿玛尼服装。本来父亲完全可能拥有与他们一样的人生。作为班长，他第一个挑选工作。"保密单位"让他误以为能给国家做特别的贡献，于是选中了搞军用科技研究的昆明物理研究所，而断然想不到科技翻译在研究所排在工具类别。

在系列的"威逼利诱"下，我妥协了。孰料，命运再度拗父亲本意，

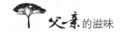

相当于现在二本的川外只能在四川省内招生。

待我读大四时，父亲不得不为我的毕业分配尽力。那时工作仍是分配制，辅导员和系书记之类的人物几乎可以决定学生的前途。会来事的同学早提着"手榴弹"上门了，而我却在辅导员多次不经意地提及"你们云南的烟好"时，面无表情。

人情世故，父亲比我晓得。他让我带两条红塔山给辅导员。那时全国最好的烟就是红塔山，五六十元一条，而高校年轻教师月薪未过百元。这烟还难搞，不抽烟的父亲托了些关系才弄到。我带回了学校，却全给了未来的老公。

像我这种人，无法靠天上掉馅饼。虽说由学校主宰，但不少是学生家长弄到的单位。父亲唯有另谋他法。

寒假，父亲带我到云南人民出版社，找一位高级编辑。那位叔叔好像是父亲的偶识，其办公桌上堆满了书稿。他告诉我编辑工作是阅读各种书稿，再淘出好货，刚开始还得干一阵校对的活。终日埋首在他人的各种残梦中，目力所及最远的不过是窗格中那一点灰茫的天空，我才不干。事后看来，幸亏我无意，不然则会给父亲出一道大大的难题，那以后还需要攀爬好几层关系。

当时民族中学在筹备，父亲的一位同事的亲戚在那负责。招呼已经打好，只需我去见一面。尽管不想当老师，在剩女恨嫁式的心态下，我不得不翻出当年军训时某报社记者拿去发表的几篇小稿，而在报社实习发的会议消息稿被我视如疮疥，从未留存。顶着昆明早春时节最狂的风，父亲陪我骑车大半个小时，来到一个荒野之处。我第一次发现父亲居然不会与陌生人寒暄，只是反复嗫嚅"我女儿很优秀，她读川大中文系"。当别人问是否还有其他证明能力的作品，我的目光斜向上，父亲不得不代答："她忙于学习。"回家的路上，我犹自在内心责怨父亲口拙，快速踩车，冲在他的前头。

无奈之下，父亲又设法联络到他的一位同乡。此人以前同我叔叔一道在昆明参军，每逢假期均来我家打牙祭，他老婆还是由我父母张罗介绍的。待他转业后，便断了来往。再出现在我家客厅的他，已经身为省办公厅接待处处长，由一个正在"烧灶"的宾馆经理陪同。叙旧情这道仪式行过之后，家宴开始。父亲先举杯喝了一口酒，才道出心中酝酿已久的那句话，大致是我将毕业、正找工作，"请你帮忙"这句话始终未能从他口中冒出。兴许他以为多年的乡情，这一切无庸直白地言喻，中国人哪个不懂得投桃报李？那人不接父亲的话，似乎只说了一句恭喜我毕业之类的话，他的随员则不停地强调处长有很多重要的事情要处理，很忙、很忙。在那人得返回处理要事时，父亲才终于说希望那人能帮忙给我找工作。那人说完"委托太晚，弄不到分配指标"，便急匆匆下楼而去。

现在轮到我给9岁的儿子遮挡风雨，才有点懂得了父亲这把伞。它特别像以前的布面雨伞，洇湿自己，却勉力给我撑出一角干爽。

（作者系《南方周末》记者）

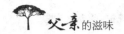

碌碌：户口簿上的过客

■ 鞠　靖

20世纪60年代正牌大学毕业，在国有大企业工作20年，出过国，拿过外国的勋章，受到过中国和外国最高领导人的接见——在20世纪40年代出生的同龄人中，我的父亲鞠荣芳算是一个"见过大世面"的人。

但是，除了同村的人之外，每个见过我父亲的人，都不相信我的这一段描述。行走在贯穿村子的河塘边，如果你看到一个老人拿着拖把，在河水中搅动，然后拧干，端着拖把慢慢往回走，衣衫陈旧，满是尘土，仿佛几个月没有洗过，没错，那就是他，我的父亲。

我很难用一个或者几个词来概括我的父亲，因为在我看来，他就是一个矛盾的综合体。

比如，他是一个不会种地的农民。父亲出身穷苦，家中经常揭不开锅，连件像样的衣服也找不出来。父亲兄弟姐妹5人，他排行老二，几兄弟中唯有他一人学业优秀，因而全心读书，反倒不会种地。1960年，20岁的他考入当时的南京工学院动力工程系，由此离开农村，成了"国家户口"。5年后，他大学毕业，"分配"到大连的一家炼油厂工作，从此在那里度过了将近20年"单身"生活。

人说"穷人的孩子早当家"，不过这话似乎并不适合父亲。即使到现在，他的衣服总是洗不干净，领口袖口总是发黑。他的手总是黢黑，如果没有人提醒，好像他也总是会忘记洗手。他头发蓬松，即使有人提醒，他也不会认真拾掇干净。无论什么衣服穿在他的身上，总是给人不端正的感觉，仿佛那衣服根本就是别人的。这一切都给他贴上了永久的"农民"标签。

在大连的 20 年可能是父亲人生中最辉煌的时期。他在那里入了党，成了这个国营大厂的技术骨干。1976 年开始，他作为中国专家组的成员，参加援建朝鲜枇岘炼油厂，先后 3 次去朝鲜工作，负责设备安装和人员培训，并因此获颁勋章，受到华国锋和金日成的接见。我们从散落在家中的旧照片里看到了当年父亲风华正茂的身影——整齐的三七开发型，笔挺的中山装，灿烂而不失端庄的笑容，巨大的花环套在他略显瘦弱的身躯上，虽有些滑稽，却难掩意气风发。

这正是我和弟弟先后降生的时间。父亲和母亲 1965 年经人介绍相识，3 年后结婚，几乎从一开始就常年两地分居，每年只有短暂的探亲时间可以相聚。母亲在 30 岁那年生下我，信到父亲手中的时候，已经是 7 天之后。又过了两年，母亲在南京出差途中生下弟弟，父亲又是最后一个知道的人。直到我 12 岁之前，我们每年只能和父亲见面一次，在绝大多数时间里，我们头脑中几乎没有"父亲"这个概念，更不清楚他是一个什么样的人。

直到 6 岁前后，我才突然意识到，父亲可能是个"城里人"。因为我发现，在村子里，别的孩子都是叫父亲"爹爹"，只有我们兄弟俩被要求叫"爸爸"。

那时候我很愿意叫"爸爸"。他留给我的最深刻的印象，是每次从遥远的大连回来，总要给我带一些漂亮的书和本子，其中包括在农村小学永远也用不上的英语本。仅有的一次，他还带我去了上海，住在外白渡桥附近的上海大厦，在豫园的某家书店给我买了全套《三国演义》连环画。

我有好几次在梦里再见那套《三国演义》。这书给我的印象至为深刻，以至于我的儿子一到能够读书认字的那个年纪，我就迫不及待地也给他买了一套同样的《三国演义》。我没有办法让儿子像我当年一样珍爱这书。每次走进儿子的房间，看到架子上蒙尘的这套书，我总是要提醒他把书收好，千万别少了一本，哪怕是卷了书角也不行，仿佛这就是当年我自己手边的那一套。

7 岁那年，我离开农村，转学去了邻县县城的一所很好的小学。因为年龄比较小，又从农村来，不得不又参加了入学考试。我至今也还记得老师嘲笑我不会说普通话，把"春天"读成了 qun 天，这农村孩子不能幸免

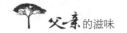

的毛病让我自卑了很久。有一天，我的音乐老师看到了父亲从大连给我买的一本音乐课本，从我手中"借走"。从那以后，那课本成了音乐老师手中的教科书，再也没有归还。我还记得，我们跟在老师后面，照着那本书学唱"生产队里来了一群小鸭子"。我的心里美滋滋的，看，这书是我爸爸买的，你们城里孩子也没有。同样的事情后来也发生在了数学老师身上。有一天她发现我有一套数学计算练习卡片，也毫不客气地"借走"了。有一次，老师把这卡片印成卷子发给大家考试，我很不幸地做错了两道，收到卷子的那一刻，我在心里发狠："早知道不把那书借给老师了。"

直到初中阶段，我才更深刻地意识到父亲身份的特殊性。在那个"城市户口"、"农村户口"泾渭分明的年代，父亲的"城市户口"是最大的资产，我们全家都跟着沾光，可以到粮站领到口粮，我们从小就不用种地。看着身边的亲友们为了转户口绞尽脑汁，自豪之情不禁油然而生。

今天的人可能无法理解的是，从朝鲜回国之后，已经成为所谓"中层干部"的父亲并没有想办法把我们全家转往大连，而母亲对于脱离农村也并没有想象中的积极性。结果是，1985年，受尽两地分居之苦的父母终于决定，父亲放弃在大连的一切，调回家乡的小县城，在一家县属企业从事技术工作。直到2000年退休，父亲处在一种按部就班的工作状态，没有惊喜，也没有激动。他常常被安排去做很辛苦的工作，他的公司因为他的存在评到了很高的资质，接到了重要的订单，而他自己却所得甚微。他虽有高级工程师的职称和总工程师的头衔，退休工资却也不过六七百块。这种碌碌无为的工作经历，让包括我在内的很多人无法理解。

一家人团聚之后，父亲的"神秘感"逐渐消失。长期的分居使得他和这个家庭不可避免地存在着隔膜。在很长时间里，在大家的眼中，他仿佛是一个外星人，他的一举一动都和大家格格不入。他的动作总是很慢，走路如此，做事如此；他的语言奇特，总是时不时地蹦出几个北方话，他喊年轻人为"小伙儿"，至今还被亲戚们嘲笑；他吃饭的时候总是努力地包住食物，避免发出咀嚼的声音，这种很慢的"吃相"也成为笑柄。长期的单身生活让父亲对于家庭生活很难适应，常常不知所措。除了上班，他无所事事，与家人对坐，他也是一言不发，如果没有人安排和指挥，他连打扫卫生也不会想到。

工作和生活中的"平庸"，使得父亲不可避免地成为母亲数落的对象。在每个亲戚的眼里，父亲就是"逆来顺受"的代名词。多么激烈的言辞加诸其身，也不会激起他的反抗；多么痛苦的事情降临，也不会让他崩溃。他的忠厚老实和沉默寡言远近闻名，有一段时间，我甚至怀疑他根本就失去了说话的功能。无论大事小情，没有人会征求他的意见，他也坦然接受别人做出的每个决定，接受每个决定产生的后果。在几乎每个熟悉他的人眼里，他是一个没有想法的人，也是一个对别人没有要求的人。

但我知道这并不是事实。我还记得，上中学的时候，父亲时不时会走到我身边，问上几句学习情况，嘱咐几句上课要认真、考试要仔细云云。不幸的是，那都是我正在做作业、心神最烦的时候，他的话总是左耳进，右耳出。我那时常和弟弟有矛盾，父亲却总是怪我，说什么"大的要让小的"，我照例把他的话当"耳旁风"。现在轮到我自己了，一年前，儿子也开始抱怨我太啰嗦，对我的话不但不听，而且出言相讥，但我依然忍不住要"啰嗦"，仿佛不这样就是不负责。我突然明白了父亲当年的心思。

在我们兄弟离家远行之后，老家只剩下父母两人。已过古稀之年的父亲已经身形佝偻，皮肤粗糙，脚步滞重。除了听见孙子叫一声"爷爷"，或者打麻将和了牌，他的脸上会绽放灿烂的笑容，多数时间里，他都是眉头紧锁，仿佛心中千头万绪，愁肠千千结。其实我知道，这标志性的面部表情只是因为遗传，我和我儿子的脸足以说明一切。

他的头发依旧浓黑，既能大块吃肉，又能粗茶淡饭，随遇而安，碰到有人问他要不要喝酒，他也会不好意思地说声"好"。他从不早起晨练，也不饭后百步走，他只是扫地、挑粪、拖地，让他做什么就做什么，让他去哪里就去哪里。但他却会在深夜爬起来看意甲，遇到国足的比赛更是不肯放弃，他总是默默地看，不高兴也不沮丧，不评判任何一名球员，以至于我一度怀疑他是不是真能看明白。

我不确定他有没有特别惦记的人，一年到头，我们都不会接到他主动打来的电话，也从不会听他说起某人。2010年是他大学入学50周年，我们问他是否想看看当年的同学们，问了许久，也没有得到回答。

看起来，他并没有什么很执着的追求。有很长时间，我们兄弟都没有回过父亲的老家，去祖坟上烧几张纸钱。逢年过节，父亲总是一个人骑着自行车回去一趟，也很少会喊上我们兄弟随行。几年前，我们终于带着孩子一起回了趟老家，爷爷奶奶的坟头其实早已被夷平，湮没在不知哪块农田中，父亲和叔叔只是凭着印象找个"大约摸"的地方，领着我们磕几个头，烧几叠纸了事。

就在这一次，在城市生活的我们突然发现父亲的祖屋视野开阔，绿水环绕，更重要的是，远离工厂和公路，保持着宝贵的"原生态"。我们提出也许可以把祖屋翻修重建一下，以便将来回乡养老。

这想法却勾起了母亲的不满。她提起，10多年前，父亲已经"自作主张"放弃了祖屋的分配权，全部让给他的两个兄弟了。她埋怨父亲说："我当时就说过，你自己不要，儿子们如果要怎么办？现在好了，你不相信吧。"

这是一个令人尴尬的时刻。无论母亲怎么说，父亲始终一声不吭。好在我们只是突发奇想，并不当真。在我印象中，这是父亲少有的毅然决然的事迹，并且不容商议。那间不大的祖屋住着三叔、四叔两家人，没有一件像样的家具。

在我看来，父亲更像一个"过客"，来过，活过，辉煌过，平淡过，甚至憋屈过。这个老牌大学生是一个聪明人，当他选择离开城市回到家乡的时候，可能已经想好了未来的生活，选择了就不再后悔。每个人都在念仓央嘉措的诗"你爱，或者不爱我／爱就在那里／不增不减"，但似乎父亲是那一个悟透的人。

（作者系《南方周末》记者）

退让：递给我烟抽的父亲

■ 王 力

在小说《一个青年艺术家的画像》里，有这么一个情节，主人公斯蒂芬的父亲跟他聊起自己年轻时抽烟被发现的故事："当时我正站在南大街的口上同几个和我一样的半大小子在一起。我们每个人嘴角上都叼着烟斗，自以为很有派头儿。突然，我老爸从这儿经过，他一个字儿也没说，甚至连脚步都没有停。第二天是星期天，我俩一块儿出去散步，在快要回到家门口的时候，他拿出了烟盒，说：来来，西蒙，我以前不知道你也抽个小烟儿或者抽个烟袋锅什么的。如果你想抽个痛快，来一支这种雪茄吧。这是昨天晚上在昆斯敦一个美国船长送给我的。"

这时，斯蒂芬听到父亲突然发出一阵大笑，"那笑声全然是哭腔"。

乔伊斯的这本小说是我很多年前看过的，里面讲什么我都忘光了，但这段话却像题跋一样印刻在我的脑子里，因为我也有过类似的经历。那是某年除夕之夜，吃完饭母亲就去厨房收拾了，父亲王蝉晓忽然掏出一盒中华，递给我一根，问我："抽吗？"我一下愣住了。那是我大学毕业后的第一年，之前当然也偷偷摸摸地抽烟，被父亲发现之后还揍了我一顿。

父亲拿着烟的手伸在我面前，我赶紧接过来。我俩谁也没说话，一声不吭地坐在那里把它抽完，仿佛一个沉默的交接仪式。那一刻，我觉得我跟我的父亲终于达成了某种和解。做为一个在官场不太如意的干部，他一直希望我能去考公务员，延续他未能实现的价值或者是别的什么东西，但我不觉得自己可以承受那样的人生。为此，我们争吵过多次。但在那个夜晚，

当他拿着火机为我点上烟的时候，我知道这些都可以结束了。

在一个典型的中国家庭里，父亲总是这样的一个存在：沉默、强壮、有尊严。我的父亲自然也不例外，儒家文化扼杀了他和儿子做朋友的可能，因此他只能给自己裹一张外壳，用来维护这种父子关系的严肃性。至于我，不想也不知道如何打碎这张外壳，我既没有勇气像贾宏声一样给他一巴掌，更无法像朱文一样带他去找个小姐。有一次，他扭捏地拿着一张光盘问我怎么才能在电脑上播放，我一看就明白了，我很想把自己收藏的那些好玩意都送给他，像一对亲切的狼友那样。但我忍住了，我告诉他怎么弄，然后默默地走开。

这些年来，我们之间很少有交流，偶尔也谈谈社会或者人生，但谈不了几句就不欢而散。他已经像个老人一般保守，而我却正在激进的年纪，两代人之间的对立和不理解总是不可避免，但也并非总是如此。父亲曾经吞吞吐吐地谈到了这些年他在仕途上的失败，仿佛一件无法见人的丑事，而我其实很想告诉他：在这个时代，成功未必能引起什么令人激动的波澜，而失败却往往会传来一种不屈不挠的回声。

现在，面对父亲的老去，我心情复杂。他一直在坚信着一些东西，或许上升不到主义的高度，但就算在那个闭塞的县城，他也为此奉献了他的青春和理想。但又有多少是值得他奉献的呢？前年我买了一些书送给他，看完之后，父亲喃喃自语："想不到是这样，想不到都是真的。"我看着他的白发和皱纹，险些哭出来，我在心里对他说："爸，他们都欠你的，他们所欠你的一切，将来都会还给你。"

（作者系网络作家）

阴影：我的"老汉儿"文强

■ 文伽昊

我从小活在父亲的影子底下，内向、胆子小。听大姑说，我爸小时候跟我一样，后来才变了。

老汉儿（川渝方言，意为父亲）管我很严。小学放学去河边玩，回来不承认，就打我。他教我，家里没有大人在，绝对不要开门。

高中住校，别人的生活费每周二三百，我只有一百块。他从来不接送我，都让我自己坐公交。逢年过节，别人给我的红包要等父母开口，老汉儿说能接就伸手，不能接就不伸手。

我的朋友圈子很小。媒体说我一个月消费几万、开跑车，事实上我生活上要求很低，平时就吃点饺子、面，喝矿泉水的消费，不抽烟不喝酒，很少出去玩，穿的一大半是老汉儿的衣服。极少数同学知道我老汉儿是文强。老汉儿教育我，不要在同学面前显摆，你个人的辉煌要个人去拼搏，不能借助我。

1992年，老汉儿就已经是重庆公安局副局长了。他一直特别忙。我小学四年级从郊县到城里，重庆市的学校不要我，妈妈说，文强，你一天到黑只晓得破案、破案，娃儿都要开学了，学校还没着落。后来找教育局出面，才读到书。

高中三年，感觉爸爸老得很快。他已经破了很多案子：长寿运钞车枪案、张君案，其他不记得了。每次老汉儿破案就会回来说，今天晚上你们看新闻。我感觉父亲还是很了不起的。

　　老汉儿一再叮嘱,我们到了城里,接触的人慢慢多了,交朋友一定要谨慎。他怕他得罪的人多,再怕别人打着他的招牌乱来。

　　一点都不夸张。有一次,我们全家 3 个人出去吃火锅,旁边 1 米的距离,一桌人在摆龙门阵,说文强的儿子是我很好的朋友,还跟我一起做生意。老汉儿瞪我一眼,我一头雾水,其实我一点都不认识那个人。

　　我一直没谈女朋友,不想在外边随便接触,怕遇上别有用心的女孩子。家里要求很严,说一定要找真心喜欢你的,不是喜欢你家庭的,但说实话,现在这个社会,这样的女孩太少了。我跟社会上的人交往有顾虑,还是交网友更放心,什么话都可以说。

　　我很喜欢上网,在加拿大学会的。高中毕业,我到加拿大待过一阵。那都是我爸一手包办的,按照我妈的想法,我们全家最终要一起出国。但我就是生活上不习惯,又怕自己学坏,几个月就回来了。还是重庆好。

　　2005 年,我大学毕业,想跟朋友开网吧,老汉儿坚决不同意。他说他是管网吧的,别人会乱想。后来有朋友说合伙开小酒吧,我连口都没敢开,老汉儿更不准。

　　想过进公安,可能身高不够,老汉儿也不让我进去。感觉我提出什么事,老汉儿都不答应。我就一直没有事干。

　　老汉儿希望我找个朝九晚五的工作,平平稳稳。去过银行坐办公室,不安逸,我还是喜欢自由一点。

　　可能是怕我学坏,想拴住我,2007 年,干妈周红梅开了个装修公司,给我挂名经理。我心思不在那边,一年也去不到一次,也没去领过工资。

　　直到 2008 年他去司法局当局长了,我问,现在我可以搞网吧了吧,当时我父亲啥也没说,过了一两天,他说,那你还是去吧。之后我入股,在大渡口开了一家网吧,90% 的时间都在那儿。

　　我经常上天涯网,时不时看到爸爸被“双规”的消息。这种传闻 2000 年以后,年年都有。老汉儿说,我亲手签的死刑都有几十例了,还不包括重刑的,得罪人太多了,难免被报复,这些事你不可能较真。老汉儿对“双规”习以为常了。我更相信,干得越多,错得越多。

　　传闻越来越多,后来连老汉儿自己都怕了。2008 年某天,老汉儿接到一个紧急电话，让赶快去单位开会，临走前他对我妈说，要是晚上还不回来，你就把家里的钱扔江里吧。

我家里有一个保险柜。但这些都是大人的事了，我也不关心。

2009 年 8 月初，老汉儿大清早出门去北京开会，我还在被窝头睡觉，爸爸说他出门了，我嗯嗯嗯地过了。当天夜里，凌晨 3 点有人来敲门，说是司法局的。我想，司法局的不可能不知道我爸去北京出差，怕是社会上的人来报复，赶紧打 110。两边僵持了十来分钟，直到他们在猫眼里把证件亮出来：专案组。

我爸被抓了。专案组在我家收拾东西，从凌晨 3 点到中午。紧跟着，我妈和我也被带进看守所，还有我妈最疼的那条狗"雪梨"。

看守所里，中秋节的时候跟我老汉儿通过一次电话。他说，不要仇视这个社会，要恨就恨我。他希望我出去以后做点小生意，过日子就行了。

在里面挺好，也没挨打。警察给我换了名字，我以为自己装得挺像，直到我出去的那天，同监的悄悄跟我说，我知道你是文强的儿子。

我在看守所的电视里看到父亲被判死刑。9 个月以后我被放出来，罪名是毁灭证据，不过免予起诉。好长一段时间，我不知道我什么东西是合法的。他们还了我国土证、房产证和 80000 多块钱。

一个月以后，2010 年 7 月 7 日，我父亲被执行死刑。这天早晨，我们被通知与爸爸见面。爸爸流泪了，说，娃儿，给我磕个头吧。我照做了，但我不知道那就是我们最后一面。

我不恨社会，也不恨爸爸。

老汉儿离开这段时间，还是有人对我好。有一回，我坐出租车，的哥好像认出我了（我的名字和照片在媒体上出现过），车上他一直跟我聊打黑、聊文强，偷偷观察我的反应，我假装看着窗外。下车的时候，他跟我说，好好保重自己。

半年过去，我开阔多了，朋友也多了。他们不在意我是文强的儿子，没有看不起我，我也不怕别人别有用心了。以前被老汉儿否定得太多，现在任何事情都得我自己来决定。

很多时候，我还受"文强的儿子"这个身份影响。像是我想出租家里

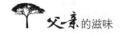

的房子，赚点生活费，但物业跟我说，这是文强的房子，很难出租出去。我也很难找到工作，网吧已经倒闭了，我会干的事情不多。年后找找工作吧，虽然现在还不知道做什么。

我不知道人们什么时候能够淡忘了我父亲，那时候我可以过得正常点了。

坚忍：父亲的家谱

■ 陈　鸣

陈星伍今年 54 岁了，他是福建省永春县蓬壶镇的一名医生。每天早上 7 点多，他从狭促的职工宿舍楼醒过来，第一件事是找打火机和接开水。对他来说，早餐除了碳水化合物、蛋白质、维生素，不能没有烟和铁观音。

他的老婆名叫陈桂花，她总说他是土医生，比镇上的 ×× 和 ××× 都不懂得养生。这话大概说了有 30 年，如果邻居细心一点，差不多能以这对夫妻的对话每天校准时钟。

陈星伍大概也是 30 年前进了这家医院，从一头秀发干到现在头皮发亮。在这个小镇上，医生受人尊敬，走在马路上不论老少，大家都喊他"五叔"。刚掉头发那几年，每天都会有人赞他："五叔越来越聪明了。""五叔"大部分时候是一边伸手摸摸头发，一边闪亮地笑起来。

陈星伍还有一个令他自豪的身份，他是一名致公党员。这个政党的党员大部分是归侨、侨眷和有海外关系的"代表性"人士。不过海外关系在过去的漫长岁月里给陈星伍带来的其实是诸多的烦恼。

这得从陈星伍的童年说起。

陈星伍的爸爸叫陈启煜，新中国成立前曾是国民革命军第十九路军的军官，后来这支部队被蒋介石解散，他因为"包庇共匪"流落到福建漳平。这个罪名并不冤枉，当时的中共福建省委书记林一心开秘密会议都是在陈启煜老家的宅子里。可是到了新中国成立后，这段前朝历史和陈家绵乱复杂的海外关系就再也扯不清楚了。

"文革"的时候，陈星伍还是个十来岁的少年。他每回考试都考第一

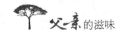

名，不过也是想了很多办法才能勉强地挤进高中听课，每天顶着无数骂"地主龟儿子"的唾沫星子。我猜想，少年陈星伍说起"我爸是陈启煜"的时候，应该多少怀着某种复杂的羞愧。

后来有一天，他终于下定决心退学，不再忍受耻辱，因为学校操场上开起了批斗会，他看到台上站着他的父亲和虔诚的基督徒母亲。

退学之后的陈星伍每天都在山上挖草药，他总背一口锅，一路咣咣当当地找吃的。《马太福音》上说："你们看那天上的飞鸟，也不种，也不收，也不积蓄在仓里，你们的天父尚且养活，你们不比飞鸟贵重得多吗？"许多年以后，他经常站在自家阳台上指给他儿子看，"那个山爹以前爬过"，神情像是站在应许之地回望埃及。现在那些山上早没人影了，拿着望远镜瞅也只能瞄见几棵树，大概只有雨点会到达那里了。

困顿的生活在 20 世纪 70 年代末 80 年代初某一个时刻开始改变。有一天，陈星伍在他爸爸的书桌底下看到用毛笔恭恭敬敬写，4 个字："恩公小平"，这张小纸条一直到陈启煜去世都贴在书房里。也是从那几年开始，陈星伍的运气稍微好了一点。因为他爸爸年岁已高，他获得了"补缺"的机会，最终陈星伍选择了当一名医生。

1985 年，因为我的到来，陈启煜有了孙子，陈星伍有了儿子。陈星伍希望自己的儿子不要像他埋头过苦日子，而是像他背着走过无数山峰的那口帅锅那样，咣咣当当地发出些自己的声响来，于是就在名字里安了个"鸣"字。虽然这个名字后来面临着很多重名的问题，但我还是比较庆幸自己没有被取名为"陈咣咣"或者"陈当当"。

陈星伍的生活依旧辛苦。为了赚钱给儿子买三鹿奶粉（那时候冲一杯这东西好比现在进星巴克喝杯咖啡），他兼职做起了生意，一开始是弄了台机器榨花生油，后来改行卖液化气炉具。在选择行业的精明程度上，小镇上确实无人能及，他很快赚了不少钱。

不过麻烦事情很快又来了，那时候我在读小学，有一天回家看见好几个镇上的年轻人坐在我家里泡茶，后来我才知道他们是来讨要保护费的。

壮年时候的陈星伍性格极为硬朗，《让子弹飞》里头姜文问"我能不能站着把这钱赚了"，陈星伍那时候的想法大略相同，可惜他毕竟没法像姜文那样，印子和枪轮流掏出来在桌上拍得叭叭响。派出所的叔叔们也纷纷表示：这种事情我们不便插手。想站着赚钱难度当然不小，至于为啥不便插手那就更费琢磨了。

后来几个流氓又吓唬陈星伍和他老婆陈桂花，不给点儿钱，我们骑摩托车把你儿子撞了。那是我小时候第一次觉得，爸爸是谁真的很重要。

陈星伍像 20 世纪 90 年代每一个在下海浪潮里游过一番泳的人一样，有所收获，但很快被各种开着游艇和军舰的人甩在了后头。"保护费"事件以后，陈星伍经常骑着摩托车带着儿子到小镇最高的峰上去看远山和落日，他说："要聪明，也要坚忍。"那么多事情发生之后，陈星伍很少抱怨。前几天，当他知道儿子要写一篇关于他的文章的时候，他发了条短信过来："要感谢时代，要感谢国家。"我仿佛能看到他在屏幕的那边微笑和头皮一同闪亮。在五星红旗下成长的陈星伍，和他父亲生命的起落，每一刻都和这个国度连在了一起。

陈启煜在 88 岁的年龄上安然去世。去世的前一天夜里，我和他下了几盘棋，互有胜负，喝了碗姜汤之后，他上楼开怀睡去。葬礼上，我第一次看到硬汉陈星伍号啕大哭，他的一生中肯定在许多我看不到的场合哭过，比如他年少退学的那一天。这一次，他在我面前为了他的父亲、我的爷爷痛哭，在葬礼上代表所有儿女发言，他说："我爸是陈启煜。"我想，那一刻陈星伍心里一定充满了感恩和自豪。

爷爷、爸爸和我三人最后一次聚首是在 2003 年，那年我刚考上北大，去北京前我和爸爸一起去爷爷坟前坐了一会儿。山上荒草丛生，我们花了很长的时间才找到了地方。算起来爷爷今年 99 岁了，我总是在大江南北奔行，极少回家，这次过年应该陪我爸再去山上看一下他。

关于陈星伍，我们可以讲他的很多故事——他是医生，一个致公党员，是陈启煜的儿子，但最重要的是，他是我爸。作为一个没有"新闻价值"的人物，他难得能被书写并刊登在一份"严肃"的报纸上。但他完全配得上这样的荣誉，恰如这个国度里所有平凡而辛劳的父亲一样。如果要给自己的父亲颁一个奖，我希望自己就是属于他的那枚勋章。

（作者系《南方周末》记者）

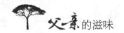

奉献：他把自己儿子捐了

■ 王盟盟

我的爸爸王保田是个普通人，非官非富，但是在我心目中，他比官有更大的权力，他比富人有更多的财富，他凭借着自己小学知识水平在北京打拼了十几年，含辛茹苦地将我和哥哥抚养长大。然而即将到他享福的时候，厄运却不幸降临在这个原本幸福的家里。

去年我回到家乡安徽，进入重点高中阜阳一中读高中，开头半年不到我却得知哥哥突发脑溢血的消息，顿时我就呆住了，那个正处于花季的少年，再过几个月就要走进大学校门了，却在这紧要关头不辞而别，与我朝夕为伴的哥哥就这样离我而去。

在我和母亲最痛苦、最无助时，是爸爸为我们撑起了这个苦难之家，他强忍着丧子之痛，将泪水往肚子里咽，他是那样的坚强又那样的脆弱，坚强如堡垒般使人安心，但他一夜花白的头发又让我心生痛楚，这个原本硬朗的男人；不知什么时候开始驼了背，走路也一瘸一拐的。

但是即便如此，他还是用那个单薄的身躯撑着这个家。使我印象最深的是他的那句话："我不能倒，这个家还需要我。"

他是与众不同的，因为他的决定——将哥哥的器官捐献，这个看似很多人都无法接受的事情，他做到了。他一直努力着，顶着各种压力去坚持一件他认为是正确的事。起初，我和母亲也是万分不解，我们一直反对，是爸爸一直在给我和母亲做思想工作。那时的我恨过他，恨他的无情、冷酷。最后，他还是签了协议，同意将哥哥的器官捐献。听到母亲撕心裂肺的哭声，我的心都碎了，我排斥他，和他打冷战，但是反抗起不了作用。

他本对这个领域一无所知，他本只想兑现一个承诺，去实现哥哥在这世上最后的价值。

在做捐献的过程中，我们受到的压力无法想象，村里人咬耳朵，说我们卖了哥哥的器官，得了许多钱，爷爷奶奶也很悲伤，不希望原本帅气的孙子死无全尸。但是爸爸还是顶着压力做了。他不断联系相关人员，咨询相关事宜，担心出错。从他的付出中，我感受到了这件事的神圣和伟大，我懂得奉献的幸福，虽然不舍，但看到别人幸福，我还是开心的、安慰的。在哥哥的葬礼上，我虽含着泪，最终还是笑着送他走了。

本以为这件事就这么结束了，但是父亲不这么认为，他加入了中国红十字总会，成为一名义工，他说他要努力让更多人幸福，他在用行动兑现这句话。

起初我是费解的，我不愿意让别人知道家里的这些事情。对于父亲到处宣传哥哥的事情，我总感觉到很奇怪、很气愤，我不明白他为什么要这样做。身边的亲戚也认为他现在精神不正常。他选择了保持沉默，只是做他想去实现的事。

玉树地震赶上我哥哥的生日，爸爸以哥哥的名义进村募捐，这一次又引起非议。村民们说他在以募捐的名义将钱都装入自己的包中。他再次选择了沉默相对，只是带头捐钱。我更加费解了，他每天给许多人打电话，早出晚归地忙碌，花着家里本已不多的积蓄，将养家的重担交给了母亲，我看着他的行为说不出地费解。我讨厌他，我感觉他不正常，而他奔走的过程中曾3次因为疲劳过度而昏倒，前一阵子还因为昏倒在地铁却无人关心而差点断气。我又气又恨，气他一个人忙碌到头来却得尽骂名，恨这个社会培养出一批一批"冷血动物"，他努力再多也没用。但是他一直在坚持。我明白了，社会缺少的不是温暖，而是缺少奉献温暖的心。别人不愿奉献，他不管也管不了，他只是要奉献自己的那份，去感动别人，温暖别人。我明白了奉献的真谛，在此之后，我开始慢慢支持他的工作。

后来，他将自己的目光投向了农村，建设新农村成了他的新目标。他在北京一直从事建筑行业，回到农村，自己动手策划设计，一人担起了全

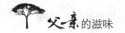

村的希望。我很担心他，怕他出错，因为他从未做过这种事，但是看到他胸有成竹的笑容，我放心了。经历了这些事情，我开始相信他，相信老天会保佑我们，让我们成功。

（作者系阜阳一中高二学生）

活着：我最后的城堡

■ 田 玉

一

可能在很多人眼里，我已经死了；但在我爸爸田建党眼里，我还活着。

国庆节那天中午，深圳龙华医院门口，爸爸把我抱上富士康派来的大巴时，我的下半身还是没有知觉，后背里钉着4根固定脊椎的钢针，左手因为骨化性肌炎不能完全屈伸。我只能用右手紧紧挽住爸爸的脖子，听他在耳边轻轻对我说："田玉，咱们回家了。"

大巴一路开往襄阳。爸爸后来说，车子一开出医院，他和妈妈就哭了，眼泪一直从深圳流到东莞。爸爸没想到，会这样把我接回家。

爸爸一直不想让我去打工，怕我受人欺负。我初中毕业，他让我读了技校学会计；三年技校读完，我在家待了半年，每天放羊、做饭、照料家里十来亩田。爸爸也知道孩子在田里不能待一辈子，还是让我出来了。

爸爸对我说，田玉你出去，一要注意安全，二是不能给咱丢人。我说我懂。我从小成绩不好、调皮捣蛋，爸爸从没说过我一句；7岁那年我骂了一句脏话，他狠狠打了我一巴掌，嘴巴都流血了。

我离家是在2010年2月初，春节的前几天。因为逆着回乡的人流，坐车便宜，不会太挤，假期里工厂也缺人。走的时候，天刚擦亮，12岁的弟弟从小是聋哑，看见妈妈和二姐在收拾行李，知道大姐要走了，躲在一旁不停地擦眼泪。

爸爸骑摩托车把我送到河南的孟楼镇。风大，天很冷，我俩在路边吃了两碗胡辣汤。车子来了，爸爸塞给我500多块钱，连声叮嘱我要多小心。

爸爸对我说，丫头，咱也不指望赚多少钱，打个两三年工就回来，我再想法子筹些钱，像你小姨那样，在镇上给你开个服装店。

没想到过了一个多月，我又见到了爸爸。可这一次是在深圳，我躺在病床上，胸椎、肋骨、骨盆、腰椎、左肱骨、桡骨都有骨折，大小便不能控制，两条腿就像没有了一样。

爸爸在一旁守着，40岁的人，头发全白了。

二

伤口不疼的时候，我也会去想发生了什么。

我记得离家那天坐上车，隔天上午就到了深圳。我以前只去过30多里外的老河口市，以为深圳到处都是高楼，哪里都很干净，车子开进观澜镇，才发觉到处都是荒草、垃圾，很脏，也很乱。

我找到了在观澜一家电子厂打工的堂姐，原想也进这个厂，但那儿不收没成年的人。后来听说富士康能收，我就报了名。起初进的是观澜厂区，又被分到了龙华厂区。

2010年2月12日，我搬进了富士康宿舍。第二天是除夕，再一天就是我17岁的生日。

我给爸爸打电话。他还奇怪：富士康，是做"副食"的吗？我说爸你不懂，这是做电子的。这里很大，像个林子，我第一天就迷路了，绕了很久才找到车间。我被分到苹果生产线，负责目检，就是检查屏幕有没有损坏。15秒要看一个，每天12个小时，要重复几千次一样的动作。我不到18岁，本来不用加班，但大家加，也只能跟着加。爸爸问我工作怎么样，我说一天下来，感觉眼睛和手都不是自己的，累，时间过得好慢。

宿舍有8个人，被分到8个部门，白班晚班也不一样，有些人我没见过几次。爸爸问我有没有朋友，我说只认识了一个，大我4岁的李芳，我俩一起进的厂，下了班就在一起玩。迪厅、滑冰场不敢去，我们就去逛超市，把东西一个个丢进篮子，再一个个地放回去。

离开家时，爸爸花400块钱买了个手机，我不小心掉水里弄坏了，后来堂姐又借了我一个手机，可出事前半个月，我放工作服里，上着班就被人偷走了。

工作一个多月，我身上只剩不到10块钱，工资卡一直没发。我去问线长，他说我是观澜来的，到那儿自己要去。3月16日一早，我去了观澜，在两栋楼间跑了一上午，那里人都好"屌"，不搭理我。我气得直哭，想坐车，没钱了，只能从观澜一路走回龙华。

那晚我躺在床上，一宿没睡，脑子和腿都没感觉了。没有手机，没有钱，宿舍的人冷得像石头。那时真的非常生气，是气糊涂了。早上8点多，我从三楼爬上四楼，翻过围栏跳了下来……

等我睁开眼，我已经动了两次手术，不能自己翻身，靠着墙才能坐着。爸爸还记得，有一天我醒来，迷迷糊糊问他：爸爸，你还要我吗？

三

我昏迷了12天，爸爸守了我12天。后来，我病情稳定一些，妈妈把家里的猪和羊卖掉，也赶了过来。每天替我翻身、擦洗、按摩、喂饭，两人没睡过一个好觉。很多东西我吃了不好消化，爸爸就每天起很早，趁护士还没上班，用电饭煲偷偷给我煮小米粥。

出事后，爸爸一直没问我为什么跳楼。后来我心情好些了，他才先聊些轻松的话题，再慢慢问我出事的原因。我不知道我是富士康第几个跳楼的，只知道来了好多记者，每次都问一样的问题，每次也都不相信：怎么会因为这样的理由去跳楼？

爸爸相信。后来他会把记者叫出病房，说让我来说，女儿需要休息。

爸爸一辈子和气，没和人红过脸。但那半年里，他得和富士康的人谈赔偿。他们一共谈了4次，富士康请的是专业律师，爸爸只能叫上我在深

圳做辅警的叔叔，怎么谈得过？

9月18日，爸爸签了协议，富士康支付18万。协议书上，写着富士康赔偿是"出于人道主义"。爸爸至今还是不明白：这"人道主义"到底是什么意思？

不管怎样，我们还是回家了。到邓岗村那天，三叔开着拖拉机来接我，快80岁的奶奶抱着行李跟在后面，弟弟从屋里跑出来，笑着拉我的手，他以为姐姐只是受伤了。

妹妹去放羊还没回来。因为我的事，她念到初二就不去上学了。爸爸打电话劝了两次，她不听，说家里没人不行。

在家的日子，我几乎没出过院门。不是不想出去，是出去也遇不到朋友。像我这样大的，都去打工了。这么久，只有隔壁一个叫田雅的女孩来看过我，第二天就赶回广州干活了。

家里这一月的常客，是隔壁两岁多的陈欣仪。打工的爸妈把她送给在老河口的外婆，忙着开店的外婆又把她送给了在村里的姨婆。没人带的小欣仪，每天就只能来找我玩了。

爸爸担心我无聊，打算给我买个电脑，再牵一条网线，好让我和朋友聊天，也能学些东西；圣诞节前一天下雪，他跑去镇上买了个电暖器；冬天还在过，他已经在想着买空调了，说怕我夏天睡凉席脊椎受不了。

上个月，中山大学一个老师，带我去了武汉一家骨科医院，做一些康复训练。在那里，每天要花300多块，一个月就花了10000多块。我让爸爸不要乱花钱，他摇摇头。

我知道，爸爸是怕我受委屈。

可我知道，他心里不知算了多少笔账：明年，我后背里的4根钢针取出来，要花个一两万；不能伸直的左手动手术，要花个一两万；弟弟有先天性尿道下裂，动手术，也要花个一两万。以后日子那么长，这钱不省着花不行呀。

每年冬天，爸爸都会去各家收羊，拿到镇上去卖，去年他没去，说我需要照顾。他打算着，今年让我学点东西，画画、编织、电脑，我能干的都行。爸爸说，只要你想，我在家陪你学。

爸爸常跟我讲他打工的一个故事。7年前的冬天，他到杭州打工，在钱塘江旁建厂房。原想着过年不回了，多干几天赚些钱。大年三十那一晚，他去江边解手，芦苇长得很高，一眼望不到边。刚解了腰带蹲下，远处就放起了烟花。

爸爸说，那时他蹲在芦苇里，看着满天烟花，心里很不是滋味。第二天，就买车票回了家。

爸爸对我说，田玉，还是回家好，咱们回家了……

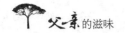
老实：父亲是钉子户

■ 孟建伟

　　事情发生之后，按很多人的理解，我爸孟福贵是个"钉子户"，因为索要高额补偿、对抗拆迁送了命。我想说的是，不是这样，他不是通常意义上的"钉子户"。父亲根本没有想过对抗，他没有这样的胆量。

　　父亲今年53岁，我还没出生时，他就开始磨豆腐、卖豆腐，起早贪黑，三十年如一日。可以说，我这些年上学花的钱，就是他一块块豆腐磨出来的。父亲善良忠厚，却又胆小怕事，他是做买卖的，按说跟人有点磕碰很正常，但我记忆中，无论是本村也好，外村也好，他这辈子从来没跟人吵过架。

　　和大多数中国农民一样，建房是父亲一生中最大的一件事。他这辈子有1/4的时间花在建房上，我家要拆的那座房子，从1997年开始建，因为缺钱，建了十几年，出事前房子还没装修，他到死也没能住进去。

　　这次拆迁，父亲其实没有任何过分想法，就是要一块跟原来一样大的宅基地，给的补偿款够盖原来那样的房子，给我和弟弟准备婚房，就可以了。可是，拆迁方案连这点也满足不了。所以他没签字。

　　但是现在回头再看，就出的这件事情本身而言，我认为父亲签字与否并不重要。这件事很显然是早有预谋和精心策划的。村里人跟我说，早在出事之前，拆迁队就已经好几次去村里"踩点"。他们的如意算盘就是，将我父亲和武文元打死，吓唬其他村民，第二天开始全面强拆。武文元跟我父亲一样，也是村里有名的老实人。老实厚道又没啥背景，打了也就打了，打死了也就打死了。他们的想法不是没道理，我听说，就在前年，我们当地另一个村，就曾因为强拆打死了一个老人，但最后也没啥事。

事实上，他们把我父亲和武文元打完之后，还把他们从家里拖到大街上，这除了是伪造作案现场之外，另一个重要目的就是警告村民：看，谁再对补偿不满就是这个下场。他们错就错在没料到我会把这个事情发到网上，引起这么大影响。

武文元跟我说，如果早知道他们要打人的话（更别说往死里打），他和我爸那天根本不敢住的。他们之所以住那，是因为 6 天前，我们村有一个叫张廷清的，因为家中没住人，房子半夜里给"偷拆"了。本来张廷清是第一批签协议的，还被拆迁办表扬过。但他的房子拆了后，他拿着协议找村里、找拆迁队讨补偿款，却没人认账了。我父亲和武文元就是因为担心这事落到自己头上，才商量好看房子——就是要看准是谁来拆房子。看房子那几天他们通宵开着灯，就是为了提醒拆迁队，里面住着人呢，别把他们给活埋了。结果父亲没被活埋，却给活活打死了。

我在网上看到有人写文章，说假如我父亲是李刚会怎样。其实别说是李刚，就算我父亲是个一般的村干部，也不至于是这样的结果。我们村是个两千七百多人的大村，因为拆迁的事，专门组织成立了一支上百人的保安队。这么一个大村，别说 50 个人，就是 500 个人，没有村里的默许，他们也不敢进来。他们敢进村来，就说明他们清楚不会有人阻止他们。出事前有几个蹊跷细节：21 号之后，村里的路灯忽然都拆了；此外，我父亲出事那天夜里，本来通宵巡逻的保安提前下班了。我问村长究竟怎么回事，他对此避而不谈，只说跟自己无关。

所以网民说假如我父亲是李刚会怎样，是没有多大意义的。其实按我的想法，且不说身份如何，就算我父亲是一个普通农民，如果他不是那么老实，也不会是这样的结果。我们村也有厉害的"钉子户"，他们早就说，谁敢拆我房子，我就跟谁拼命。拆迁队就不敢动他们，因为拆迁队也是人，他们不可能为了钱不要命。所以他们只能欺负我父亲和武文元这样的人。武文元那天本来也差点没命，他急中生智，被打倒后躺在地上装死，才逃过一劫。

2007 年，拆迁的消息一传出，村里一些人就盖起了上百套新房，比原

来的房子还多。这些房子连地基也没有，明摆着是为了要补偿款。可是，补偿标准却跟我们家十几年前盖的房子一样。按说，我父亲也可以自己再盖一座这样专门用来骗补偿款的房子，可还是因为太老实，他不想那么做。当然，他也没这个条件。

从去年开始，村里开始招村民当保安，听说只要报个名就行，啥也不干，就在那坐着，一个月就可以拿1000多。很多人报名了，因为不报名不仅拿不到钱，还被认为是对村委会不满。可是父亲一直没有报名。他不善言谈，但心里明白得很，他知道那钱拿得不清不楚。当然，他不报名村里也没当回事，他们从心底里就没看得起过他。

我看到报道，说李刚门事件最后"和解"了，你问我父亲的事情会不会也"和解"，我明确说没有一点可能，两件事性质是完全不同的，那是一桩交通肇事案，这是一桩故意杀人案，故意杀人案是不可能"和解"的，如果能"和解"，那是法律的悲哀。

如果是父亲地下有知，他会怎样看？我想你的判断对，按我对他的了解，他可能也会说，差不多就算了。但我不会这样做，我想，父亲以及很多中国人的悲哀，就是太容易放弃自己的权利、出卖自己的权利了。我以前也是这样，但是经历了这件事，我的看法变了，我和母亲的想法一样，我们一定要让凶手和指使凶手的人付出应付的代价，这不是钱能解决的事，这不仅是为了我们自己，也是为了全社会，为了这个国家。

平凡：感激父亲

■ 东东枪

　　我爸叫郝金明，身份证上就是这么写的。但这些年来，他签名时通常都会写成"郝金铭"。这也许只是个无关紧要的细节，但似乎又并非那么简单。

　　他今年53岁，头发已现灰白，读报纸时已经得先戴上老花镜。但身体还算健康，只是前几年犯过腰椎间盘突出，近几年偶尔心脏不适，在持续服药，据说也就没什么症状了——当然，也有可能是有症状而不愿跟我提起。他不抽烟，不擅饮，不打麻将，也没什么别的业余爱好——按说也算戏迷，尽管他熟悉的只有当年那些样板戏。如果问他喜欢什么流派，他一定会说是"裘派"，因为这大概是他唯一知道的一个京剧流派名称。而且，还八成把所有京剧花脸都认为是"裘派"的。但我爸确实爱唱，平时嘴里老哼哼着点儿什么小曲小调的。

　　此外就没了，除非把每天晚上只要有时间就准看《新闻联播》这事儿也算成爱好。

　　1957年，我爸生在天津静海县的一个乡村，家谱上说我们郝家的先祖是元末明初迁居此地，到我爸这一代是第二十世了。在他之前，我奶奶曾生下一对双胞胎男孩，但双双夭折，所以我爸就成了家中的长子。我爸生下来没几年就赶上所谓"三年自然灾害"，而我爷爷当时因工作又经常出门在外，我奶奶现在偶尔还会提起当年带着几个孩子如何忍饥挨饿艰难度日的事情。后来上学读书，没过几年就又赶上"文革"，也是家境不好，就辍学在家，这在当时的农村也很普遍。

　　但我奶奶曾提起,我爸读书时是个学习成绩优秀而且积极上进的孩子。种种迹象也表明,我爸确实曾是个进步青年。

　　我家有一张我爸的老照片,画面中风华正茂的23岁的他手扶着一辆崭新的红旗牌自行车,身后一排平房,其中一间的门楣上挂着一块中日文对照的牌子,中文写的是"日本国少年儿童美术作品展览"。小时候我一直觉得,我爸可能真出过国,去过趟日本,并期待这是真的,这样我就能把这事儿拿来跟同学吹嘘,但后来确认,那只是我爸去县城开团代会时的留影而已。

　　我爸没去过日本,但去过一次大寨,是作为先进青年代表去参观的。虽然不如日本说出来能唬人,但这又开团代会又组织参观的,至少能证明当年那个风华正茂的我爸爸是个进步的好青年——"二黑哥县里去开那英雄会"的那种,"前几天劳模会上我看上人一个"的那种。

　　我爸当过近10年的农村基层团干部。先是团支部委员,后是村团支部书记。此前他最大的梦想是去参军,但两次报名入伍,一次是体检检出心率过速,一次是体检合格但名额给了别人。早年间他当过一段时间生产队长,当团支部书记时还曾担任某小型村办企业的负责人……这都是他30岁以前的事,大约也就是我现在这个年纪。

　　我其实不大想象得出我爸当领导干部时会是怎么个样子。因为,实话说,他得算是个心不灵手不巧的笨人,反正我妈老这么说他。比方说,现在他也不会用电脑,不会用手机收发短信,虽然开了很多年车技术却还一般,稍微复杂一点儿的家用电器他也不大能熟练操作,而且似乎也没什么兴趣去探究一下。小时候我曾看别的孩子拿着自己爸爸给糊的风筝、做的木头手枪什么的,我爸都没做过,我估计他也做不出来。

　　他不光做事笨,嘴也笨,这事儿我妈也已叨唠了他不少年。我爸性格温和,少言而爱笑,我从小到大几乎没见过他发怒、生气的样子,按说这样的人应该很受欢迎,可是不能说会道的人很难讨人喜欢,同时他也经常因说话过于率直而不知不觉就冒犯别人。不会说话是表面现象,若是追溯本质,不善言辞、不善应酬的背后是与市井生活的隔膜。近30年来我妈不断抱怨,我爸也终于没能成为一个圆滑通透、人情练达的交际能手。而且,我估计,再来30年恐怕也不会有什么改善了——这一点我很能了解,因为我也这德性。

我妈早就看出了这一点，也曾无数次感慨："唉，我算看出来了，你跟你爸爸一样，人情往来一点不懂，花言巧语一句不会。"言语间，颇有怒其不争的遗憾，但恐怕也早已认识到这事儿是天造地设，撼动不得。而我对此事的看法则正与我妈相反，我常庆幸，幸好我的父亲不是那种巧言令色之人。正是因为不善交际应酬，我爸平时来往的朋友不多。但细想起来，竟没一个可以归到"酒肉朋友"一类，也没一个是"蜜里调油"那一型。我也觉得，这事儿很值得自豪。

不过，我爸虽手笨嘴拙，却得算一个勤勉、认真的人。他愿意动脑筋，也肯行动，肯吃苦——若用新词儿说，叫"执行力强"。我还记得我爸30岁左右时，曾何等认真地阅读大量书籍、钻研各类农作物的种植技术。他当年骑自行车数十公里一趟趟去市农科院等地探究作物新品种，以及在家中拿着温度计等物件儿进行各种试验的场景，仍历历在目。我到现在也认为，我爸哪怕是一直以种粮种菜为业，也一定能有一番作为。乡村之中，无所用心、庸碌而不自知的人居多，我爸这种见识和行动，已是难能可贵的。

我留着一本我爸20世纪80年代初的笔记，里头是大量的文章摘抄以及剪报，内容包括一些思想政治类文章，也有各类文化知识、科技信息。我相信，这样的笔记不只有过这一本。我能想见，那个火热的年代里，一个农村青年是怎样如饥似渴地学习他所能学习的一切的。

而后来的事实也证明，我爸的努力和勤勉没有白费。后来的那些年里，他着手去做的很多事情，还真就被他这样一个并不通晓人情世故，也没有占据更多社会资源的笨人做成了。他竟然真的用自己的行动，改变了自己的生活。

我对此的理解是：质朴一些的人，更容易心无旁骛，更容易相信"有付出就有回报"之类的道理，因此，也会比旁人更多几分勇气和坚定。而这勇气和坚定，又会化作比旁人更积极的行动力——若用郁达夫描摹林语堂的说法，就是因"浑朴天真"而"真诚勇猛"。若再加上勤勉踏实，则很有可能反倒比那些因精打细算而畏首畏尾的人更易成功。

当然，我爸这样的人自有其弱点。比方说：有政治热情，而未必有足够的政治智慧。这一点可以举个例子——农村村委会实行直选以来的这些

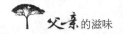

年，曾多次有乡邻找到我爸，怂恿劝说他参选村委会主任，我爸都并未应承。我和我妈妈都表示支持：村官虽不是什么党国要职，但若只凭率真坦诚和一番好意去做，必然是应付不来的。

幸好，我爸仍自有其梦想与热情——我记得，他前几年还曾随口提起，说等再过些年，不工作了，就在乡间盖一座养老院或幼儿园，自己经营，不为盈利，只图个其乐融融。这事儿虽然听来不怎么现实，但以我现在对他的了解，如果哪天他真的着手这样去做了，我也不会觉得惊诧。还有一例，就是当年汶川地震后，我爸曾专门给我打电话来，郑重地说起，他和我妈商量过了，打算申请收养汶川的地震孤儿，来征求一下我的意见，看我是否介意，如果没问题就赶紧帮他们打听一下该如何申请……

最近一两年，每次听到许巍那首《执着》，我都会格外注意其中一句歌词。那是一句很容易被人忽略掉的歌词，我却总觉得，那句歌词里说的就是我爸这样的人。那句歌词是——"我想超越这平凡的生活"。

我想，一定有很多像我爸爸这样的普通人，他们并未成就什么值得夸耀的大事，没做大官也没发大财，但却曾在很多年里，把那句歌词中说的事，视为他们自己的使命，并为此努力。

因为这个使命，他们对自己有期望、有梦想、有要求。他们热爱生活，不愿浑浑噩噩度日。所以，他们渴望更高质量的生活，不管周遭的旁人如何，不管身外的世界如何，他们不允许自己活得草率。我的爸爸，正是他们当中的一员。

年纪越大，对自己的了解越多，越能发觉自己品性上与爸爸的相似之处，尤其是那些弱点。但也越发觉得要感谢我的爸爸。不只感谢他给予我的良好的童年教育；感谢他为我培养起来的对阅读的热爱、对知识的信仰；感谢他在我自食其力之前为我提供的衣食无忧的生活；感谢他对维系一个家庭的幸福与稳定所做出的一切努力；感谢他对我一贯的包容和信任——更要感谢他让我看到：一个不能巧言令色、不愿老于世故的人，也可以靠自己的勤勉与热情生活得富足快乐；感谢他传承予我的那颗不甘泯然于众人，不愿茫然于命运，不许自己束手沦陷于平凡生活的心灵。

（作者系网络作家）

写给天堂女儿的一封信

■ 谢家强

亲爱的婧妹：

婧妹，你是爸爸永远的爱。我为你而自豪，我为你而骄傲。你的微笑、你的天真、你的一言一行，在爸爸的脑海中永远铭记。2008 年 5 月 12 日 14 时 28 分，这一刻是我这一生中永远的疼，它使我失去了我这一生的梦，失去了我的宝贝女儿，十年了，十年了，在这一瞬间，它不但使我失去了女儿，也失去了更多的孩子、更多的家庭梦想。

我亲爱的女儿，爸爸没了泪水，爸爸想起你的微笑，想起你（的）活泼，我不再眼中含着泪花。

记着当天我听记（见）你们的学校倒了，爸爸的心也碎了。我祈求上天，我的女儿没事，因为在你去读（书）时，我们的（约）定：我说，"婧妹下午早点回来"，你说"好"。我说"吃什么"，你说"我回来还要听写那天没有听写的课文，因为那几天'五一'放假没做"，我又说"路上慢点，因为车辆很多"，你说"好"。你就去读书了。那是我们父女最后的对话，最后的记忆，我亲爱的女儿的学校倒了，我们的梦也碎了，但我也祈求上天，不要把我的女儿带走，不要把我的梦带走，我的梦碎了，我的未来碎了。

亲爱的女儿，你是爸爸的梦，在这一刻，它就像一丝青烟，化着乌云，飞向了天空、飞向了天空，飞向了天边。天下着雨，越下越大，天在为你们鸣不平，为什么、为什么，为什么在这一刻把你们带走，带到一个未知的世界。你们的心灵、你们幼小的心灵能承担的（得）起吗？在这未知的

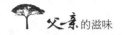

世界里，你要和你的同学、你的老师好好的（地）生活、好好的（地）学习，你要听老师的话，和同学们一起好好的（地）听老师的话，因为老师也是为了你们这些孩子们而逝去的，未来的世界是阴暗的、潮湿的，你和你的同学们要多穿一点衣服，不要感冒，不要发烧，爸爸还要告诉你，你是和你的最好的好朋友一起走的，她们是杨萍、张怡佳、曾雨濛，在未来的世界里你们还是好朋友，一起玩耍、一起唱歌、跳舞，做你们想要做的事情。

你还记得星期天吗，也就是 5 月 11 日，那是你和爸爸、妈妈最后一次上街，最后一次穿上妈妈给你买的新鞋，走在爸爸和妈妈中间，你那天真笑容永远铭记在爸爸和妈妈心中，你穿上新鞋走了，走到了一个未知的世界，一个你不愿意去的世界。你人生的路才起步，就停止了，停止在了你不愿的时间、你不愿的地点。你留给亲人的是记忆，是痛苦，它将伴随你的父亲走完这一生，你一路走好，你在未知的世界里走好。

我亲爱的女儿，我亲爱的宝贝，爸爸有很多的话对你说，你也有很多很多的话要对爸爸说，难到（道）不是吗？你说："我长大要当一名医生，去为病人服务，为他们减轻病痛的煎熬，让这个世界没有病痛。"而你还没有实现自己的梦想就走了，走到了你不知道的世界里，你幼小的心灵能承受吗，承受的（得）了那个世界里的一切吗？

我亲爱的宝贝，当爸爸看见与你一样的孩子背上书包上学，我就想起了你，想起你每天坐上爸爸的摩托车上学的景象，想起你在上学的路上和爸爸聊天的情景。而这一切在这一天，戛然而止，阻止了我们的聊天、我们的笑容，阻止了我们的世界，也阻止了你的未来、你的梦。当我想起你那乖巧的脸庞，爸爸的心在颤抖；当我想起你那甜美的笑声，爸爸的心在颤动。如果时间能倒流，我一定要像一颗夜明珠一样来呵护你，（让你）在我温暖的怀抱里成长，去实现你（的）梦。

我亲爱的女儿，我的宝贝，爸爸在为你哭泣，为你落泪。家，也在这次地震中没了，爷爷、奶奶、外公、外婆、爸爸、妈妈他们都还好，当每次吃饭的时候家里少了一个人，就感到一丝泣（凄）凉，少了你的笑、少了你的"叽叽喳喳"的吵闹声，我最亲爱的宝贝，亲爱的女儿，你是我一生的痛、一生的爱，你的笑容、你的一言一行是我永远的回忆。

恩典

死后享誉的人（譬如我）比起合事宜的人来，被理解得较差，但更好地被倾听。严格地说，我们从未被理解——而我们的权威即由此而来……

——尼采

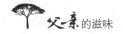
父亲的告别仪式

■ 张宇光

做过大学党委书记的父亲去世后，按"规格"，可以在本市的殡仪馆举行告别仪式。学校开会听取家属意见，我提出不用哀乐，改放父亲最喜欢的二胡曲《二泉映月》。学校老干处处长说，他送走了太多已故的老领导、老教授，都放哀乐，贸然改放别的曲调，怕老同志们接受不了。我说我们恭送的是自己的父亲，主要得考虑他是否接受得了。

父亲住院期间，我翻遍了自己的碟架，跑了很多家音像店，就为找到父亲喜爱的音乐。虚弱的他一听到乐曲便两眼放光，说："好，让我来听听这一曲如何？"从贝多芬、巴哈到钢琴、古筝，我古今中外一一为他放送。他听来听去，只在《二泉映月》里，才没有感受到一个勉强的音符。我责怪他趣味单一，他抱歉而又无奈地说："没得办法，就是这样！"去世前两周，父亲每天都要听几遍《二泉映月》，再不屑别的曲调。

放自选乐曲得找殡仪馆联系，油管桥有昆明市唯一一家殡仪馆，"生意"自然好到无话可说，可馆内仅有一套最陈旧的卡带放音装置，且只有哀乐，要放 CD 得自带碟片及音响设备。我四处拜托朋友，终于在省广播电台的库房里，找到了《二泉映月》盒带。告别仪式前一天，我把带子装进了馆里的放音机，调至乐曲起始处，示意主管播放的妇女，到时候按键即可。

馆内的工作人员还很"善意"地提醒我们，发言一定不要用扩音器，否则声音会混响成一片，像大舌头讲话，根本听不清爽。为了能让大家都听到，发言者就只有站在宽敞的大厅里干吼了。我吃惊殡仪馆赚了那么多钱，居然连墙壁都舍不得重新制作粉刷一下，以消除回音。更不可理喻的是此前所有的人，都无言地接受了这种现实。

悬挂挽联也有问题，若不是当天的"第一桩生意"，你就无法在头一天把灵堂布置好，自拟的挽联也是挂不了的。馆内正中横屏打出的字迹，一概是"向×××同志遗体告别"。但我们不是向父亲的"遗体"告别，我们是向父亲告别。父亲躺在我们送去的鲜花丛中安详地微笑着，不是什么"遗体"，就是父亲本人。

我想告诉父亲的是，我们为他刮光了胡须，洗净了身体，没有让医院太平间的人用水龙粗暴地冲刷他；我们还为他换上了他平时舍不得多穿的黑呢中山装，没有听信花言巧语去买可笑粗陋的所谓绸缎冥装；我们将在他的墓碑上铭刻的，是他临终前留下的话语："我现在一无牵挂，无忧无虑，自由自在，心旷神怡"，而没有像墓地里其他几乎所有人那样，无言以对生死，无言以对世界。

当致完悼词，最后的告别仪式开始时，灵堂里却没有一丝声响。我匆匆赶到放音室，那位妇女竟然不在工作岗位！等几分钟后她笑嘻嘻跑来时，我低声对她说了一句很不雅致的话。仪式结束后，取带子的女儿回来说，那位妇女还在放音室里哭，好像很委屈，问我到底对她说了什么。我说，既然是不雅致的话，就不必重复了。

不过那天，我也在油管桥交到了朋友。王师是殡仪馆专门负责录像的师傅，仪式开始前，他自然也跑来"拉生意"。我犹豫了一下，还是决定请他帮忙。因为事太多，我简单交代了一下要求，就没管他了。可后来他却时常与我联系，询问我对剪接、配乐的意见，还要我加上照片、挽联和父亲的留言。他拍的资料带我看过，没有遗漏掉一个重要的场景，乃至细节。

王师说话有点结巴，表达急切，说他从来没有如此认真地做过片子，因为他看到我们对待仪式的态度和方式都非常认真、特别。我说是啊，看一个人、一家人或者一国的人咋个对待死亡，就认得他们是咋个对待生命啦。

我对王师制作的片子很满意，事后特地发了一个短信表示感谢，感谢他的有心、敬业。他第一个短信回急了，白屏，什么也没有。第二次发来两个字：谢谢！

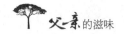

有其父有其女

■ 薛忆沩

在第一次（1910）随父亲回美国的漫长旅途中，这个在中国长大的"害羞的女孩"与她的父亲之间有一次对她的年纪来说显然有点早熟的交谈。她不理解她心中的祖国为什么也会被包括在"列强"之列，受到养育她的中国声势浩大的仇视。与其他强霸的国家不同，她辩解说，美国没有在中国圈立租界，美国又将庚子赔款用来资助留学的中国学生，美国还在中国建立了那么多的医院和学校，美国还为遭受饥荒的中国灾民提供了那么多的援助和救济。

听完女儿的辩解，父亲心平气和地说："永远不要忘记传教士并没有接到过中国人民的邀请。我们只是凭着自己的责任感来到了这里。因此，中国人民并不欠我们什么。我们为他们做了许多好事，那只不过是尽了我们自己的义务……我们的国家在中国没有租界，可是别的国家圈立租界的时候，我们什么话也没有说。何况，我们也的确从不平等的条约中得到了许多好处。我不认为我们可以逃脱最后的清算。"

这个在女儿的眼睛里像是"一座冷漠的纪念碑"的父亲就这样将自己"害羞的"女儿带到了更深的羞愧之中。这烙印在灵魂深处的羞愧必然会让这个孩子更深地理解养育了她的中国的大地和人民，并让她将来（也许有点太多）的写作带上永不磨损的标记。

赛珍珠的小说不可能激起我的敬意，但是她的传记却引起了我的一些兴趣。她的自传《我的几个世界》出版于她彻底离开中国20年之后的1954年。这个在中国生活过40年并且（颇遭非议地）"因为中国"而站到了诺贝尔文学奖领奖台上的美国人，在这部传记中为读者打开了可以同时观赏"几个世界"的窗口。

她用不少的篇幅谈论她童年世界里的那座"冷漠的纪念碑"。她说，直到长大以后，她才开始慢慢地欣赏起她的父亲来。而在父亲70岁以后，她才能够完全领悟他的魅力。"是我而不是他的错让我们要等到这种年纪才能够互相理解。"她这样写道，"从前，他不知道怎样接受我的世界，我也不知道怎样进入他的世界。我们不得不一起长大和成熟。"她很高兴他的父亲最后活到了他们"能够互相理解的年纪"。

据说，赛珍珠在性格和体格上都与她的父亲非常相像。谈到她缺乏幽默感的时候，她的传记作者曾经这样攀比："她仍然是她父亲忠实的女儿，固执地相信严肃的问题必须严肃地对待。"

在赛珍珠自传的后半部分，她死去多年的父亲又有一次极为隆重的出现。他出现在她从年迈的瑞典国王手上接过诺贝尔文学奖的一刹那。"在那一刹那，我看到的不是国王的面孔，而是我父亲的面孔。"她在自传中"第一次公开"她16年前的那一次奇遇。她说甚至就连国王伸过来的手都与她父亲的手极为相像。当时她大吃一惊，几乎忘记了在领奖之后要"退回"座位（而不是背对着国王"走回"座位）的礼仪。父亲如此特殊的复活给这位忐忑不安的诺贝尔文学奖的得主带来了巨大的精神安慰。

在她出版于1961年的《过路的桥》的最后，类似的幻觉再一次出现。她误以为冥冥中听到的一段神圣的声音来自她埋葬在"中国正中心的一座山顶上"的父亲。而在那本书的扉页上，赛珍珠引用了瓦莱里动人的诗句：

> 我只想躲避在自己的心灵中
> 在那里，我可以尽情享受对他的爱

像她的父亲一样，赛珍珠一生充满了对中国的爱。她活了很久，却没有活到能够与中国"相互理解的年纪"。她显然对这种"相互理解"充满了幻想。她将这幻想刻凿在由她自己设计的墓碑上，那上面没有出现她的英文名字。也就是说，在生命之后的漫长岁月里，她将不再是脍炙人口的Pearl S.Buck，而只是备受冷落的"赛珍珠"。

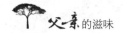

有关于牺牲和传承

■ 阿尔泰

有关牛头角那段日子，那是我的童年，一想起就停不了。

想起我们搬进去的那天，第一次有私用厕所，大家轮流进去拉冲水。想起一家五口一起睡一张硬板床，本来床有上下两格，但那时我们太小，妈妈怕会掉下来，于是大家都一起睡。想起那时牛头角对面还有沙滩，九龙湾还出产生晒鱿鱼片和沙虫。想起爸爸自酿的糯米酒，书法对联，双十时挂的青天白日满地红。

想起每年过年前的大扫除，把门窗和墙油上新漆，拜神烧的冥镪烟雾弥漫，夹着浓浓的冬菇香味。

爸爸是国民党军人，对国家，对军人的职分，有一份浓得化不开的感情，他毫无疑问是爱国的，而且敢于投以自己的生命去爱；但他那种爱，和现在爱国教育所说的，显然有很不同的内容。

他是客家人，有族谱，有根源。他爸爸我祖父是南昌兵工厂工人，参加周恩来领导的南昌起义，受了枪伤逃回乡里，不敢延医就失救死了，死前我爸爸还没出世。没想到我爸爸长大参加了国民党，入测量部画军用地图，走遍全国。

乡里很穷，但很重视教育，同辈孩子都编在一起念私塾，我爸的书法是同辈中有名的。客家人爱国，那个年代的年轻人不是参加共产党就是参加国民党，我姑妈就参加共产党，很年轻就背着家人跑去延安，和平后才恢复联络，和我爸爸一点派性冲突也没有，大家都是抱着相同的理想：让国家富强起来。

爸爸说客家话，不说粤语，在香港总是有点隔阂，总是不屑于英国人"鬼佬"统治。他的朋友都是前军队同袍，知识分子，败军之众，每有节日，聚在一起用乡下话想当年，忆起军中生活，我便惯见军人那种操守和尊严；言及老蒋，总毕恭毕敬，虽然他们所部属白崇禧，和老蒋有过冲突；对国旗国歌，都有一种特殊的谨慎。

所以中国于我非常清晰，我是中国人，乡里族谱有我的名字，上溯千年，上一代以生命付出的，我当也延续承传，这是不用怀疑的。

我不懂说客家话，但我以客家人为荣，乡下没有出什么有名望的人物；同县的有李光耀，同村的就说不出来了。但听着这些家族人物的小故事，绵亘千年，说的就是"牺牲"二字，能牺牲者，就是富足的；虽然爸爸只陪了我 10 年，但这点我学得清楚。

香港这个势利而短暂的城市，我爸爸这种价值没有人会尊重。到了回归，回到了祖国，所听见的爱国却又总令我觉得有点走了调。我爸爸的牺牲，是为了下一代，是为了祖国未来的富强，他从不求孩子为他牺牲；爸爸为孩子牺牲是理所当然的，爸爸总会先走，要孩子为自己牺牲，牺牲了又有何用，这是何其不智！

所以传承也者，我从没想到逆向，要求下一代为稳住上一代的江山而牺牲。历史是开放的，有着无穷的可能性，我们应为下一代准备一个足够大的天空，让他们去振翅飞翔，完成我们所未能达成的愿望，然后他们也这样地牺牲给下一代。爱一群人，一个文化，不是为了保住过去现在，是为了创造未来，一个超出我们想象力之外的国度。

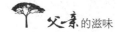

忆父亲

■ 林梅村

2009 年 12 月 29 日上午，我终于在北大第二教学楼讲完了这个学期的最后一课。父亲病危，这些天一直在北京中日友好医院抢救。本打算一吃完中午饭，就去医院守护他。不料，中午饭没吃完，弟弟就从抢救室打来电话，说爸爸快不行了，让我赶快来。12 点 55 分，就在我赶到医院之前 5 分钟，父亲永远离开了我们。他走得那样匆忙，甚至没有留下任何遗言。噩耗传来，一时难以自持。昊天不吊，哲人其萎。伤痛之余，努力写一点文字，借以悼念父亲一生的名山事业。

父亲一生翻译、编辑过 16 种语言的书籍，投入最大的还是他主持翻译的美国传记作家桑德堡的《林肯传》（生活·读书·新知三联书店，1978 年出版）。许多书乃至大学教材所用林肯的《盖提斯堡演说》，译文皆引自这本书，他的译文几乎成了这篇划时代演说稿的标准汉译。美国总统奥巴马亦为林肯解放黑奴所感动，甚至把林肯当作他的精神支柱。奥巴马就任仪式的主题"自由的新生"，就语出《盖提斯堡演说》。这本书讲述林肯如何从一个贫苦人家的孩子，成为美国历史上最伟大的总统，文笔生动，内容感人至深，受到中国广大读者的热烈欢迎，并多次再版，影响和激励了几代中国人，最后发行了上百万册。由于该书译者用笔名"云京"而非林穗芳，无人知晓此书此文是他的杰作。

何枝可依

尽管小时候从未回过老家，但是从上小学起，每次填表都得写"祖籍"一栏，所以我很早就知道父亲是广东信宜人。别人都有爷爷、奶奶，我却没有。父亲9岁时，爷爷就去世了。在我出生前，奶奶也去世了。关于广东老家的陈年往事，父亲可能看我太小不懂事，从来不谈。

关于信宜林氏的详情，我是20世纪80年代以后才逐渐了解到的。2000年在香港讲学时，香港大学教授饶宗颐先生请吃饭，问我老家在什么地方。我说在广东信宜，靠近两广交界处。饶公是潮州人，年轻时编过地方志，熟知广东人文地理。他听罢拉住我的手说：你们信宜林家可是岭南望族，名满天下，人才辈出。饶公真是博学多闻，讲了许多坊间流传的信宜林氏的逸闻佚事。原来，我家在中国政坛上的人脉如此复杂。民国时期，既有国父孙中山的卫士林树巍，广东省宪兵司令林时清，广东省政府主席、民国政府审计部长林云陔，亦有汪伪政权宣传部长、安徽省长林柏生；新中国成立后，则有教育部副部长兼北京师范大学校长林励儒。

听父亲说，我家在官场上主要靠林云陔这棵大树。林云陔主政广东期间，爷爷一直给他当差，先后供职于林云陔兼任厅长的财政厅、建设厅。2000年回广州，父亲特地带我去越秀区市府合署大楼、北京路广州财政厅旧址看前辈工作过的地方。爷爷去世后，奶奶又帮林云陔代收乡下地租，然后把这些稻谷形式的地租换成现金，从信宜汇到广州或南京。林云陔为官清廉，孙中山誉之为"吾党革命德行之神圣"。他之所以能在民国官场"出污泥而不染"，靠的是祖业——信宜乡下地租。

我问过父亲：你们一个国民党官宦人家，新中国成立前夕干嘛不去台湾？他说：那个时候中国人痛恨国民党腐败，怎么会跟他们走。1949年风云突变，解放军进广州时天降暴雨，人困马乏的解放军战士就冒雨睡在大街上，秋毫无犯。这是他们亲眼所见，孤儿寡母就没走。常言道：大难避乡，小难避城。奶奶就带全家离开广州，到信宜乡下避难。广州解放不久，父亲就在学校加入了共青团；朝鲜战争爆发后，他毅然参军，奔赴前线。

正如崔健摇滚乐歌词所言，不是我不明白，这世界变化快。和千百万

中国知识分子一样，父亲善良、单纯的心灵世界，永远跟不上中国政治社会的无穷变幻。他一生最大的痛苦，是不知"何枝可依"，生怕在无穷无尽的政治运动中犯错误。他年轻时就患上严重的失眠症，几乎终生靠安眠药度过漫漫长夜。

新中国成立后，罗湖口岸并未封关，人们仍可以自由出入香港。父亲为了自谋学费，多次前往香港《华侨晚报》追讨他翻译的美国小说《唐人街》的稿费。他完全可以避难香港，但父亲是大孝子，不能丢下奶奶独自一人躲到海外。另一方面，他在广州遇见了伯乐——时任中共华南分局宣传部副部长、主管分局机关报的曾彦修先生。早在延安时期，曾老就做宣传工作，是中共党内少见的大秀才，一生刚直不阿。20世纪70年代末就是根据他出具的证明材料，"文革"中最大的冤案"薄一波等61个叛徒集团案"才得以翻案。父亲在回忆录中写道：

> 1950年……北京新闻学校在全国招生，广州地区委托《南方日报》代招。我当时还在中山大学读书，也报名投考。笔试通过了，还有口试一关要过，按时赶到沙面报社大厦等候。听说社长要亲自单独面试，不知道要考什么问题，心里不免有点紧张。不久，一位身材颀长，比我们学校一些年轻讲师还要年轻的主考走进我正在等候的考室，看上去只有二十几岁，不超过三十，衣着朴素，同报社其他工作人员没有两样。真不敢相信来到自己眼前的就是当时担任中共华南分局宣传部副部长、主管分局机关报的曾彦修同志……口试就像谈心似的，从个人爱好、志愿，所学专业，以至家庭情况，是否团员等都问到了。他态度亲切，没有半点首长架子，我很快就不感到拘束了。《南方日报》刊登录取名单时把我排在第二名，可能是针对这一点，他解释说考第一的是香港《大公报》记者，我的考试成绩不如他是很自然的。他讲到在延安时的生活，在北方还要吃小米窝头，生活比南方艰苦，对此要有思想准备。他说，你喜欢新闻工作，不一定要到老远的北方去，现在就可以做，边干边学，问我是否愿意留在报社工作。我表示回去同老师商量。报社编委、

副刊组长黄秋耘同志随后也来信邀我去帮助编副刊。

就这样，他从《南方日报》副刊开始了为之奋斗一生的编辑生涯。父亲到北京工作也和曾老有关。朝鲜停战后，他调到丹东的志愿军转业干部学校教书。工作之余很快学会俄语，就给人民出版社写信，想找本书翻译。本来没抱多大希望，想不到竟然收到社长曾彦修的亲笔信，说他两年前已从广州调到北京，问我父亲是否有可能来出版社工作。父亲回信表示为难，说他现在已经拖家带口，若进京得调 3 个人。不久北京一纸调令，我们一家三口就这样于 1956 年从东北边陲小镇丹东搬到了北京。

好景不长，曾彦修在 1957 年反右运动中被打成中共党内第一个右派，父亲自然摆脱不了干系，但是公布右派名单时却没有他。他明明写了大字报提意见，怎么没划成右派呢？许多年以后，他才解开这个谜。原来救命恩人是精通新闻出版工作、还通晓外语的新社长王子野。他曾经请我父亲从法文原版校订他从俄文版翻译的拉法格《思想起源论》（生活·读书·新知三联书店，1963 年出版），深知我父亲的为人为学，所以把他从黑名单上划掉了。

曾老如今已是 91 岁高龄，对我父亲的关怀一直到他去世之后。在父亲的遗体告别仪式上，想不到遇见了曾彦修的秘书。他说曾老走不了路了，让他替曾老参加这个遗体告别仪式。父亲生前多次感叹：中国不乏人才，遍地都是千里马。我们缺少的是像曾彦修、王子野这样的伯乐，他们是真正的共产党人！

名师出高徒

1948 年，前辈林云陔在南京病逝。我家在官场上失去了政治靠山，父亲只能独立奋斗，打造自己的未来。他不负众望，以优异成绩考入广东第一名校广雅中学高中部，毕业后又考入中山大学语言系。当年的中国语言学大师几乎一半在中大执教。教过他的老师有赵元任、李方桂、王力、

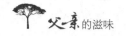

岑麒祥、詹安泰、商承祚等。20世纪50年代初，全国院系调整，中山大学语言学系并入北京大学中文系，中大许多老师调到北大。1977年全国恢复高考，我收到了北大的录取通知书。父亲很久没有这么高兴了，兴致勃勃地带我去北大燕园拜见他的老师王力、岑麒祥及好友周一良、齐思和教授。

我父亲在单位的工作，主要是编辑出版与中国有友好关系的社会主义国家领导人的著作。据统计，人民出版社从1950年成立至1985年35年中，共出版翻译书1500多种，译自22种外语。所有社会主义国家和大部分发达资本主义国家的语言，几乎一网打尽。为此他一口气儿学了17种外语，其中包括12种欧洲语言（希腊语、拉丁语、英语、法语、德语、俄语、意大利语、西班牙语、塞尔维亚语、罗马尼亚语、匈牙利语、阿尔巴尼亚语）和5种东方语言（日语、朝鲜语、越南语、印尼语、马来语）。

英、法、德、俄等欧洲语言属于印欧语系，学会其中之一，再学印欧语系其他语言相对容易一些，但是匈牙利语是欧洲少有的不属于印欧语系的黏着语，比属于印欧语系特殊一支的阿尔巴尼亚语还要难学。他掌握的5种东方语言之间完全没有亲属关系，学习难度之大，绝非常人所能。然而，只要工作需要，他一定去学，而且一学就会。我相信，如果非洲、阿拉伯、北极地区有社会主义国家，他一定能学会非洲的斯瓦西里语、班图语，中东的阿拉伯语，北极的爱斯基摩语。父亲似乎在中山大学得到了赵元任、李方桂、王力等名师的真传，凭借这个功底以及他个人的勤奋努力，才易如反掌地学会了那么多外语。

一些记者把他通晓16国外语当作自学成才的典范报道，闹了许多笑话。比如"文革"结束不久，人民出版社为改善职工恶劣的住房条件，在北京外交部街建了一栋新宿舍楼。父亲榜上有名，而且优先选房。这年头儿，房子比什么都重要。朋友可以不要，面子可以不要，道德可以不要，但是房子万万不能不要。我父亲真是傻得不能再傻，竟然考虑别人比他更困难，不顾全家强烈反对，把这次分房机会让给了别人。事后，他还宽慰家人说，明年就盖好第二栋楼，分房小组信誓旦旦地说：新楼盖好后一定优先分给我家。且不说这栋宿舍楼拖了好几年才盖好，令人始料不及的是，这次分房小组换人了，分房标准也做了调整，结果他榜上无名。

父亲一生与世无争，和中国千百万正直的知识分子一样，追求的是人的尊严、社会的公正与公平。他为中国出版事业几乎贡献了一切，怎么连本社一套房都分不到呢？为此，他到分房小组了解情况。原来这次分房重视学历，像他这类"自学成才"者，学历评分是零，故而失去了分房机会。父亲建议他们查查档案，然后告诉他应该搬到新楼哪一套房。就这样，我家费尽周折才搬进外交部街新宿舍楼。

《林肯传》出版内幕

父亲一生翻译、编辑过16种语言的书籍，投入最大的还是本文开头提到的《林肯传》。为什么该书译者署名"云京"呢？说起来，这还和20世纪70年代中"四人帮"导演的一出政治闹剧有关。

1974年，有个在云南插队的上海知识青年给江青写信，说他翻译了世界名著《林肯传》，把译稿连同一封效忠信寄到中南海，请她帮助出版。江青让姚文元把这个差使交给了人民出版社，当时的"社革委会"领导就让我父亲处理这部书稿。我父亲发现江青、姚文元都是不学无术之徒，这本《林肯传》分明是美国中小学课外读物，怎么成了世界名著，上海青年的译文更是一塌糊涂。他冒着"抗旨不遵"的政治风险，如实上奏。如果真要翻译《林肯传》，他建议用美国著名诗人和传记作家桑德堡的名著。

林肯的传记多如牛毛，只有桑德堡写得比较好，在国际上有较大影响，原著在1940年获普利策历史奖。他花了约30年时间收集有关资料，1926年和1936年先后出版了两卷《林肯·草原年代》（就任美国总统以前时期）和四卷《林肯·战争年代》（就任美国总统以后时期）。1954年出版了一卷《林肯·草原年代和战争年代》，全书凡六卷。

江青的"圣旨"谁敢违抗，姚文元就让人在云南组织了一个工农兵"三结合"翻译组，打算节译桑德堡的《林肯传》。工作流程是：我父亲先把英文版《林肯传》六卷本节选为一卷本，然后发给大家分头翻译，最后由他定稿，所以译者以"云京"（云南和北京）为名。在这个工农兵翻译组中，

只有两位大学外语教师真正懂英文，但他们毕竟不是专搞文学翻译的，加上那些工农兵的东西，译文质量可想而知。父亲不得不三下云南，修改乃至重新翻译那些乌七八糟的译文，还得耐心说服他们为什么一定要推倒重来。本来1年就该办完的事，一直拖了3年，真是苦不堪言。尽管这本书是"四人帮"下达的政治任务，但是该书本身以及翻译过程与"四人帮"的阴谋活动无关。1978年，父亲付出3年心血的《林肯传》终于在三联书店出版。

这本《林肯传》为20世纪70年代末中国人了解美国的民主制度，了解美国历史上最伟大的总统林肯及时提供了宝贵资料。有一次，那个上海青年写信要我父亲证明这本《林肯传》是他翻译的，理所当然地遭到严词拒绝。

从开城到巴黎

父亲通晓16国外语，去过的国家可没那么多，他只去过朝鲜、英国、法国、罗马尼亚、前南斯拉夫。第一次出国是1951年抗美援朝，供职于志愿军第47军司令部侦察科、志愿军政治部等诸多部门。小时候我好奇地问他：你当侦察兵活捉过美国兵吗？他说，那个活儿轮不到他这个瘦小的广仔，他只管审问战友抓来的俘虏。在朝鲜战场上，志愿军实际上是和15个国家组成的联合国军作战。父亲从小学英语，上大学又学了法语，所以他在前线还审问过法语国家的"鬼佬"（广东人对外国人的戏称）。

朝鲜停战谈判开始后，他也被调去参加板门店谈判。他透露的一些谈判细节相当有趣，比如谈判地点最初在北方控制的开城市郊来凤庄，美军谈判代表每次都是举着白旗走过军事分界线，到来凤庄谈判的，1951年10月谈判地点才迁到军事分界线的板门店。他说，板门店什么也没有，谈判会场只是一些临时搭建的军用帐篷。他那时年轻气盛，恃才傲物，有一次用两种外语舌战前来采访的西方记者。殊不知，这样做是违反军纪的，他反驳西方记者所列举的一些事实可能属于军事机密，事后受到严厉处分。这么有趣的故事，他一直讳莫如深，还是妈妈偷偷告诉我的。

在这场鲜血淋漓的战争中，父亲只受到微不足道的处分，与他一同跨过鸭绿江的战友中却有 18 万人永远长眠于异国他乡。美军方面亦伤亡惨重。据朝鲜战争纪念碑统计，美军伤亡、失踪、被俘人员达 17 万人。1993 年第一次出访美国，我特地到华盛顿拜谒林肯纪念堂前的朝鲜战争纪念碑。这是一块黑色花岗岩纪念碑，碑上赫然写着："Freedom is not free（自由不是毫无代价的）！"

父亲第二次出国，是 1979 年随中国出版代表团赴欧洲。代表团团长是国家出版局代局长陈翰伯，副团长是商务印书馆总编辑陈原，秘书长是国家出版局办公室主任宋木文。代表团先在英国访问了两周，然后经巴黎回国。当时中国正值改革开放初期，无论什么书，只要一出版，几个星期就一扫而空，单是人民出版社一家的《毛泽东选集》就发行了上亿册。英国出版同行听到这些介绍，一个个惊得目瞪口呆。关于这次欧洲之行，他在一封给约稿人的回信中写道："我自 50 年代参加出版工作以来没有一件事对我影响这样深，可以说这是毕生从事编辑出版工作的一个新的转折点。从此以后，我开始关注世界出版业发达国家的新媒体、新出版技术的发展，开阔了眼界，我的所有与出版改革、电子编辑有关的文章都是在这以后写的。"

一位负责接待的英国朋友得知他有个儿子在北大读考古，就送了一本英国麦克米伦公司新版的《世界考古学》，并在扉页上题了一行字：I thought this might interest your son（我想令郎会对此书感兴趣）。这是外国朋友送给我的第一部外文书，至今记忆犹新。我对大英博物馆、卢浮宫的最初知识，也是他回国讲述的。父亲大概并不知道他这次出访欧洲对我的触动。规划完美的伦敦市政、以计算机编辑书刊为代表的英国现代出版业、欧洲先进的高速公路、新落成的戴高乐机场、古色古香的巴黎老街、香榭丽舍大道奢侈品商店琳琅满目的橱窗。看到中国与西方差距这么大，心里很不是滋味。后来发奋读书、努力工作的初衷，多少和父亲的欧洲见闻有点关系。

父亲一直工作到 66 岁，单位才让他退休。不知疲倦的父亲，退休后又着手研究汉语标点符号，并出版了《标点符号的学习与应用》（人民出版社，2000 年出版）。这本书分理论篇、历史篇、用法篇 3 个部分，被誉为"中

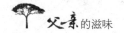

外标点符号史综合研究的开山之作"。这本书还引起台湾出版界的重视，问世第二年他们就推出了繁体字版（五南图书出版股份有限公司，2002 年出版）。无论如何，该书成了汉语标点符号的权威性著作，如果你在"百度"或"谷歌"上查询汉语标点符号问题，那么林穗芳的解释就是标准答案，他所指出的汉语标点符号的定义和用法成了海峡两岸共同的标准。

父亲的遗产

父亲一生安贫乐道，生活俭朴。走在街上，没人看得出这个瘦老头出自岭南望族。可是买起书来，他却"挥金如土"。弟弟告诉我，他有时开车送爸爸去书店买书，每次都买好几千块钱的书。我家除了书，什么都没有，可谓空无长物，家徒四壁。记得小时候，他通过北京外文书店在国外定购了一本大词典，书到北京后他在外地出差。这本词典硕大无比，我和妈妈两个人走走停停，好不容易才从邮局抬回家。退休后，他仅有的一点养老金，几乎全拿来买书了。我每次出国讲学或开会，他都开具一个长长的书单让我买。2009 年春，我应邀到巴黎法国高等研究实践学院讲学，他又开了一个大书单。这次出访巴黎特别忙，许多书没时间帮他买。对他来说，书比什么都重要，回国后不停地埋怨我。他那点钱哪儿够买外文书的，每次要的大部头外文书都是我给他买的，所以他并没留下什么钱财。然而，我们都为有如此可爱的父亲而感到骄傲，他给我们留下的精神财富，是无法用金钱衡量的。此外，我的语言天赋应该算是父亲留给我个人的一笔无形遗产。

中学时代，我理科学得比文科好，考大学时父亲希望我读理工科，因为他知道儿子口无遮拦，怕他学文科会犯错误。儿子往往有逆反心理，不让他做什么，就偏要做什么，吾亦如此。可是学来学去，转了几个圈，又回到父亲的语言学领域。尽管如此，我仍心存逆反，专门学他不会的东西。大家都奇怪北大那么多学科，我当年为什么偏偏选择这么冷僻的学科。就因为父亲博学多才，文史哲无一不通，但是他不懂考古，那么我就报考北大历史系考古专业学考古。父亲不会梵语，我就学梵语，他不会中亚死文字，我就学中亚死文字。这样做无非是想让世人知道，我的学术成就可是靠自己努力，跟老爷子毫无关系。

1990年，经剑桥大学教授哈罗德·贝利爵士推荐，我在《伦敦大学东方与非洲研究院院刊》（BSOAS）发表长篇论文，成功解读了塔克拉玛干沙漠古城新出土的佉卢文书。佉卢文是印欧语系最早的文字之一，素有"欧洲甲骨文"之称。世界上最早的佛经，就是用这种文字抄写的。即便像德国这样的语言学大国，也仅有极少数学者能解读这种文字。美国梵学家邵瑞琪教授就是在BSOAS上看到这篇论文，才邀请我去华盛顿大学进行学术交流的。

现在回想起来，我之所以能有今天的学术成就，和父亲有着千丝万缕的联系。我对考古和死文字有兴趣，是因为小时候读了家中一本书，名叫《字母的故事》。其中一个故事说，1798年8月，拿破仑手下一名驻埃及的法国军官，在朱利安要塞的罗塞塔发现了一块黑色石碑。碑文分别用古埃及象形文字、古埃及文草书和古希腊文刻写，这3种文字的排列方式说明三者内容完全相同。英军击败驻守埃及亚历山大城的法军后，罗塞塔石碑以及拿破仑在埃及掠夺的大批古物全部落入英国人手中，并作为战利品运到伦敦，成为大英博物馆的"镇库之宝"。幸亏法国人把这块石碑做了一个石膏复制品运回巴黎，并由法国埃及学家商博良成功地进行了解读。在罗塞塔三语碑铭第一部分，埃及希腊化王朝君主托勒密的名字全画有方框，并且被反复提到了5遍，成为商博良解读埃及象形文字的一把钥匙。我一下子就对古文明着了迷，以后专找这方面的书看。

父亲好读书，不善交际，除了人民出版社的同事外，往来较多的朋友只有詹伯慧、唐作藩、袁运甫、马雍、周耀文等寥寥数人；因编辑出版《世界通史》（人民出版社，1962年出版），父亲又和周一良、吴于廑成了好友。这些人无一不是大学者，父亲为我营造了一个"谈笑有鸿儒"的书香之家，我的许多知识是小时候听来的。父亲珍藏的众多语言学图书，则萌发了我对这门学科的特殊兴趣。尽管我千方百计地回避父亲的学术领域，但是人算不如天算，最后不知不觉，鬼使神差又回到我的"家学"。

父亲当了一辈子编辑，一直为他人做嫁衣裳，1995年退休后，才开始

自己的研究。在他生命的最后 15 年，搞了那么多学术研究，却从未拿过国家一分钱科研经费！为国家尽忠，为民族尽孝，淡泊名利，可谓"鞠躬尽瘁，死而后已"。然而在崇拜权势、金钱的世俗面前，他却显得那么不识时务。据《中国新闻出版报》2010 年 1 月 6 日报道，父亲"1988 年获'老出版工作者'荣誉称号，1990 年获韬奋出版奖，1991 年享受国务院特殊津贴……2009 年荣获'新中国 60 年百名优秀出版人物'称号"。他在语言学界、翻译学界亦有诸多荣誉称号，不知他是否在意，我只知道他临终前，仍念念不忘汉语拼音的规范化问题，因为以商务版《现代汉语词典》为代表的几乎所有字典，皆错误地采用拉丁体汉语拼音，并未正确执行 1958 年宪法规定的《汉语拼音方案》，目前已引发许多问题，继续下去势必造成更大的混乱。为此，他生前多次呼吁汉语拼音必须"重归罗马体"（详见周耀文《重归罗马体——〈汉语拼音方案〉字母体式问题亟待重视》，《中国社会科学院报》2008 年 10 月 23 日第 4 版）。可惜他人微言轻，因无人理睬他的建议而遗恨终生。

（作者系北京大学考古系教授）

以父亲的名义

■ 王书亚

　　我必须在孩子出生前，为他起名。这样，第一眼见到他时，才知道怎样呼喊他。如果你只笼统叫一声"儿啊，乖乖"，整个病房的人都会转过头，略带嗔意地问，"谁叫我的孩子？"

　　起初，上帝创造天地的时候，就呼天为天，唤地为地。于是天就成为天，地就成为地。随后，上帝将所有动物带到亚当面前，看亚当怎样称呼它们。亚当呼唤狮子为狮子，狮子就成了狮子。他又呼唤女人为女人，女人就成了女人。

　　在命名与呼喊的意义上，亚当成为了人类的父亲。

　　换言之，父亲这一人类角色的诞生，并未推延到亚当与夏娃同房后。父亲的意义，不只是在繁殖上有份。父亲的意义，并不是提供一个姓氏。姓氏只是生命相遇的外观设计。在我心意中，涌现出小书亚的名字时，我已开始成为父亲。反过来说，我定意为孩子命名时，是我和孩子的第一次相遇。

　　我这样看父亲的意义，意味着两件事。

　　第一，生命的关系，早在母腹之先就存在。或者说，生命是被给予的。古人对此虽不求甚解，也带着敬畏为儿子起名"天赐"。

　　第二，父亲节的意义不是对一场风花雪月的劳动节的纪念。父亲在本质上，不是体力劳动者，而是脑力劳动者。尽管父亲可能也愿意操劳一生，父亲之于儿女的意义，并不在于他的操劳、他的奔跑。

一位神学家说，一位牧师对会众最大的祝福，不是他的恩赐、能力和对他们的服侍、教导和关怀，而是他个人生命的圣洁。一位父亲也是如此。我们对下一代最大的责任，不是拯救他们，或满足他们，甚至也不是教导他们，而是去祝福（Blessing）他们——尽管真正的祝福中，也总是包含了教导、满足和看顾。

Blessing，是这个世界早已遗忘了的、父亲最大的职责。男人们作为体力劳动者，供养下一代的生活，却渐渐失去了祝福孩子的意愿和能力。因为不敬虔的男人，无法祝福孩子的灵魂；不圣洁的男人，无法祝福孩子的婚姻；无信心的男人，无法祝福孩子的德性。在这个意义上，有人说，今日的世界，是一个"无父的世界"。

我如此阐述，不代表我如此生活。因我常落在试探里，无论在孩子或弟兄姊妹面前，我更愿意显示出自己是一个能干的人，胜过显示出自己是一个有爱心的人。

在一个世俗主义的时代，人们对一个故事的期待，也像对一位父亲的要求那样，总是把能干和爱心捆绑起来。因为人们不再相信这两者之间需要一座洒满鲜血的桥梁。就是，如果我们的角色不被祝福，人间的爱本身是无力的，无论父爱还是母爱，都并不必然通向能力。

真正的力量，来自祝福；真正的血路，不是自己洒出来的。就像我们的名字早于我们的出生，在我们尚未做成一件事之前，就已被命名、祝福。

然而，当一位父亲对孩子的爱，被理解为本身具有一种超自然的能力，那么任何对父爱的讴歌，就像对母爱的赞美，都沦为一种原始的偶像崇拜。本质上就是一种男根崇拜。

上述杂感，其实是我对这部感人电影（《良医妙药》）的评论。父亲值得赞许的牺牲、智慧和勇气，同时迎合了我们内心的男根崇拜。

2006年，记者吉塔·安南德写了一篇报道《治愈：一个父亲如何快速筹集到1亿美元、建立医药公司并拯救了自己孩子的性命》，获当年普利策奖。电影改编自这个真实的传奇。

约翰·克罗利是一位公司高级主管。1998年，他的一儿一女同时患上罕见的庞倍氏症。当时这病无药可治，孩子们只能坐轮椅，随时可能衰竭而死。克罗利翻阅医学刊物，看到有一位罗伯特教授提出了一种开发特效药的新理论。尽管克罗利没有任何医学及生物学背景，他却辞去工作，找到教授并说服他研发新药，并承诺募集1亿美元成立药物开发公司。

后来，他们被一家更大的公司收购。2006年新药研发出来，被FDA（美国食品医药管理局）批准。克罗利的两个孩子因此恢复了健康，他本人成为千万富翁。这个过程中，克罗利也因孩子的病情加剧，屡屡剑走偏锋，破坏游戏规则，以致最后与罗伯特教授分道扬镳。

对任何成功故事的解读都有两种基本方式，一是带着敬畏，一是带着骄傲。一个拯救的故事和一个创业的故事，也就是爱心和能力，混在一起时，很容易让人落在另一种试探里：你到底更愿意显示为一个能干的人，还是有信、望、爱的人；因着骄傲，人开始失去辨识。

当一位父亲失去对这种试探的辨识时，就开始失去对孩子们的祝福。按照耶稣基督的话，这是个吊诡的世界：失丧生命的，反得着生命；得着生命的，却失丧生命。

为克罗利和他的孩子，也为全世界数万名庞倍氏症患者，我实在感恩。看了电影，我也对这位真实的父亲有代祷的负担。因这实在是奇妙的故事。人拿着一枝歪笔，可以画出一根直线。克罗利被拿在上帝手中时，那位天上的父亲，藉着这位地上的父亲，也画出了何等笔直的一根生命线。

我想，如果克罗利先生不了解这一点，这将是个多么危险的故事。除非我们承认，自己并不是孩子生命中的拯救者，不然，我们无法继续成为他们生命中的祝福者。

补充一句，看这部电影，碰巧是在父亲节。

一次报复行动

■ 刘秀芳

那是 1973 年夏天，中学毕业的我因为不甘心在家做一个面朝黄土背朝天的农民，便要求抗日战争时期就参加革命的父亲给我争取一个招工名额。那时父亲是一家国营公司门市部的主任，官不大，也没什么权力，但他的不少战友都有职有权，给我找个工作并不是什么难事。

但跑了一圈后，父亲也没有给我要到招工指标。我并不灰心，因为父亲还有个更大的靠山：父亲战争时期警卫过的某军分区司令王某某此时正任我们省的第一把手。就在 3 年前，还是我们省第二把手的这位首长，到我们所在的县视察工作时，曾专门接见过我父亲，而且在得知我们家要修建房子后，大笔一挥批给了我们家一整车木材。如今首长位高权重，想解决个招工名额那是易如反掌。父亲先是一口拒绝，最后终于还是在我和母亲的轮番"轰炸"下，答应去省城找首长一趟。

当天父亲就回来了。面对着满脸期望的我，他沉闷了半晌后才说："首长的女儿也下乡做了农民。"说到这里他拿出一个红塑料皮日记本，扉页上写着一行龙飞凤舞的钢笔字：响应党的号召，在广阔天地里锻炼成长！下面落款处是父亲首长的名字。不用问，我到城里当工人的梦想已彻底无望，我又悲伤又绝望，忍不住哭了一个通宵。

半年后，我们省的这个王某某被打倒了，喇叭里报纸上天天都在对他进行无情的批判。偶尔一次，我从关于他的批判资料中，得知他的女儿并没有下乡，而是在省城工作。我顿时有一种被欺骗的感觉，当着父亲的面，我把那个塑料皮本子撕了个粉碎。之后我又找出父亲特意收藏的几张和王某某的合影照片，拿出剪刀就要剪，父亲一步冲过来夺下，结巴着说："闺女，闺女，你怎么能这样做？你不要错怪了首长。"我说："他是个走资派，是人民的敌人，你应该和他划清界限。"

父亲沉默了好半天才说："我，我根本就没去找首长，那个本子是我买的，上面的那句话也是我找人写的，与首长无关。"

我根本不相信父亲的话。因为我知道，以父亲对王某某的感情，就算是让他替王某某去死，他保证连眉毛也不会眨一下。他现在这样说，不过是为他的首长揽过这份责任罢了。一想到这里，我内心的怨恨更加膨胀。之后的几天里，我找来很多批判王某某的材料，故意放在父亲能够看到的地方，有时甚至大声读那些批判材料。大概是为了眼不见心不烦，父亲干脆住在单位上不回家了。谁知，父亲这一住单位，竟招来一场大祸。

事情是这样的。父亲平时爱喝点酒，那段时间因为心情不好，沾酒即醉。有一次在单位喝醉了，竟当着单位十几号人说起王某某的功绩来。结果被人汇报到上面，父亲当即被停职检查。整整6个月，父亲写了将近50份检查，在检讨会上痛哭流涕并自我批判了近20次，最后才勉强得以通过。

在父亲被停职检查的6个月里，由于工资停发，我们家度过了一段异常艰难的日子。也正是这段时间，我从母亲那里得到证实，那个红塑料皮本确实是父亲买的，扉页上的题字也确实是父亲找人写的。母亲如此解释父亲这样做的原因："你爸不找首长走后门，是因为怕让首长犯走后门的错误啊！"

几十年过去了，到现在我仍然是一个农民。但我不再怨谁怪谁，回顾当年自己做的那件荒唐事，我虽然已向父亲道过歉，但我还是充满深深的内疚。如果不是因为我，父亲就不会遭受那6个月的屈辱，我们家也不会因为工资停发而遭遇艰难。

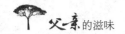

要父亲还是要法律

■ 叶匡政

前两年，有个女大学生举报父亲包养情妇，在坊间引起巨大争论。此事是值得讨论、辩白清楚了，我们对人伦或法律都会有一些更为明智的认知。早在《论语》中，就有同样的故事，几千年来常常引起各种争议。

这个故事叫"证父攘羊"，攘的意思为窃取。楚国有个高官称为叶公，他对孔子说：我们这里有个能行"直道"的人，他父亲偷了别人的羊，儿子去告发了。孔子听后说：在我们这里直道与此不同。父亲为儿子隐瞒，儿子替父亲隐瞒，直道才在其中啊。朱熹对这个故事的批注是"父子相隐"，这是天理人情的必然，所以不求做个直道而行的人，直道也就在其中了。

过去人们多讲孔子的恕道，很少言及直道，其实直道在孔子思想中是一个重要概念。父为子隐，子为父隐，说的是父子亲情，这种亲情在孔子观念中源于自然，也就是基于天道而来的。所以直道表现了人的真性情，冯友兰对直的解释是"内不以自欺，外不以欺人"，乃是一种率性之道。儿子不愿为父亲作证，是不忍心看到父亲受惩罚，而指证父亲偷羊则违背了至高的血亲之道，隐瞒此事反而成了合乎直道的行为。孔子说这个问题，是从人性角度来说的。

而叶公说的直道，是从人的社会属性来说的。从社会和法律角度来说，父亲偷羊儿子去告发他，属于正直的行为。偷羊犯法，社会成员理应出于维护公义的需要，不论亲疏都应加以坦白。几千年来，这也成为一些人诟病孔子的地方。

其实在欧美法律关系中，也有沉默权和至亲家眷不用互相举证的规定。这个规定不是担心串供，目的仍是希望不损害到人的亲情。当社会没有人伦之情作为基础，亲情都无法信任时，法律的严明也就丧失了它本来的意义。在澳洲，有类似司法案例，父亲倒卖毒品，女儿知道毒品所藏之处，但拒不向警方交待。于是警方以包庇罪起诉女儿，法院最终判女儿无罪。理由很简单，要保证社会中的人伦和亲情不能受到法律的伤害，否则危害性甚至大于刑事犯罪。因为警方完全能通过其他方法来获得证据，没有必要非得一定从女儿身上寻求突破口。《孟子》中也有这样的故事。桃应问孟子，假如舜的父亲瞽叟杀了人，舜作为天子，该怎么办呢？孟子回答，舜应该将天子之位像扔掉破鞋一样抛弃了，然后偷偷背着父亲逃走，找一个海边住下来，一辈子会非常快乐的，把曾经做过天子的事忘掉。孟子在这里强调了一个前提，就是舜要抛弃他的天子之位，因为天子之位是有社会属性的。当舜不再是天子，而只是一个儿子时，他就可以把尊天道、循人情作为自己人生最高准则了。而且这样他会非常快乐的，因为他让亲情超越了天子之位所带来的尊荣。

儒家思想中，更为推崇的是一种价值的自觉，也就是说对一切秩序的遵从，需发自内心的，而不是外力强加给你的。孔子说"齐之以刑，民免而无耻"，他认为社会不能没有法律，但法律不能解决所有问题。人伦秩序是一个社会的基础，对它的尊重甚至要超过对法律的遵守。一个社会中有了讲求人伦、内省的人文氛围，那些有意犯罪或犯了罪的人才会真正生出羞耻，才能真正带来社会环境的改观。正是在这种思想的指导下，孔子才会认为"父子相隐"是合乎道义的。

这里不是说亲人间就一定要纵容姑息彼此的罪行，而是认为举报之责，不应出现在父子之间。亲人可以用劝告来让对方明白自己的错误，如提倡亲人之间互相监视或告发，只会加快损毁一个社会的基础。30多年前，那个相互告发、大义灭亲的年代，就曾让很多人丧失过对生活的信心。中国早自秦汉年代，就有过一些律法，对出自亲情本性隐匿至亲的罪行，肯定了它们的合理和正当性。

我的父亲蔡定剑

■ 蔡克蒙

　　知识分子要有对国家和社会的责任，你要有毅力，要细心。

　　2010 年 11 月 22 日凌晨，父亲走了。21 日一早，我和母亲就被告知：他已经出现了严重的呼吸衰竭，需要做好心理准备。这一天我守在他的床前，肿瘤使他粒米难进，胳膊消瘦如柴，而腹部却肿胀如鼓，我不忍心看他。他几乎整日昏迷，仅是在下午他多年的老朋友王振耀先生前来探望时，微微睁开眼睛，示意我们将他的新书《走向宪政》赠给王老师一本。其余的时间，他只能在床上吃力地喘着气。到了晚上，他已感觉不到持续折磨他 500 余日的痛苦。我和母亲觉得此时离开对他或许是一种解脱，凌晨 3 时 30 分，他永远地走了。

　　父亲并不算博古通今、学贯中西，也很少在朋友交际上投入时间。对他交友能力的怀疑，甚至让我向父亲的学界友人请教问题时都会惴惴不安。既非大家又难称名流的他，在身后引起了这样大的反响和追思，这是我和母亲，或许父亲自己从未想到过的。父亲虽然奋笔疾书，却很少涉及我们年轻学子顶礼膜拜的政治哲学，如康德、黑格尔或施特劳斯。他外语能力并不出色，虽然能阅读一些英文的专业资料，也能对付出国的英语交流，但他组织的英语句子常为母亲和我所诟病，遑论像很多我崇拜的学者那样精通日德法等多国语言。他对待书籍的态度很功利，由于他缺少时间，往往是研究需要哪个领域他才会看哪个领域的书。他倒是十分关注与学术没有太大关系的各类报刊，这令我颇有些不解。父亲走后，我才发现我对他的理解是多么的片面。学界、媒体与民众的悼念与追思，帮助我拼成了一个更完整的父亲；帮我认识了小时候夜里两三点醒来，看到他书房中夜阑烛火的价值；明白他拆开那些申冤叫屈的信件并写回信的意义；理解他电话中，不厌其烦地解答记者关于民主宪政的一些基本问题所带来的影响。

2009 年 6 月 22 日是一个我将牢记终生的日子，那时我正值大四，在北大校园中摆摊卖书，母亲电话通知了我父亲体检查出胃癌肝转移。我含泪赶回家，看到眼睛哭红了的母亲在看体检报告，而父亲已经平静地坐在沙发上改着法大本科生的宪法试卷。他看到我哭着回来，微笑着淡淡说了一句："没关系，不要紧。"我知道父亲并不是一个会讲"一死生为虚诞，齐彭殇为妄作"的淡泊生死的文人。父亲看重人世，留恋他的工作和生活。因此，父亲积极地配合治疗，以前发烧感冒从不吃药的他一年中不知喝了多少中药汤。我曾想让父亲在治疗时散散心，送了几本闲书给他看，希望能够减轻患病给他造成的郁闷。可父亲在病榻前从没翻过这些书，而是依旧去看与他研究的民主制度有关的亨廷顿、熊彼特和达尔。

我在父亲做化疗陪护时，曾经无意中听父亲叹息自己的病，"这都是命"。我知道父亲是一个不信命的人，如果信命，他或许还在江西农村务农。父亲 1956 年出生于南昌新建县一个普通的农村，在家中兄弟姐妹六人中排行第二。他 18 岁高中毕业后并不甘于在家务农。对那个年代的农村青年而言，当兵是他们离开农村唯一可能的出路，因此当兵的指标是抢手的香饽饽。可我大伯已经入伍，占了家中入伍的名额，而村子中的民兵连长又希望自己的侄子被征召。父亲不甘心，给招兵连长写信、表决心，终于打动了招兵连长成功入伍，驻守福建连江海防前线。在部队中，父亲文化素质较高，文笔又好，提干本来很有希望，但他所在的连队却因为编制调整被裁撤，导致他丧失了提干的机会。1979 年是恢复高考的第二年，父亲那时已是一名 4 年的老兵，即将退伍，家中也劝其返乡务农，但父亲实在心有不甘，希望能够搏一搏高考。部队有规定，22 岁以下的战士有资格从部队参加高考，而父亲当时已经 23 岁，可父亲求学的诚意打动了营长，他争取到了全营仅有的两个高考指标之一，并成功考入了中国政法大学。早年坎坷的经

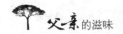

历使他明白一个人因为并非自己能够左右的条件而遭受不公平待遇的痛苦。他走上反歧视的道路并非来自于他的阅读，而是当他看到优秀的年轻人从农村考入大学、成功地通过教师考试，却因为乙肝"小三阳"而不能入职时感同身受的痛苦。

父亲总觉得我生活的物质环境过于优越，缺乏磨砺，因此总想将我在夏天送到江西老家的农村"忆苦"。他常说："你应该感受一下赤脚在能够烤熟鸡蛋的石板路上行走，在充满蚂蝗的水田中插秧的苦。"在他看来，他和母亲已经为我提供了相对优越的家庭条件，因此我应该选择推动社会进步，实现社会公平作为自己的事业。得知父亲生病后，我曾打算放弃赴法国留学的机会在身边陪他，可被父亲拒绝。母亲告诉我他不希望耽误我的前程，不想让我看到他受苦，而他更觉得民主和法治的事业需要我们年轻的法律人去推动。

父亲生前给予我很多教诲，有一句我会铭记终生。而他走后引发了如潮的悼念，亦有一句话令我刻骨难忘。2009 年 9 月 6 日我飞往巴黎留学前一日，父亲去上海闵行参加公共预算改革的会议，7 日飞回北京直接从机场送我走。他在机场对我说："克蒙，你要记得，知识分子要有对国家和社会的责任，你要有毅力，要细心。"

2010 年 11 月 26 日父亲的追悼会上，一位长者对我说："我不是学法律的，和政法大学也没有关系，我只是个普通的中国人，来谢谢他所做的。"

（作者系巴黎政治学院 09 级硕士）

谁动了侯耀文的遗产

■ 程西冷

> 我们一直这么擅长窝里斗，每个家门都是玄武门，每个家庭都有个李世民。

有个段子说，在富翁葬礼上，一年轻人哭得死去活来。不明真相的人问："是你父亲吗？"年轻人哭得更厉害了："不是，就因为他不是我父亲。"与遗产无关的人，还能为此痛哭，那些与遗产相关的人要为这遗产奋不顾身，更在情理中。

所以那些生前得体的、讲究宽恕的人故去了，剩下的事情就免不了让人对这逝者的人生有所哀叹。帕瓦罗蒂的遗产处置来了一次"乾坤大挪移"；陈逸飞的遗孀和长子打起了跨国官司；陈晓旭的父亲说，她生前的巨额遗产都在师父净空法师手中；而"地产女王"龚如心的遗产，本来据说要建立"中国诺贝尔奖"的，却忽然杀出一个神秘风水师陈振聪来，把龚如心剪下送他的辫子拿出来做证据，试图以此证明二人乃是情人，因此不仅要分一杯羹，更要"全权接管"。套用张爱玲讲虞姬的话，"我不喜欢这样的收梢"。

但这不好看的收梢还在一遍遍上演着，日光之下无新事，让人生无谓感慨的，却是常换常新的段子。继因遗产分配问题把自己的妹妹告上法庭之后，侯耀文的女儿侯瓒又对伯父侯耀华提起诉讼，称其侵吞父亲侯耀文的财产。这真是个法治社会——名人和名人的子嗣都为法庭的可靠向公众

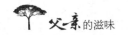

做出了表率。而另一方面，侯耀华则自称"用心做事，上天看得见"，简直像法理和人情的对决了。

两个人吵架，你说你的我说我的，旁人听得不明所以，也怪无趣的，此时最好再跳将出来一个主持公道的，拉拉这边，扯扯那边，透露诸多细节，这架才算好看。就像贾静雯发声明找女儿，只见一张双下巴的哭泣脸，算不上赏心悦目，只有当各自的干爹娘、远房亲戚、世交好友都出来说话、作义愤填膺状，一片昏天黑地的场景，才算是做足了戏。侯耀文的遗产一案，因为有郭德纲这样的"社会名流"力挺侯瓒，必要时甚至愿意"出庭作证"，更热闹了些。

都说侯门深似海，前年王朔大嘴巴爆出歌手谢东是侯宝林的私生子。传说素来注重家族声望的侯耀文闻知此事后气得不轻，心脏病发与此也有关系。但我们历来只能看看海边的浪花。说起大家豪门的人物关系，语言从来都是乏力的，都得画图，线索复杂得要打架。有遗嘱的，看遗嘱分配，能见生前亲疏；没遗嘱的，闹上法庭，要看"公序良俗"。

古人常常有这样的故事流传，譬如两方因利起争执，闹到衙门，受到一番思想教育，遂深觉羞惭，撤诉和好归去。亚当·斯密说过，财富的创造不仅取决于分工、资本积累和对外贸易，还取决于人们高尚的道德和伦理。但他是18世纪的古人了——现在总说"人心不古"，毕竟"古"了，不过是得个"道德高尚"的虚名。还是别墅、手表、字画、钻戒更实在些，不管是捐给国家，还是留在家里，都很体面。

季羡林曾说，对于世态炎凉，他体会最深。却不知这位老人为什么生前没有对此制定明确的分配措施，徒然在自己身后引发了另一场令人体会"世态炎凉"的争执。柯灵的骨灰曾经在故居放了8年才得安葬，侯耀文的骨灰在八宝山骨灰堂放了两年，可能还要继续放着。这话说得不免使生者脊背发凉，也许只是离财富太远，实在够不着而已。我们一直这么擅长窝里斗，每个家门都是玄武门，每个家庭都有个李世民。

世界上最伟大的父亲

■ 王书亚

　　张飞丢了徐州，失了嫂嫂，要在刘备跟前负罪自刎。刘备拉他起来，说：“弟兄如手足，妻子如衣服。”有生以来我第一百零一次听见此言，却是第一次在少儿节目中听到。我心中喊一声"Cut"，回头一扫，幸好乖儿子不在。掐指一算，这个电视台再不悔改，18年后的离婚率，又要升高5个百分点。

　　今年垃圾特别多。有人拼了老命，想在365天内把优秀传统灌输一遍。有天吃饭，忘了关电视，忽然听见少儿频道的驳壳枪声多了起来，不是打鬼子，就是打内战。暴力一经过动漫，就被非道德化。可怜天下父母，你一年挣再多钱，又如何拼得过十数亿的宣传经费呢。

　　本来不想送孩子上幼儿园，狠了心要"家教"。一家育儿周刊的老总说，去年大地震，表现最好的老师就是幼儿园阿姨，一个接一个把孩子抱出去。他说，当今教育界，宏大叙事尚未压倒妇人之仁的地盘还有哪里呢？最低端的最干净，你都不去，高端的你倒敢？

　　一时气短，就送孩子去了。其实我砸了电视也没用，瞅着红领巾也干着急。诗人鲁西西是基督徒，她女儿一直跟她"家教"，到今天，是个成功的例子。和郑渊洁一样，许多媒体都感兴趣，以为是创新的天才儿童培训法。其实相反，这恰恰是不打算出天才的教育。不把孩子当天才，也不拿他当傻瓜，就把人当人，把孩子当孩子，把童年当童年。

　　不是鲁西西胆子大，是她爱心大。使徒保罗说，"栽种的是我，浇灌的是亚波罗，但唯有耶和华，能使万物生长。"儿子长到两岁半，最大的感

触就是他实在不是我们养大的。若只靠我们，都死 100 回了。

所以父母是尊贵的职分，一个有神形象与样式的生命，居然交给我们照顾。又以父子的身份，将孩子的身体灵魂，暂且托付在我名下，所以父母也是卑微的角色。生命不是我们创造的，性爱是承载生命的管道，不是创造生命的魔术。孩子来到我们家，是要我们在他面前做慈爱的父母；在神面前做忠心的管家。

就像国家也不是革命者缔造的，杀人杀不出一个国家，不管杀的是什么人。这套动画片的主题曲也很少儿不宜，不过有句词还有意思，唱的是："新城立，旧城破，守得住什么？"

忽然想到，打天下和养子女也差不多。很多时候，养子女就是小老百姓打天下的基本手法。一部《三国演义》，就是反复守城和攻城。养儿女也是，不断地送出去，又不断地接回来。所谓成长，就是两个世界之间的攻防战。

两年半了，我的体会是，当父母就跟当官一样，很容易上瘾。最容易上瘾的就是当父母官。一上了瘾，就太把自己当回事。就如李尔王的悲剧，他不但想做女儿的父亲，还想做女儿的上帝。一个想垄断女儿的爱的父亲，和一个压根不爱女儿的父亲一样，都是烂爸爸（引用孩子语）。换言之，一个想垄断公民的爱的国家，和一个压根不爱公民的国家，都是烂国家。

其实不是两种烂爸爸，是一种烂爸爸。想垄断对方的爱，本质上就是不爱。因他爱的，乃是自己，包括迷恋"父亲"这个被偶像化了的身份。也不是两种烂国家，是一种烂国家。因为想垄断公民的思想和不顾惜公民的思想，都出于无情。情有独钟，已交给了"国家"这个被偶像化了的图腾。

刚看了部美国的独立电影《世界上最伟大的父亲》，是无情嘲讽父亲角色的黑色幽默。一个高中教师梦想成为名作家。他儿子孤独、悖逆，迷恋色情网络，一个典型的 E 时代自闭症患者。两父子貌合神离。一天儿子因手淫窒息而死。父亲伪装了自杀现场，代写一份遗书。结果这篇伪作成了他一生中最打动人的文字。他儿子被视为孤僻的天才、深邃的流星，被整座校园膜拜。他也不能自拔，继续仿冒儿子，熬夜写作，出了一本遗作。果然靠儿子的死吃饭，成了名作家，上了电视。

三国的故事，一言以蔽之，就是伪父临朝，易子而食。从家庭，到朝廷；

从私家，到国家。这世界几千年来，最大的悲剧就是伪父临朝、孤鸿遍地。明明是人，又不甘心，要做人上人。明明是父亲，又守不住父亲的位分。明明是公仆，也不甘心，想与主人齐头并驱。结果就是伪父临朝，魔鬼附体。

所以，弟兄比妻子重要，因为弟兄是拿来打天下的，妻子是拿来坐天下的。所以，国家比公民重要，因为国家是拿来登基的，公民是拿来垫背的。所以，父亲也比儿子重要，因为父亲是拿来升级的，儿子是拿来光宗耀祖的。

地上没有伟大的父亲，也没有伟大的国家。因为伟大这个词不应该拿来形容仆人。上周孩子高烧不退，哭了。我劝他男孩子不哭，他转头说，"对，我没见爸爸哭过。"我一听，忽然难过了。我儿子没见我哭过，我还算什么父亲。我岂不成了"世界上最伟大的父亲"，成了他心头虚假的偶像。我就赶紧说，"爸爸也哭过，爸爸和你一样软弱，你和爸爸一起祷告好吗？"

晚上讲故事，我说，"就像暴风雨来了，爸爸抱着你，快快躲进一座凉亭。因为你是小孩子，所以躲在爸爸怀里。但遮盖你的，不是爸爸，而是凉亭。它遮盖了你，也遮盖了爸爸。两年半来，我们和妈妈一起，就坐在它的荫下。"

这么多年了，我和我的父亲母亲又一起坐在谁的荫下？那称得上"伟大"的，若不在红旗飘飘的街头，又在哪里？

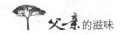

牵 手

■ 林青霞

对父亲的第一个记忆，是在我三四岁那年。

每当接近黄昏的时候，我总会蹲在眷村的巷口等待爸爸回家。父亲个子高大英挺，穿上一身军服，更是英俊潇洒。见到父亲的身影出现，我总会扑上前去握着他的手回家。我那小小的手，紧紧地握着他的大拇指，那种温暖和安全感，就好像已经掌握了整个世界。

父亲是个山东大汉，为人直爽，待人真诚，他生性幽默，一生俭朴，并且知足常乐。

在我生命中最忙碌的20个年头里，母亲为了保护我，跟着我东奔西跑、寸步不离，哥哥、妹妹又远在美国，父亲经常独自一人留在台北家中，本以为这段时间是我们父女情感的真空期，现在回想起来，才明白当年他正在默默地支持着这个家，他是稳定整个家的力量，他令我们在生命中勇往直前，没有后顾之忧。4年前父亲身体因为肝硬化而起了变化，必须每两三个月接受一次栓塞治疗，父亲虽然不愿意去医院，但由于对我的信任，总和我携手共度一个个生命的关口。每当做完一次治疗，他总会忍着痛微笑着对我说："又过了一关。"我也总竖起大拇指说："爸！你真勇敢！"在这4年当中我们也不知共同度过多少个关口。感谢上帝给我机会和足够的体力，使我能经常陪伴在他老人家身边，真切地感受父亲的爱、感受他隽永的智慧以及面对生死从容的态度。在父亲最后的岁月里，哥哥、妹妹、我、女婿、孙女们，还有父亲的老朋友轮流来探望他，尤其是孙女们，逗得姥爷非常开心。父亲还特别告诉我，见到爱林和言爱，他内心是如何的充满着喜悦和幸福，也感恩于自己所拥有的亲情友情和生命的圆满。最后一次陪父亲到国父纪念馆散步，父亲紧紧地握住我的手，脸上呈现出来的神情既温暖又有安全感，就仿佛是我小时候握着父亲大拇指那种感觉一样。父亲平安地走了，虽然他离开了我们的世界，但他那无形的大手将会握住我们儿女的手，引领我们度过生命的每一刻。

活着就是幸福

■ 贺 山

父亲是1994年12月25日去世的。那一年父亲89岁，我47岁。父亲患病最初症状是发烧，因为我和母亲都在医院工作，所以采血化验、一般性检查都是请人来家里进行的，输液也是在自家床前。然而仅过了一天一夜，专家便提出，病人肺炎加重，必须立即住院。

父亲自始至终昏睡着，偶尔醒来看到我们，说："你们都来了。"后来，在一次转院中，他清醒过来，看到我女儿，说了一句："小沂沂来了。"——岂料这竟是老人家留在世上的最后一句话。

父亲住院后，尽管用了大量的抗生素，医疗护理也都尽力了，然而一周下来，病情丝毫没有缓解的迹象。病区主任对我和母亲说："你们应当有思想准备了，贺老恐怕不行了，毕竟也算高寿。"我一下子就崩溃了。我曾参与过许多次对危重病人的抢救，亲眼目睹过数也数不清的生离死别，面对父亲的两次危重抢救，我都挺过来了。然而这一次不同，得知我即将永远失去父亲，我竟这样不能承受，这样不堪一击。

白天我忍了又忍，到了夜里，我再也抑制不住，把自己蒙在被子里痛哭——我这一辈子还从来没有这样痛心地哭过。一想到我将永远失去我亲爱的父亲，永远，永远，这真是世间最悲惨的事！

经历了极度悲痛的一夜之后，工作、生活、照料父亲，一切如故。我却恍若隔世，似乎变成了另一个人。又熬过了一个多星期，在一个凄风苦雨的凌晨，父亲终于静静地走了，后事也在几天内办完了。在整个过程中，包括和父亲最后告别时，我都没有再掉过一滴眼泪。"哀莫大于心死"，"痛过头了便不再感到痛了"，在那段日子里我变得麻木，心如止水。

父亲贺素农，1905 年生，湖南宁乡人，贫民出身，小时候靠母亲帮佣为生。他只念过几年的小学，靠自学居然考上军医学校，后又进入国防医大，毕业后在国民党军队供职，是一名军医。新中国成立前夕，加入解放军二野部队；新中国成立后，先后在军队和地方工作。

父亲一辈子都是医生，而且是好医生。1955 年肃反运动时，他被迫离开单位自己开业，然而没过多久他的诊所就声名在外了。只要病人需要，哪怕是半夜三更他也随叫随到。对于家境贫困的患者，他总是少收费或者不收费。父亲能赢得群众的广泛敬重和爱戴，更多是因为他的态度和精神，而非凭借他的技术。

父亲很传统，平素寡言少语，生活简单朴素，刻苦自己，关爱他人。除了为工作、家庭操劳忙碌外，几乎别无所求。在他身上能看到军人作风：坚强，雷厉风行，不讲废话。又能看到旧知识分子的节操：实事求是，不炫耀自夸，不自私自利。

父亲的另一面，则是隐藏在内心深处的家庭观念和儿女情长。每当不得不离家去外地工作时，他总为自己不能像平日那样为妻子分担家务、照顾子女深感不安。但他什么也不会说，只是把钱都留给家里，叮嘱家人不要去送行，孤独地提着旧手提箱离开。

好多年，父亲孤身一人在偏远的小县城医院工作。"文革"中，又被下放到农村劳动。父亲爱劳动，把劳动看成锻炼身体。那一年，他已 60 多岁了，背着一个粪筐，为队里拾粪，干劲十足。当地的农民都很尊敬他，称呼他"贺医生"，尽管那时他已无权为人看病了。

后来落实政策，父亲恢复工作，又要回城了。乡亲们闻讯赶来，为他送行，连平日作恶多端的几个坏头头都来献殷勤。父亲对人一贯亲切而大度，但对那几个坏头头视若未见，提上旧手提箱，头也不回地上路了。

父亲对家人充满了感情，却又从来不显出亲昵，我只能从几十年寻常生活中的点点滴滴来感受父亲的关爱之情。我身边至今还保存着父亲 1972年写给我的一封信，信上这样写道："近几天来望眼欲穿地盼望你的来信，

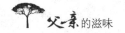

今天总算盼到了，使我松了一口气，丢下了多天来的思想包袱。你 17 日走的那天，正好遇上西南风，从上午 9 时刮起，一直到下午 6 时许才停止，风大骑自行车阻力很大，我当天心里感到很不是滋味，悔不该叫你走了。你走后我非常担心你在途中吃苦受累，天黑前能不能赶到家，路上有否出问题，甚至顾虑到一天的劳累过度会不会害病……我这一连串的忧愁，一直到今天收到你的信才算解放了。看了信知你平安抵家，想不到你几年来身体锻炼得这么强，这么大的劳动，可以说胜过了多少个万米运动，你终于克服严重困难到达终点，这不能不使我感到最大的欣慰！也是你最大的胜利！"

父亲写这封信那年，我在一农村插队，父亲在另一乡下劳动，两处相距 200 余里地。为了省下几个路费，我骑自行车往返。当我在路上艰难前行时，没想到父亲的心一直在牵挂着我……这是父亲留在人间的唯一的亲笔信，字里行间都是父亲那无比亲切慈爱的音容笑貌。

父亲去世十几年来，每年去扫墓，妻子总是以种种理由跟着我，不让我独自一人前去。每每到了父亲墓前，她一边祭扫一边不住地和父亲说话，我只是呆呆地伫立在父亲墓前，心里想着父亲，嘴上却一句话也说不出来。我多想独自来到父亲身边，痛痛快快哭一场！把心中的痛苦怀念化作泪水，似天上的雨水般倾盆而下！我难过的是，这一辈子我从来没亲近过他老人家，他那么古板，那么不苟言笑，以至于子女想爱他、亲近他而不能得。活着不可能，死后就更不可能了。还能说什么呢？好在我知道，父亲希望我们大家都能好好地活着，活着就是幸福——这，也许是对父亲的最好纪念吧！

父　亲

■ 宁财神

> 他想买几亩山地，种茶花，养鱼养鸟，院子里有山泉流过，
> 那是他一生梦寐以求的生活……

真的很快，一眨眼，老爸走了一年。300 多天，一切历历在目，真的就像昨天发生的事。

我记得，最后一次跟他聊天，他躺在病床上，胸腔积水，呼吸困难，问他，等病好了你想去哪儿啊？他说，回家。

最后还是没能回家，从医院直接去的殡仪馆，火化的时候我也没敢去，怕万一崩溃，家里两个女人没法收场。

他在家待的最后一夜，是我们的新婚夜，婚礼原本是办给他看的，知道他不行了，赶紧挑日子，趁他还健在的时候办掉，也算了了桩心事，可惜，那天他浑身剧痛，一切都准备好，他硬是撑不住，自己在家苦熬了一宿。

终于没看到婚礼。第二天拿着婚纱照，去高危病房，一页页翻给他看，看完说句：挺好。

大理的房子，我跟他一起买的。我和妻，和白眉两口子转云南，到大理，风景美得乱七八糟，顿时爱上，回上海跟老爸说，咱买套房，等你们退休去住。老爸跟我一起去了大理，一看，也爱上了，当场拍板，付钱。

回来之后，老爸每天琢磨，怎么装修，画图，设计，跟我商量装修风格。我知道，他在设计退休后的每一天，他想买几亩山地，种茶花，养鱼养鸟，

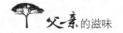

院子里有山泉流过，那是他一生梦寐以求的生活，只要多两年，一年，就可以实现。

大理的房子，到现在还没装修，一是没时间，二是我不确定装修成什么样他才会喜欢，无论如何，那套房子的主卧室，我会把他的照片挂在最显眼的位置，那是他的房间，我希望他能看到，窗外的苍山和洱海；能闻到，从厨房里飘来的牛肝菌，混合院子里的山茶味道。

他走后，我一直想写点什么，把写字板打开，却一个字也写不出来。父爱如山，重到压得人透不过气来。不如老实点，把思念放在心里，等到心淡了，再写，也许能看得清楚些。

我每次梦到他，心里都知道，他已经走了，但在梦里，哪里管得了那么多，有次我做梦上厕所，忽然我妈把卫生间门打开了，说，你看谁来了。我妈一闪身，我爸笑眯眯走过来，我直接起身，抓着他的手，一句话也说不出来，那时候才知道，什么叫百感交集，几秒钟后，由于过度兴奋，醒了，极其遗憾，没能多跟他聊一会儿，哪怕多看几秒钟呢。

直到现在，我都一直认为，他只是出了趟差，也许几十年后，我们会在某个空间重逢。一直这么想着，所以心里也始终不是那么难过。这一年来，碰到过朋友丧亲的，我都用我自己的方式去安慰对方——尽人事，听天命。

生前，一切能做的都做到，没有留下遗憾，也就可以了。

每个人的一生，都是注定的，在他出生的瞬间，就已经决定了死亡的时间。作为凡人，我们无力改变，那就乖乖听从上天的安排，谁知道来生会不会再见呢？即使不会，这一生的缘分也注定了。在我有生之年，会一直记着他，在我血管里，流淌着他赐予我的血液，我用DNA的传播方式，替他延续着生命，完成生命存在的价值和意义，足够了。

我在27岁之前，被老爸宠到令人发指的地步。随便举个例子吧，我是干编剧的，时差不定，经常晨昏颠倒，我爸经常半夜两三点起床给我做饭吃，而我居然对着热腾腾的饭菜表示不耐烦：我正写东西，别来吵我。

后来想想，如果是我的儿子这么对我，老子一脚踹死他！什么玩艺儿！

可我爸，硬是把这种状态，坚持了十几二十年。每天都是一大桌热腾腾的饭菜，至少三菜一汤，每天都是。那时他感到身体不适，虽然不知道具体病情，但也做好了牺牲的准备。离家前，把菜谱写到本上，同时开始教我妻烧菜，直到把所有手艺都传给她之后，才放心地去住院。我爸知道，我嘴刁，除了他的菜，什么都不能久吃，那些菜谱是他送给我的最后礼物，也是一生的礼物。我妻烧熘肉段，我最爱吃的一道菜，味道其实跟老爸烧的没什么区别，但我每次都只给她打98分，最后那两分，留给老爸，只给老爸。

住院后，我每天傍晚时去看他，一起在草坪上散步。有天晚上，他忽然有些感慨：嗨，死就死呗，我这辈子，还有什么不知足的呢？作为儿子，我当时只能说，别胡说八道，你又不是大病，死不了，过几天开完刀就回家啦。当时我若有机会，能跟老爸好好聊一下，听听他对这一生的想法，该多好？可惜，再也没机会。

他住院那一阵，我在写一个电影，喜剧。在MSN上跟导演商量，到时候能不能在片尾打句话，送给我爸。导演人好，居然答应了，可惜因为种种原因，那电影难如人意，最后我也就没敢腆着脸打那句话，怕因此连累我爸挨骂。日后，待我有闲写本相对满意的小说，再送给他。

爷爷算是地主，"文革"时如诸位所知，连考大学的机会都没，我爸以地区第一名的成绩考到机械中专，此后人生每次考试，都没得过第二。画一手好画，唱歌虽然我不爱听，但属于那种花腔男高音。我相信，他是不想写，如果他想写字，肯定比我写的好得多。当年在厂里是著名的才子，数年后，旧同事提起他，都还止不住地夸。那样的年代，再有才的才子，都不值半分钱。我出生后，我妈没奶，我爸每天骑车，来回十几里路，给我打新鲜的牛奶。我从小爱吃肉，那个年代得凭票供应，为了弄到肉，求爷爷告奶奶就差没给人磕头了。为了给家里添置东西，他每天下班，去码头扛大包，扛到半夜，就这么坚持了两个多月，累得脱了层皮，赚多少？不到100块钱。

此后数年，每一步都走得很艰难，他硬是靠着努力和汗水，把这个家弄得越来越像样，黑白电视、冰箱、彩电、洗衣机、空调、录像机……每一样，背后都不知道吃了多少苦。我后来自己琢磨过，我要有孩子，我会为了他和这个家做这么多牺牲吗？到现在，也没有一个标准答案。

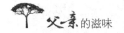

可以这么说，我爸一生的目标就是：让我们家，比别人家过得好，过得牛逼——他做到了。

那年，我迷上小人书，我爸每次出差都会从各地带来一厚叠，进门第一件事就是开箱，展示宝贝，我家现在还有几大箱，多少钱都不卖。

那年，我迷上岳飞传，我爸熬夜一张张画岳云，八大锤，画丢了，但岳云的姿态，前腿弓后腿蹬，永远也忘不了。

那年，我迷上院里的姑娘，我爸知道了，什么都不说，很多年后才淡淡地问了句，当时是真喜欢她啊？那年，我开始学抽烟，夜里停电，我爸掏了支"前门"，给我点上，等我抽了两口，他说：抽烟不好。

那年，我每天疯玩，顺着门缝偷看电视，他撕了我的化学书，然后一个人抽闷烟，直到深夜，叹气声叫人心疼。

那年，我辞职在家，准备开始当编剧，一年多没收入，我爸只问过，手头的钱够花吗？那年，我……我刚认识我妻时，告诉她：作为一个父亲，我爸可以打满分。我妻嫁我之后，短短数月，表示同意。我和我妈被我爸宠了一辈子，直到他走，我妈才意识到……此后，无论我怎么打保票，要对她好，我妈都听不进去。我明明看到，不到一年，妈居然迅速成熟起来，明理，练达，与一年前判若两人。

这份成熟，叫人心疼。

有本小说叫做：世界上最疼我的人去哪儿了？

与老妈共勉。

父亲，我们一起努力！

■ 刘述涛

2007 年夏天快要结束的时候，父亲病了，我们把他送到医院，原以为这次生病也像以前生病那样，在医院住几天，他又能够生龙活虎地站在我们的面前，谁知道医生却对我们说，你们还是让他回家吧，在这里治疗已经起不到什么作用了。

父亲的大脑里面有一个瘤，压迫了脑部神经，开刀对于 87 岁的老人来说是谁也不敢做的决定，我们只能让他回家。

回到家，除了在床铺上躺着，就是在椅子上坐着，这让一生忙碌的父亲接受不了，他多次想到自杀，几次寻找绳子、寻找刀具都被我们及时发现给他抢走了，后来在他的房间里面我们不敢放任何的利器和绳子。我们唯一能够劝他的就是想开一些，生死由命，阎罗王没有在生死簿上勾你的名字，谁也没有权利选择消亡。可是父亲却流泪，他说我这样没有什么用，留在世界上做什么。

父亲没有读过书，也不懂得什么大的道理，他唯一懂得的就是物尽其用，人尽其事，一个人在世界上没有了一点用处，那么给予这个世界的就是拖累，他知道自己现在的日子就是对自己孩子最大的拖累，可是他却不知道有时候这种拖累也是一种生活，没有这种拖累他的孩子们的心也会空落落的。

父亲这一生生了 7 个孩子，5 男 2 女，为了这 7 个孩子，他的斧头不知道钝了多少把，为了这 7 个孩子，他不知没日没夜地打了多少家具，建了多少栋房子。当 7 个孩子大了，结婚生了小孩，他也老了，再也抡不起

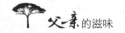

他的斧头，可是放下斧头，他却恋上了土地，谁也弄不明白，一生没有跟土地打过交道的父亲怎么能够把菜种得那么好，难隔两天，他就有一担菜挑到街市上去卖。

这样种地卖菜的日子一直到他过 80 生日的时候才结束，因为在生日宴上，所有的儿女都劝他不要再种菜卖菜了，并且把他的土地瓜分了。没有了地，他也像是一下子老了许多，他开始变得不爱说话，除了在电视机面前一边看一边打瞌睡，唯一爱做的一件事就是拔草，家里周围小路上的草都被他拔得干干净净。

现在连草也拔不了，父亲经常面对我们的一句话就是："我怎么还不死呢？"每每听到他的这句话，我就无言，内心一阵痛，不知道用什么语言来安慰他。

忽然有一天，我儿子从学校回来，跟我闹着要木陀螺，我随口对他说我不会做，你找你爷爷去，你爷爷是木匠，他会做。儿子真的跑到父亲的房让父亲做，父亲那一刹那间两眼发亮，竟然对儿子笑着说："好，等爷爷好了，我就帮你做。"

儿子竟然记住了父亲的话，每天从学校回来第一件事就是跑到父亲的房间里问父亲好了没有，并且问父亲做的木陀螺转得好不好，每每这时，父亲就高声对儿子说："你问你爹去，他小时候转的木陀螺好不好。"儿子问我的时候，我竟然没有呵斥过他的不懂事，而是每一次都说爷爷做陀螺的确很棒。

2007 年就要结束了，父亲忽然从他的枕头底下摸出一个木陀螺给儿子，看着这个木陀螺，我和我的家人呆住了，父亲和儿子却笑了。

我拿起了儿子手中的陀螺，我惊讶地发现，这个陀螺竟然是用砂纸一遍又一遍地打磨成的，我无法想象手脚已经不灵活的父亲怎么一遍又一遍地用砂纸来磨圆一个陀螺。

看着手中的陀螺，我忽然间明白，只要我们和父亲一起努力，我们一定能够走过 2007、2008 甚至 2009 的。

父爱的滋味

■ 冯八飞

无论身在伦敦还是纽约，我只要闭上眼睛，便会看到举着一小袋航空花生米一脸满足的父亲。开眼见明，闭眼见心。古希腊圣哲德谟克利特正是为了看清宇宙深处而刺瞎了自己的双眼。

早上匆匆出门，被父亲撞见，问："切抓子（去干嘛）？"

皱眉答："去使馆拿签证。"

"使馆在哪儿？"

"唉呀，跟您说过100遍了，您也记不住。以后就别问啦，我还能丢啦？"

如果是母亲，就会发火："这不是担心你吗？有人担心还不好？我当年十几岁离家参加革命，多想有个人替自己担心啊……"

父亲脾气好，并不发火，说："你慢慢走啊，不要绊倒。"

我赶时间，慢慢走就迟到啦。人家使馆难道开着门等我迟到？四川话"绊倒"意即摔个狗啃屎。我好端端走在伟大祖国首都一马平川的人行道上，天气又这么冷，街上铁定没什么美女可看，怎么会凭空"绊倒"？

拜托，老爸，我已年近半百，30年前就不是小孩子啦！

前几天乘早班飞机从三亚回北京，在T2落地后广播里再三柔声劝说:"飞机还在滑行，请您不要打开手机"，但身边四面八方的"您"纷纷掏出手机声震四野宣布莅临首都，飞机没停稳就一哄而起抢行李，似乎行李不分

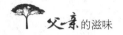

你我，谁抢着算谁的。我知道老婆要来接，就鄙视他们争先恐后，慢慢从箱子里拿衣服。那天三亚32℃，北京8℃，若不加两件衣服，当天《北京晚报》或许就会大爆新闻"首都机场冻死一教授"，那我们学校就出名啦！后来在行李提取大厅见一哥们儿当着数百人亮出肥硕粗毛大腿穿棉毛裤，更觉自己聪明高明加英明。

自觉英明的人，通常离倒霉不远。衣服穿完，乘客们已跟撵鬼一样跑得精光，全体空姐肃立等我走了好打哈欠，于是众目睽睽之下狼狈提箱一溜烟蹿过廊桥，一出来看见上行滚梯值班的地勤小姑娘要走，我怕她关梯，就顺嘴吆喝："稍等，还有个老头儿！"小姑娘赶紧埋怨拉她走的男地勤："唉呦你看，还有人呢！"然后堆上笑容甜甜地冲我喊："谢谢您啦。是飞机里还有一位老先生吗？"

拜托，姑娘，我就是那个老先生！

然而，我们这些老先生，在父母眼中，仍然是孩子。

问题是，我们已经不是孩子了。

他们不懂外语，他们不是教授、博士，他们没去过柏林、巴黎、雅典、马德里，他们那些颇为自豪的退休金，跟我们的工资没法儿比。

一句话，他们已不再是我们赖以生存的靠山。

相反，无论物质还是精神，我们倒经常是他们的靠山。

30年前看父敬子，30年后看子敬父。

然而，他们仍然是我们的父母。"父母"的意义，远远大于"没有父母就没有我们"这一点，虽然一切都是从这一点开始的。

几个月前我飞欧洲，空姐发我一小袋花生米。洲际客机一般早已不发这种廉价食品了。我漫不经心地接过，小袋入手之际，忽觉飞机在离地10公里的同温层骤然透明，阳光瞬间洒满全身，内心深处有一小块非常柔软的地方被一团温暖轻轻呵护，好像九飞3个月时呀呀学语用手摸我的脸。30年前，坐飞机对中国人来说几乎跟现在买别墅一样豪华，有一次父亲破例坐飞机出差（似乎去西藏），回来时兴高采烈地举着一小袋航空花生米说："你看，我专门给你留的。"

我并不记得这袋花生米的滋味。然而我确实记得这袋花生米的滋味。

无论身在伦敦还是纽约，我只要闭上眼睛，便会看到举着一小袋航空花生米一脸满足的父亲。开眼见明，闭眼见心。古希腊圣哲德谟克利特正是为了看清宇宙深处而刺瞎了自己的双眼。

这袋花生米跟着我在欧洲颠沛数国。回到家里，我兴高采烈地举着已经有些碎的花生米对父亲说："你看，我专门给你留的。"

父亲很高兴。但他并没有明白我的意思。

然而我也并不感到遗憾。因为，我明白我的意思。

3 年前下定决心游泳，身体于是好起来，一般不大生病。然而有天突然不舒服，连肉都不想吃了。我们这个年纪的人大都认为肉是好东西，连肉都不想吃，是很严重的情形。当年我在雅安读小学，一月只能吃两次肉。偶尔早晨上学，父亲突然塞给我两个煮鸡蛋，悄悄对瞪大眼睛的我说："今天是你生日。"这相当于现在有人送我两公斤黄金。其实，母亲经常被雅安地委派去下乡，偌大的屋子里只有我们俩，父亲却总是悄悄跟我说这句话。

因此，我老觉得父亲跟我是一头儿的，至今从没见过父亲在他的生日给自己煮俩鸡蛋。

吃饭时父亲一如既往地给我盛一大碗饭，在我连续抗议 20 年之后。父母一生的噩梦，就是怕我们吃不饱穿不暖。亲眼见过饿死人的他们，根本无法适应已经小康的中国，家里无论搬多大房子，永远存着一大堆空罐空瓶空盒，偶尔用上一次，就得意地说："这不用上了吗？都听你的扔了，现在用什么？"朋友见面都劝少吃一口，父母却永远劝多吃一口，家里有一大半矛盾因此而起。

但这天吃得实在太少，父亲满眼焦虑。这个四川省委中层干部现在每天最重要的任务就是准时给全家做饭，我们吃得少，他就觉得任务没完成好。

等父亲吃完，我说："爸，我想吃醪糟（酒酿，甜米酒）蛋。"老婆自告奋勇要去煮，当场被制止，"你不晓得他想吃啥子样子的。"76 岁的老父亲站起来去厨房，少顷，颤微微地端着一大白瓷碗出来，小心翼翼地放到我面前。这碗醪糟蛋，父亲端了 40 多年。老婆刚买的正宗四川醪糟，加了很多白糖，甜得厚重，中间一个洁白的荷包蛋载沉载浮，周围有成群结队丰满圆润的糯米轻舞飞扬。我血糖偏高，白糖差不多等于毒药，如果老

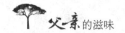
婆去煮，绝对不会放这么多糖。

我一个人坐在客厅宽大的矮茶几旁，一口咬下去，没凝固的蛋黄铺满舌头，伴着化不开的甜香流入虚弱的胃，温暖的水雾从碗中升起，我的世界隐隐朦胧。

为什么人吃甜会感到幸福？这问题曾是博士论文题目。

然而，那天，科学对我这个教授毫无意义。

科学，通常并不会让我们感到幸福。

幸福跟甜其实没多大关系。

幸福来自爱。

醪糟蛋对我的健康并不好。

然而，那碗热甜轻软的父爱，对我的健康很好。

我想吃醪糟蛋，并不是因为我想吃醪糟蛋。

其实，父母永远都是我们的靠山。

谢谢你，父亲。

并不仅仅因为你给了我花生米。

并不仅仅因为你给了我醪糟蛋。

甚至并不仅仅因为你给了我生命。

只因为我知道，无论我是成功的幸运儿，还是失败的倒霉蛋，你永远跟我是一头儿的。

有孩子的父母，无论孩子多么成功，也会有抱怨孩子的时候。

有父母的孩子，无论自己多么成功，也会有抱怨父母的时候。

然而，有父母的孩子，他们心里都知道，无论是否成功，他都拥有父母无条件的、永远不会枯竭的爱。

没有爱，人生怎么会有幸福呢？

爸爸，我要你知道，不管怎样青筋暴露皱眉埋怨，无论如何粗声大气极不耐烦，你的儿子是爱你的。

永远。

打倒老爸范成业

■ 南　阳

"我爸 33 岁时，面对比自己小 10 多岁的女徒弟会怎么样？"塑造电影《芳香之旅》中的司机老崔时，范伟内心的模板就是自己的父亲。

在范伟的记忆中，在沈阳毛纺织厂染整车间工作的父亲永远穿着一双靴子，回到家里总是先脱下靴子，打开缠脚布，洗脚洗袜子，然后撂倒就睡。顶多问一问，吃饭了吗？写作业了吗？"小时候我总忍不住想，爸爸真的是我亲爸吗？"范伟说。

范伟读小学时，这种疑问发展到了极致。

有一次范伟和同学闹着玩，同学胳膊摔伤了，范伟父母攒了好几年准备买缝纫机的钱都变成了医药费。父亲气坏了，用笤帚疙瘩抽了范伟一顿。这下轮到范伟气坏了，爸爸以前从没动手打过他。范伟能够想到的最严重的事就是写"反动标语"，他用粉笔在胡同旮旯歪歪扭扭地写了一行小字："打倒范成业。"解恨之余马上开始后悔，生怕大家发现。过了两天又自己擦了。

对父亲的纠结一直持续到 1974 年深秋。那年范伟 12 岁，当时他的感受是，姐姐和哥哥合伙欺负他，大他 4 岁的哥哥训斥他，大他 7 岁的姐姐还打了他。

当天夜里，范伟"离家出走"了。"我家后面是皮鞋二厂，院里堆满卷皮料的大轴子，中间能钻进一个小孩，我就躺那睡了。"范伟回忆道，当时已是深秋，躺到半夜冻醒了，就蹑手蹑脚回到家里，"趴后窗户一看，我

妈一个人正坐炕上哭，其他人全不在家，肯定都出去找我去了。"

范伟想回家又抹不开脸面，一转身又钻轴子里眯了一会儿，最后实在受不了了，决心回家。"走着走着，迎面有人推着自行车过来了，我一看好像是我爸。我还没吭声，就听我爸说，'小伟呀，是小伟吗？'我说是。我爸推车就过来了，站在我跟前儿，愣了两三秒，突然哇的一声，痛哭不止。"范伟说，爸爸一手搂着他，一手推着自行车，哭了一路。

"那一刻我告诉自己，这是亲爸。"范伟说。

"我特别喜欢刻画父子关系，而且我还特喜欢把两个男人之间的戏弄得特别有情感张力。"范伟说。

在范伟的姐姐范丽娟看来，曾经和父亲顶牛的范伟其实最得父亲遗传。她说范伟特别守规矩，约会总是提前到场，理由是"我等别人我舒服，别人等我我难受"。再就是心细如发。"范伟这两点和我父亲一模一样。我父亲规矩多，甚至有点刻板。我们小时候，白天从不在床上躺着，家里请客小孩儿不能上桌。而且我爸特别有条理，比方说，刚进腊月就张罗过年，把要办的事都写在单子上，连买几瓣蒜都写得清清楚楚。"

范丽娟说，范伟的父亲退休后又学会了管账，在这点上范伟依然"随根儿"。范伟的师傅陈连仲说，赵本山的账目一度由范伟管理，那账目细的，恨不得连根头发丝都登记在册。

父亲辞世了，但范伟的父子心结依然在持续。据宫凯波透露，范伟正在操作一个剧本，讲一个小偷"贼老爸"带着干儿子四处漂泊的故事。陈连仲则给记者讲了这样一个细节——春节后范伟在本溪拍《跟踪孔令学》，非让师傅过去陪他，"他说父亲不在了，有些话想和我说。一见面我说，孩子，你脸发锈。范伟说是，最近我挺累……"

爸爸、柚子和我

■ 梁幼祥

经香港进关时，我刻意遗失了剩下的两颗柚子，怎料回到台南老家后老先生找不到柚子怒发冲冠，一辈子不曾用过的眼神和重话此刻都发泄到了我头上："不孝子！"两颗柚子差点让他和我断绝父子关系！

两个餐厨系大一的学生将他们做的一道要去比赛的色拉作品 Email 给我，希望我给些意见。他们用台湾黄金鸡拔则丝、生菜丝、洋葱丝、三色椒丝做底，用嘉义的梅调了和风酱，撒上葡萄干、蟹肉、些许腰果碎，最后在表面用蛋黄松做了点缀，色泽布局都不错。比赛的主题是用台湾南部的特产做出国际化的菜肴。我建议将鸡丝改成片，生菜改成萝蔓，三色椒改成双色小西红柿，酱汁单纯地只用橄榄油和 balsamic。最重要的是，将柚子剥成小片小片，掺于其中。因为台湾南部的柚子甜得不蜜，带着小劲的酸，咬下去才蹦出来的汁，能带动整个色拉的生命。

说到柚子，忆起儿时的中秋，爸爸在院子的圆石桌上摆了各种口味的月饼，泡了香片；我们小朋友则把柚子皮戴在头上，扮成古代的士兵，玩些好人坏人的游戏。大人们坐成一圈看着月亮吹牛忆往，每一次的话题，就是把去年、前年的往事拿出来再讲一次。在这当下老爸最常挂在嘴边的就是，台湾柚子哪有他老家广西的好："我们广西的柚子如何，如何又如何……"他每年说着，我们也每年听着。等了40年，两岸终于推倒了那道

墙。1992年的春节后，我和妈陪着他返乡。老爸用佝偻的身躯和最疼他的六姐相拥而泣，没有一句话，只由得积存的眼泪源源道来。

在南宁的那些天，我陪爸爸吃了马肉米粉、狗肉打边炉、荔浦扣肉、马蹄串……每天亲友来会面，我们带了两套四大件五小件，他们回送了什么都有的三大箱。临行六姑拿了4个像小排球一样大的柚子，告诉爸爸说收到我信时正逢中秋，当下就买了柚子存在家里等着我们回来。此情此景煞是动人，我却心里暗暗叫苦：爸爸75，妈妈72，我得顾着二老还有三大箱行李，再背两个不小的随身包装那4个大柚子！

我劝爸爸当场吃了它们，他舍不得，只允许当场杀一个，其余带回台湾让朋友也尝尝。可是4个月前的柚子内里已干得不能下口，老爸下令必须带回台湾。我算算，得背着它们坐火车到广州住3天后转车深圳到罗湖通关到九龙，再3天后飞台北，转车回台南。于是在去广州的软卧包厢中，我又剖了一个，妈和我都劝他别吃，他说："六姐买的，怎么能不吃？"经香港进关时，我刻意遗失了剩下的两颗柚子，怎料回到台南老家后老先生找不到柚子怒发冲冠，一辈子不曾用过的眼神和重话此刻都发泄到了我头上："不孝子！"两颗柚子差点让他和我断绝父子关系！

那次广西行，是他40年后的第一次，也是最后一次。来年六姑走了，我没敢告诉身体和记性都不行的老爸。

1995年我因商务到缅甸仰光，看到市集一堆形状和广西一模一样的柚子，当下买了4颗回台湾。从泰国转机到台北已是凌晨，台湾从那年开始不准带水果进关，于是被海关请到了最旁边的边检站。我慌了，千里迢迢只差这临门一脚。我用极卑且哀的语气恳求，想着回家尽孝的梦将破灭，男儿泪也挡不住了，哽咽地讲我要用这柚子代替广西柚来慰藉我那来日不多的老父……对方看着我，指着垃圾桶说："我管不了那么多，你得丢掉！"说完却掉头走了。旁边无人，我感觉他似乎被我感动而放水，于是只丢了两颗，柚子碰到垃圾桶很大声，另两颗压回箱里，顺利进了关。乘夜车到台南，天亮了，妈妈已弄好早餐和爸爸在饭厅用膳。我拎着柚子，放在桌上，说这是到了广西六姑让带回来的。剥了柚子，汁液溅出，整个房间都充满柚香。老爸没说话，咬了一口，眼角眯了；咬第二口，还没咽下，说：

"我就说广西的柚子世界第一嘛，你们吃吃看！"我走到浴室再难忍内心酸楚……

来年，父亲走了。我设计了许多将柚子入馔的菜肴：熏鲑柚卷、柚肉可丽饼、柚香雪莉冰沙、柚丝鲜干贝等，许多餐厅学着用；那两个学生也在比赛中得了大奖。柚子没再给我添惆怅，反而多出了许多欢愉。我和父亲之间，也不再留有遗憾。

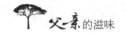

李幼斌：遥远的父亲标本

■ 钱德勒

　　　　将李幼斌近年来出演的几部作品连缀起来，几乎可以形成一部中国父亲形象的变更史。

　　刚刚在央视播完的军旅题材电视剧《在那遥远的地方》（以下简称《遥远》）中，李幼斌的戏份并不算多。尽管在演员名单中他的名字被放到第一位，更多的戏份还是围绕在殷桃、吴建等青年演员身上，但无论在投资方还是观众看来，最有吸引力的名字依然是李幼斌。他累积了从《亮剑》、《闯关东》再到该剧的高人气和好人缘，他那张纵横沟壑的脸，成了我们这个时代缺少的人物符号——传统、固执、坚毅，爷们的父亲形象。

　　《遥远》中，殷桃扮演李幼斌为报答救命之恩而送给战友的亲生女儿袁鹰，却阴差阳错最终成为李幼斌扮演的司令员韦铁军营里的新兵。身世之谜、姐妹俩在爱情上的竞争、与父亲的恩怨……这些都是亲情剧里常见的桥段，拎出来不算什么，但放在巍巍昆仑山脉和20世纪60年代的背景中，却因为时空距离而产生了美感。

　　李幼斌扮演的韦铁，展现了一种家庭教育、传统承袭的父亲模式：子女的成长意志服从于集体意志（比如军队、工厂乃至国家），而集体意志的代言人就是我们的父亲——他们也是这样长大的。将李幼斌近年来出演的几部作品（《亮剑》、《闯关东》、《继父》、《乔省长和他的女儿们》、《遥远》）连缀起来，几乎可以形成一部中国父亲形象的变迁史：《闯关东》中的朱开山注重父权，这是中国传统父亲精神的核心，这一部分几乎延续至今，却在改革开放的冲击下逐渐弱化，"父亲"开始被迫去适应子女们主演的时代（《乔省长和他的女儿们》）。而李幼斌最经典的父亲角色主要集中在新中国成立初期到 20 世纪 80 年代初：如果说朱开山的父权主要还是体现家族延续的需求，那么李云龙、韦铁则更多地体现我们的国家理想与意志。尽管《亮剑》中真正表现李云龙与子女互动的情节很少，但他的革命经历也完全可以看作韦铁的经历。《遥远》中韦铁在女儿袁鹰的墓碑前说："几十年来，我们边防战士不怕艰苦，不怕牺牲……我们的一切都是为了祖国，为了人民！"

我听到这段台词时，竟然有点发抖——被这种尽量消除个人存在，而突出集体意识的情怀所震撼。都这样了，怎么还把祖国念在口中？不仅仅因为韦铁是军人，我相信在那个年代，哪怕一个工人或者农民，在生活中也会说出这样主题宏大的"台词"。在理想主义像个笑话的今天来看，他们很可爱，他们中的很多人很可敬。

李幼斌扮演的父亲形象是可以标准化的。这些父亲们不懂爱情，李云龙的恋爱、成家更像是征服，是基于男性能力证明的征服，之后的忠诚与执着，是一种作为家庭主人的责任——有一次我采访张国立，他也说他们的父母之间似乎没有什么爱情，之所以能够走到最后、相互扶持，是因为强大的责任感。我们的父亲不懂得去表达自己的感情，宁愿用简单粗暴的方式来教育子女，比如孙海英扮演的石光荣。

不要以为只有军人是这样，连电视剧《好爸爸，坏爸爸》（1987 年）中赵有亮扮演的知识分子父亲不也如此？说起来，别说"60 后"、"70 后"，即便独生子女普及后的不少"80 后"，提起父亲小时候的"专制"也都是眼泪哗哗的。李幼斌式的父亲希望子女成才，能够为社会、为国家做贡献，栋梁之才是他们最满意的子女形象。

尽管现在也推崇诸如陈奕迅、庾澄庆这样的"潮爸"，但在《遥远》中我还是能够看到熟悉的父亲的影子——梗起脖子吼人的表情、不善表达感情的言辞……尽管没有用家国情怀"绑架"我，但他总说：好好学习，一定要考上大学啊！当社会衡量价值的标准变化后，父亲的标准样本也跟着变了。

李幼斌塑造的父亲形象，就像路遥的小说、汪国真的诗，都远去了，远去了。